目次

登場人物相関図

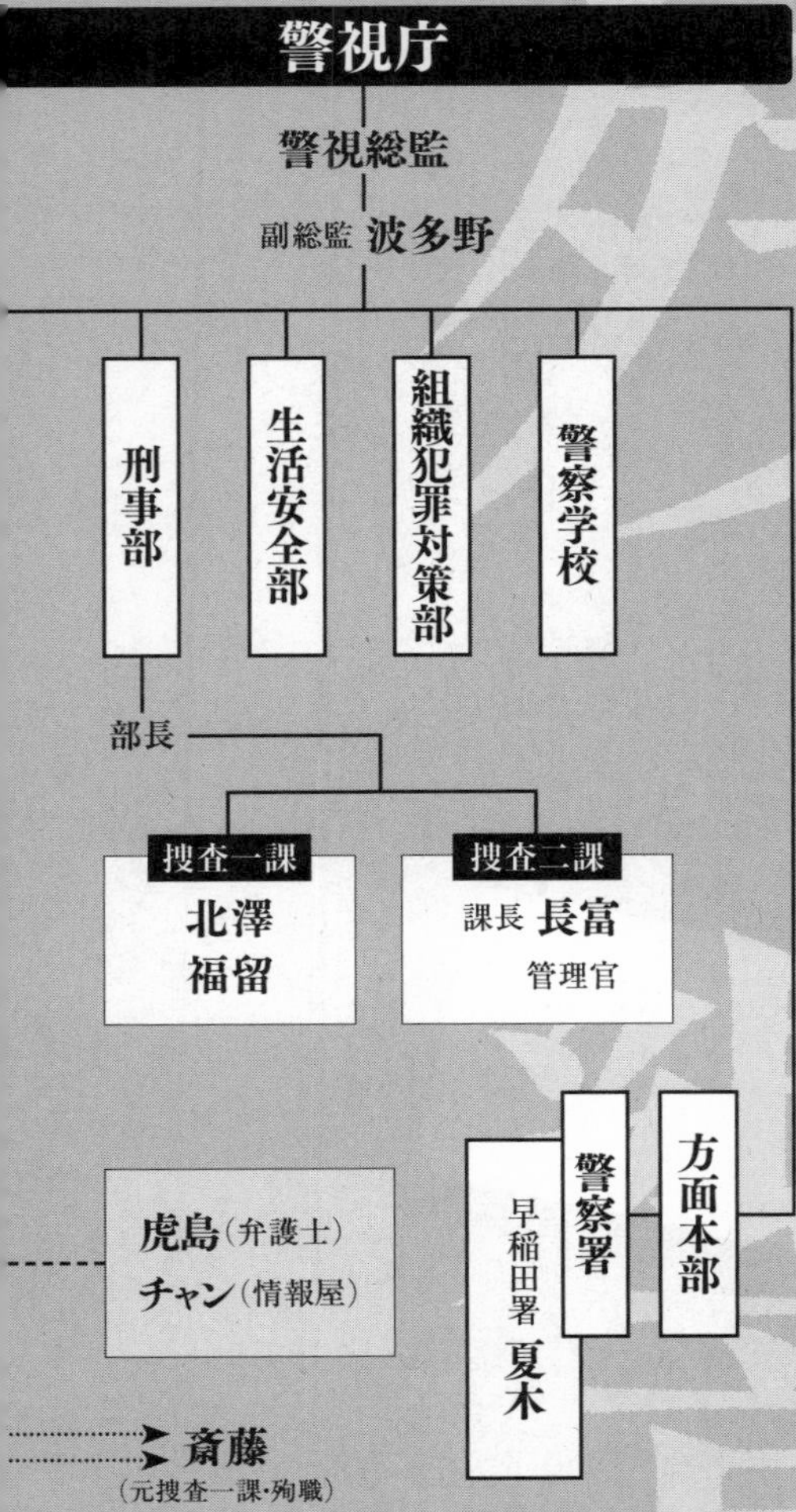
警視庁
警視総監
副総監 波多野
刑事部
生活安全部
組織犯罪対策部
警察学校
部長
捜査一課
北澤
福留
捜査二課
課長 長富
管理官
方面本部
警察署
早稲田署
夏木
虎島（弁護士）
チャン（情報屋）
斎藤
（元捜査一課・殉職）

警視庁監察ファイル

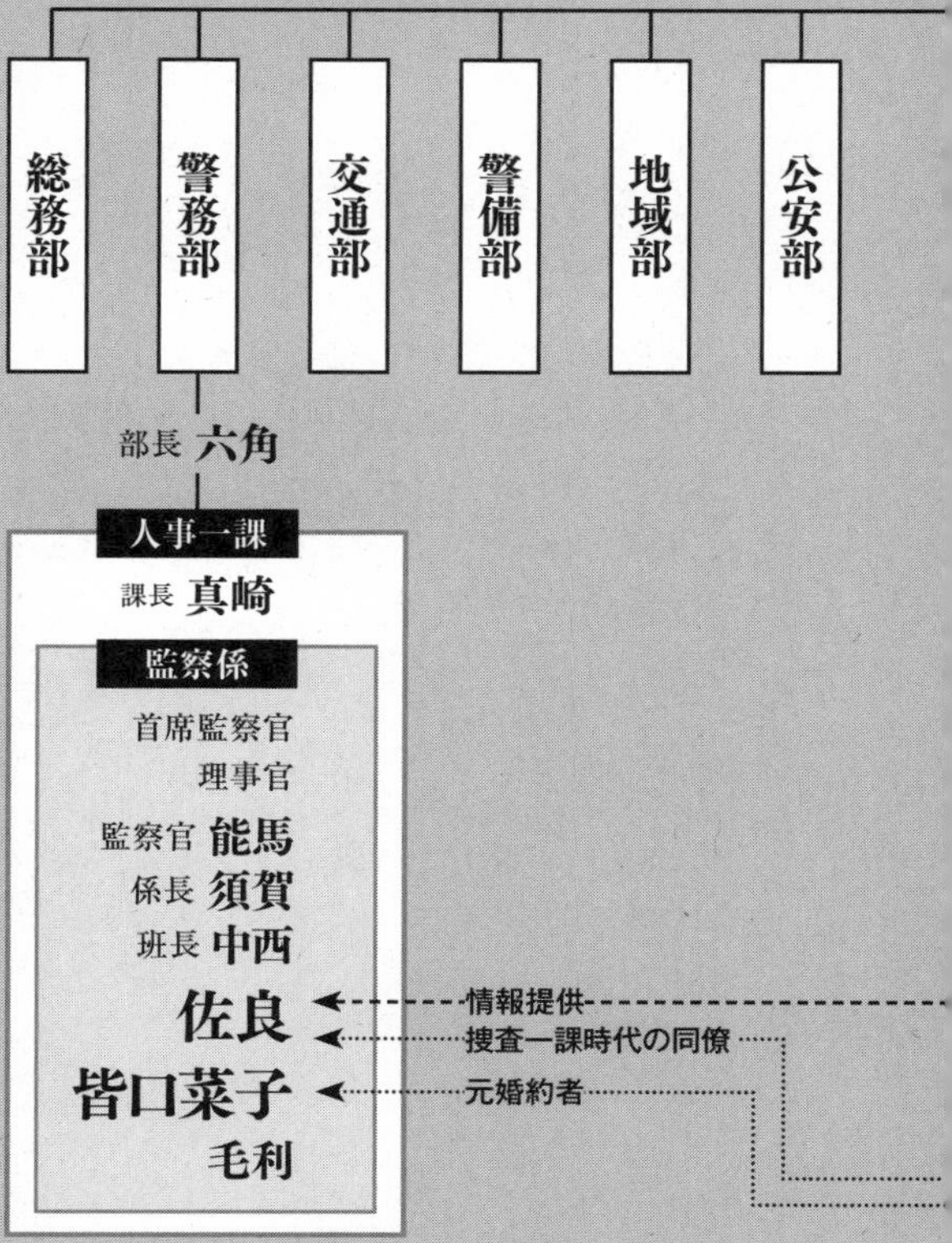

総務部
警務部
交通部
警備部
地域部
公安部
部長 六角
人事一課
課長 真崎
監察係
首席監察官
理事官
監察官 能馬
係長 須賀
班長 中西
佐良
皆口菜子
毛利
情報提供
捜査一課時代の同僚
元婚約者

一章　因縁

1

午前二時過ぎ、井《い》の頭《かしら》公園は静寂に包まれていた。真夏なら暇と体力を持て余した若者がちらほらいる頃合いだが、もう十二月も下旬だ。終電の時間もとっくに過ぎた。佐良《さら》は氷の板のように冷えたベンチに一人で座り、井の頭池を眺めていた。傍らにはショルダーバッグを置いている。

友人で弁護士の虎島《とらしま》は以前、この池に三メートル近い鯉《こい》がいると嘯《うそぶ》いた。もし本当なら数年前の掻《か》い掘りで大騒ぎになっていただろう。佐良は三十八年間の人生でそんなバケモノじみた鯉にお目にかかった経験はない。

――見つからなかっただけさ。水を抜く前も、抜いた後も俺はこの眼で見てんだ。

虎島はそう言っていたが。

風が吹き、池の表面が揺らめいている。

〈――異常ありません〉

マイク付きイアホンから皆口菜子《みなぐちさいこ》の声が聞こえた。定時連絡だ。彼女は今、対岸のベンチにいる。井の頭池にかかる七井《なない》橋の近くだ。池の幅は三十メートル近くあり、皆口の姿は肉眼では見えない。

「こっちもだ」と佐良は返答した。「毛利《もうり》はどうだ」

〈――異常ありません〉

朗らかな口調だった。毛利は少し前に班に加わった若手だ。物腰は柔らかい半面、本心を一向に見せない。

二時間近く、三人は同時通話を繋《つな》ぎっぱなしでいる。

〈――また空振りですかね〉

皆口の声は溜め息交じりで、毛利が言下に茶化した。

〈――溜め息を吐《つ》くと幸せが逃げていくみたいですよ〉

〈――ご忠告ありがとう〉

〈――こんな寒い日に池の鯉や亀は凍えないんですかね〉

〈――どっちかと言えば、真夏の方がきついんじゃないの〉

〈――鯉と亀、どちらが寒さに強いんでしょう〉

〈――知るわけないでしょ〉

毛利と皆口の軽口が続いている。佐良は黙し、それを聞き流していった。二人とも声を周囲に飛ばさない話し方だ。

井の頭池で魚が跳ね、水面を波紋が広がっていく。

〈――鯉も亀も縁起がいい生き物なんで、池ってパワースポットなのかもしれませんよ〉

かもね、と皆口は素っ気ない返事だった。

また井の頭池で魚が跳ねた。ほぼ同時に佐良の視界の隅で動きがあった。目玉だけを動かして確認すると、右側に人影が二つあり、徐々に近寄ってきている。十二月下旬の深夜に、仲睦《むつ》まじいカップルがベンチを探しているとも思えない。

「俺のとこだった」

呟《つぶや》き、佐良は視線を左にも振る。左側にも二つ。挟み撃ちか。

「四人いる」

〈――了解です〉と皆口が先ほどまでとは一転、きびきびと言った。

〈――承知しました〉と毛利も続く。

佐良は鋭利な冬の空気を意識的に深く吸い込んだ。肺がちりちりと痛むようだった。

左右から近づいてくるのはいずれも短髪の男で、険しい視線も感じる。警官だ。私服で井の頭公園を巡回中だとは思えない。佐良は四人に気づいていないふりをし、井の頭池を眺め続けた。

「ちょっと、いいですか」

右から声をかけられ、佐良はなにげなく顔を向けた。三十代半ばで、革ジャンを着た男だった。隣にいる細身の男はまだ二十代だろう。

「何か」と佐良はぶっきらぼうに応じる。

「そこで何をしてるんです」

革ジャン男が平板な調子で言った時、左からの二人組もベンチ脇に到着し、佐良は四人に囲まれた。左の二人はいずれも体格が良く、二十代前半に見える。

「考え事をしてるんです。邪魔しないでください」

「バッグの中身を検《あらた》めさせてもらいます」

革ジャン男が居丈高《いたけだか》に言った。四人の中で年長という理由からなのか、質問担当らしい。

「見ず知らずの人にバッグの中を見せるわけないでしょう。警察を呼びますよ」

「警察を呼ばれて困るのはそちらでは？」

革ジャン男が声を落とした。佐良は相手の目をきつく見返した。

「どういう意味ですか」

「自分が一番よく知ってんだろ」

　急に革ジャン男の口調がぞんざいになり、右の若い方も佐良のバッグに荒っぽく手を伸ばしてきた。

「なにすんだよ」

　佐良がバッグを押さえるなり、左側から羽交い締めにされ、バッグから手が離れた。羽交い締めを振りほどこうとするも、革ジャン男の平手打ちを左頬に食らい、佐良は内心でほくそ笑んだ。手を出してくれた。

「今晩を機に足を洗え」革ジャン男が吐き捨てる。「割に合わないことを体で教えてやる」

　佐良は勢いよく頭を振り、背後の男に頭突きを食らわせ、相手の腕が緩んだすきに素早く立ち上がった。だが、左側のもう一人にタックルされて下半身にしがみつかれ、足の動きを封じられた。革ジャン男のひじ打ちを顔にもらい、膝が揺れる。佐良は腕で二発目を防いだ。

「バッグの中身なんて後でいい。さっさとぶちのめせッ」

　革ジャン男が号令した。佐良は革ジャン男に向き直った。

「なんで俺を襲う？　俺が何をした」

「我が身を振り返ってみろ」

革ジャン男の拳《こぶし》をさらに腕で防いだ。下半身を動かせないので、上半身でしのぐしかない。二発目、三発目と腕でガードした。背中に強烈な蹴りを食らい、勢いでタックルから逃れられた。

振り向くと、蹴ってきたのはバッグを奪った男だった。手にバッグはない。

「中身のチェックは終わったのか」

「後でやる」

男は空手の構えをした。中段突き。そう思った時には一撃をみぞおちにもらい、佐良は体がくの字に折れ曲がり、膝が土についた。蹴りがきた。上体をそらし、なんとか鼻先でかわす。すかさず立ち上がり、ステップを踏んで距離をとった。空手男を見据える。

また中段突き。再びみぞおちに食らうも、佐良はそのまま腕をとり、思い切り体重を相手の関節にかけた。腕が折れる野太い音がし、空手男は叫び声をあげてうずくまる。

「何してるんですか」

皆口の声がした。

残る三人がばらばらに逃げだそうと背中を向ける。佐良は先刻のタックル男の腰に飛びつき、引き倒した。首を摑《つか》んで背中にも膝を当て、抑え込む。遠くでは毛利がもう一人の大柄な男に足を引っかけ、組み伏せているのが見える。残るは革ジャン男だ——。

丈の短いコートに白いマフラーを巻いた皆口が、その前に立ちふさがった。革ジャン男は相手が女性とみて一瞬だけ動きを止めたが、拳を放った。皆口はそれを軽やかにかわすと細い体をひねり、下半身を勢いよく振った。

革ジャン男は後ろ向きに吹っ飛ぶと、地面に転がり、動かなくなった。かなり強烈な回し蹴りだったらしい。学生時代の皆口はよく知られた空手の選手で、実力は今も健在だ。すらりとした体型に、何度か街でスカウトされるほど人好きする顔のため、相手に舐《な》められる場合も多い。

皆口は何食わぬ顔で白いマフラーを首に巻き直した。あのマフラーは冬場に外出する時は常に身に着けている。

「コートが汚れた。クリーニング代でも貰《もら》おうか」

佐良は抑え込んでいる男に言った。マッキントッシュのゴム引きコートは今日のようにかなりハードな使い方を長年しているが、丈夫なのでまだ着られる。

「観念しろ、人事一課だ」四人に聞こえるように声を張った。「お前らが互助会だってことは調べがついてる。逃げても無駄だ。四人とも顔を憶《おぼ》えたぞ」

佐良が抑え込んでいる男の体から力が抜けた。

人事一課は福利厚生や褒賞、配属など人事に関する職務とともに、もう一つ大きな任務がある。監察業務。いわば、警察の警察だ。四万人を超える警視庁職員の不正を突き止める役割を担っている。行確《こうかく》——行動確認をして、対象者の素行を徹底的に洗う。

佐良は警視庁内の一部警官が秘密裏に作る組織『互助会』を追っていた。約三週間前、警視庁ナンバースリーの警務部長直々に連中の実態解明を任されたのだ。会議には監察官も人事一課長も、詐欺捜査を担う捜査二課長もいた。

互助会は〝懲らしめ〟と称して法律では罰せられない悪党や、罪と刑が釣り合っていないと彼らが判断した連中に私刑を加えている。真っ直《す》ぐすぎる正義感が歪《ゆが》んだ行動に走らせているわけだ。連中はねずみ講よろしく、正義感に逸《はや》る警官を日常的に勧誘する。警視庁には毎年、正義感旺盛な若者が入庁するので簡単に人員は集まるだろう。

互助会には、大規模な振り込め詐欺グループ『ＹＫ団』の構成員連続殺害事件に関与する疑いもあった。この連続殺人事件においては、悪者が殺されていく構図が世間の関心を引き、ＳＮＳやインターネット上で私刑を執り行う犯人への賛美の声が飛び交っている。

私刑賛美の行き着く先は〝目には目を〟の世界だ。反対する者も、容赦なくその坩堝《るつぼ》に放り込まれる。本当に罪を犯した者だけでなく、ただ怪しいという噂《うわさ》だけで私刑に遭う者も出てくるはずだ。気に食わない者や、敵対勢力を排除するために「あいつは悪党らしい」という与太話を流し、私刑擁護の動きを利用する輩《やから》も生まれるに違いない。互助会の連中は自らが治安の乱れを引き起こすことについて何も思わないのだろうか。

治安維持に関しては、きな臭い政治の動きも出てきた。国民をより厳しく監視できる法案「国民生活向上法」の整備について、与党の政調会長が言及したのだ。

佐良は立ち上がり、膝についた土を払った。

「ちょっと眠たいですね」

皆口が欠伸《あくび》をこらえ、隣の席から話しかけてきた。午前九時、人事一課のフロアには佐良と皆口だけだった。他の課員は行確からまだ戻っていないのだろう。誰が何をしているのかは定かでない。人事一課はそういう組織だ。

昨晩は確保した四人を警視庁に連行し、誰の指示で動いたのかを取調室で個別に問い質《ただ》した。

――いつもの番号からの連絡でした。相手が誰かは知りません。

いずれも同様の内容を語り、嘘《うそ》の気配もなかった。互助会の動き方についてはこれまでの調査でも、連絡役からの電話で普段の勤務では接点のない者同士が組み、私刑を行うという仕組みがわかっている。

いま、四人にかかってきた番号を毛利が別室で洗っている。どうせ使い捨てのプリペイド携帯だろう。現在コンビニなどで購入する際は身分証の提示が必要だが、地下市場ではそんな手続きは不要だ。

「夜更かしはお肌に悪いですし。最近目の下の隈《くま》もなかなか消えなくて。年齢ですね」

「まだ三十二だろ」

「並の三十二歳より毎日長く起きてるせいです」皆口が両頬をさする。「警察に入った時点で健康的な生活は諦めましたけど」

「卓見だな」

「昨晩はなんで速やかに人事一課だと名乗らなかったんですか」

「俺が連中なら人事一課だと名乗られた途端、ちりぢりに逃げる。一人で四人は追えない」

皆口はいささか首を傾《かし》げた。

「四人は顔を隠してなかった。現に佐良さんは一人一人の顔を憶えた。逃げても無駄じゃないですか」

「向こうにしてみれば、顔を憶えられてない一縷《いちる》の望みにかける」

「なにも相手の腕を折らなくてもいいのに」

「相手は互助会だ。手加減したら、こっちがやられる。皆口だって手加減しなかっただろ」

「昨晩のは会心の一撃でしたね。回し蹴り系の技は得意なんで。特に跳び後ろ回し蹴りには自信がありますよ。お披露目する機会があるかもしれませんね」

「相手はたまったもんじゃないな」

「ふっふっふ」皆口はわざとらしく不敵に微笑《ほほえ》んだ。「もっとすごい必殺技もあったりして」

佐良は椅子の背もたれに寄りかかり、欠伸を嚙《か》み殺した。

「本当に眠いな。ほとんど寝れない日が続くのはきつい」

「睡眠を犠牲にした甲斐《かい》はありましたよ。榎本《えのもと》から聞けなかった分を取り戻せそうです」

榎本は互助会と繫がる元警官の男だった。〝懲らしめ〟の対象者や日程を互助会メンバーに伝えるハブ的な役目だったと見られる。また、振り込め詐欺用の名簿を人参《にんじん》に韓国マフィアを使い、ＹＫ団の構成員を次々に殺害させた中心人物だとも目された。

しかし、自身も韓国マフィアに殺害され、話を聞けなかった。ネット上にはYK団を巡る捜査情報も流出しており、とても榎本が単独で作れる事件ではない。現役を退いた者は捜査情報にタッチできないからだ。通話記録にはプリペイド携帯の番号があり、互助会幹部が使用した端末のものだと佐良たちは睨《にら》んでいる。榎本に指示を出した指揮官がいたのだ。

韓国マフィアに関しては、ごく一部の限られた者だけが知る噂もある。大きなマフィアの幹部が根こそぎ警察に持っていかれる上、向こうの政府要人にも余波が及ぶ文書が存在し、それをある日本人警官が握っているというのだ。指揮官は件の極秘文書の存在も耳にしているに違いない。目的を達成次第、ないしは韓国マフィアが逆らった段階で文書をもとに幹部を根こそぎ検挙すればいい。彼らが『警察に利用された』と供述しても信用性はなく、証拠もないはずだ。

「佐良さんの悪知恵の勝利ですよ」

皆口が冗談めかせ、佐良は肩をすくめた。

「悪くても知恵は知恵さ」

榎本に指示を出した指揮官の正体を突き止め、徹底的に行確して組織の全容も摑むべく佐良は一つの手を打ち、昨晩実を結んだ。もちろん、昨晩の四人から互助会の核心に繋がる情報が出るとは思っていない。互助会が井の頭公園に現れたことが重要だった。

「ようやくスタートラインに立てます」

皆口は噛み締めるように言った。だな、と佐良は短く応じる。しばらく二人は各々の思いにふけった。

佐良は監察の一員としてだけでなく、個人的にも互助会の全容解明、特に上層部が誰なのかを突き止めたかった。捜査一課の後輩、斎藤《さいとう》の死に絡むためだ。二年前の夏、武蔵野《むさしの》市で起きた町工場社長殺人事件の捜査中、斎藤は荒川《あらかわ》沿いの工場で撃たれ、佐良の眼前で息絶えた。その場には当時吉祥寺《きちじょうじ》署員の皆口もいた。皆口と斎藤は婚約中だった。皆口の白いマフラーは斎藤からのプレゼントで、佐良のコートも斎藤に唆《そそのか》されて買った一着だ。

このヤマには、殺人事件という表の顔とは別の顔がある。

それは外事事件だ。

武蔵野精機は従業員五十人という小さな町工場ながら、蓄電池の製造ラインに不可欠な特殊精密部材の加工技術が飛び抜けて高く、国内の有名企業のみならず、アジア各国の政財界要人が技術協力を得ようと頻繁に接触する企業だった。自然とアジア各国の要人とも関係が深くなる武蔵野精機の社長と副社長は、公安のエス——情報源にもってこいだ。

あの時は、斎藤が仕入れた『武蔵野精機の副社長と西芝《にしば》テックの部長の密会場所を突き止めた』という情報に基づき、皆口と三人で現場に向かった。そこは両社とは無関係の、荒川沿いにある工場だった。西芝テックの部長は武蔵野精機との接触を担う潜入捜査員「スリーパー」で、善後策を話し合う場だったと思われる。武蔵野精機の社長が殺害された事態を受け、斎藤は公安から極秘の指示を受けて彼らを守ろうとした、あるいは二人が監視されているか否かを探るべく、捜査一課の捜査を利用したのだ。斎藤は元々、公安畑だ。

斎藤を撃った銃は銃弾により、トカレフと分析されている。トカレフは中国経由で大量に密輸され、ダブついている。

また、互助会の存在を認識していなかった頃、YK団を巡る監察業務中に佐良と皆口は銃撃された。銃弾の線条痕《せんじょうこん》は、斎藤の体から摘出された銃弾のものと一致した。斎藤を殺害した犯人は逮捕できておらず、犯行に使用された拳銃も発見されていない。公安が犯人を確保したのかも藪《やぶ》の中だ。なにしろ公安の捜査は秘密裏に行われ、手法の是非を公に問われる機会もない。

斎藤が死んだ現場には外事捜査員がいて、その人物も斎藤も互助会だったのだろう。自分と皆口への銃撃は、相手がわざと外したのだ。「互助会に加われ。我々は斎藤の死に関係し、真相を知っている」というメッセージとして。互助会は斎藤が死んだ現場で手に入れた銃を管理し、幹部の意向で自分と皆口にメッセージを送るべく使用した——と佐良は解釈している。

監察の実働部隊に食い込めれば、〝懲らしめ〟もしやすくなる。斎藤が互助会だった点を最初から伝えてこないのは、証拠がないと佐良と皆口が信用しないためだ。互助会に入れば斎藤殺害の経緯がつまびらかになるという餌《えさ》。互助会は銃弾のメッセージを発する機会を計っていたに違いない。拳銃という重要証拠を隠匿させ、おまけに使用させられるのだから、互助会幹部は警察組織でも相当上の地位にいる。

斎藤が互助会だったとすれば、佐良や皆口について他のメンバーに話していたのではないのか。ゆえに互助会は二人を組み込めると踏んだのではないのか。斎藤は互助会に勧誘されるほど真正直すぎる正義感の持ち主ではないが、何か事情があったのではないのか。

執務机に影が落ちてきて、佐良は物思いを打ち切り、さっと振り返った。

足音もなく背後に立っていたのは、監察係でいくつかの班を束ねる須賀《すが》だった。互助会に通じる人物を割り出せた。そう須賀には報告した。

「会議室に行くぞ」

須賀は顎《あご》を振った。

2

「どうやって洗った?」

能馬《のうま》は無表情に言った。小さな会議室の長机はコの字に組まれ、能馬は窓際の席に端然と座っている。

能面の能馬。この男の異名だ。感情を一切窺《うかが》わせず、多くの警官が監察官という言葉でイメージする『血も涙もない人物』という面をまさに体現している。

現在監察係の上層部は首席監察官をトップに、その下に理事官が二人、さらに実働部隊を率いる監察官が四人という構成だ。能馬の実績は群を抜いており、人事一課監察係を実質的に仕切っていて、首席監察官を凌《しの》ぐ発言力と影響力を誇る。

佐良は須賀と皆口とともに、能馬の正面に立っていた。能馬は互助会の全容解明の現場責任者でもある。

長机には能馬の私物の、銀柄のタクトが横向きに置かれている。彫りの深い顔立ちに、豊富な黒髪を整髪料で後ろになでつけ、五十代半ばでも引き締まった体。装いは常時、紺無地フランネルのスリーピース。そんな能馬にはお似合いの道具立てだ。

佐良はすっと息を吸った。

「五日前、互助会の幹部候補者三人に偽情報を流しました。深夜の井の頭公園で振り込め詐欺団に高齢者や多重債務者の名簿を売り渡す者がいるらしい、黙然と一時間以上もベンチに座っているのが新しい名簿を持っている合図だ――と。監察業務の過程で得た、確度の高い情報だと知らせてもいます。名簿売買は合法なので取り締まれませんが、犯罪と繋がる以上、互助会なら聞き逃せないでしょう。連中は法では罰せられない悪党に私刑を加えるのも、活動の目的ですので」

「それで」と能馬が平板な物言いで先を促してくる。

「偽情報を流した三人ごとに井の頭公園の異なる場所を伝え、その三ヵ所を私、皆口、毛利で手分けして張りました。誰の持ち場に互助会メンバーが現れるのかで、連中に情報を伝えた幹部候補者に見当がつく仕掛けです。常時接続したイアホンで直ちに応援にも駆けつけられます」

誰がどの場所を張るのかは、皆口とあみだくじで決めた。

――運を天に任せましょう。私のとこに現れたら、佐良さんが来るまでに叩《たた》きのめします。毛利君には本当の意図を言わなくていいんですか。

――まだあいつの人となりを摑めてない。新たな業務の張り込みだと説明しておこう。正義感に逸る男だとは思えないが、毛利だって互助会かもしれない。

――大丈夫ですかね、あんまり腕っぷしが強そうじゃないのに。

――平気だ。すぐに助けに行ける。この前助けた借りを返してもらうと思えばいい
さ。

――スパルタで怖いなあ。

皆口は苦笑していた。榎本を追い詰めた時に毛利は危うく殺されかけ、佐良が救っている。

「三人だけでよく動いたな」

「誰が互助会なのか判然とせず、かつ周囲の警官はほぼ誰も信用できない状況ですので」

佐良が信頼できるのは皆口だけだった。

「幹部候補者三人とは？」

「正確には四人です。偽情報を流すにあたり、私が経験した事柄から幹部候補だと推し量れる条件をいくつか考えました。外事事件を管轄する公安畑の上層部か公安の捜査に通じる者、そんな人物を動かせる者、監察の動き――私と皆口が銃撃されたＹＫ団を巡る捜査情報漏洩《ろうえい》疑惑での監察業務を知る者。韓国マフィアに関する極秘文書の存在を知り、利用できそうな者。以上四点です。私にはすべての点に当てはまる人物を想起できませんでした。しかし、一点でも当てはまれば幹部候補者だと疑うに値すると判断した次第です」

す」

「捜査二課の長富《ながとみ》課長。人事一課の真崎《まさき》課長。警務部の六角《ろっかく》部長。そして能馬さんで
「具体的には誰だ」

能馬はポーカーフェイスを崩さない。

「須賀の指示でもなかったんだな？」

「はい。私の独断で動きました」

須賀から与えられた業務の後、井の頭公園で互助会を待ち受けた。佐良は入谷の自宅には戻らず、吉祥寺にある二十四時間営業のネットカフェでシャワーを浴び、短い休憩をとり、朝の行確に向かっていた。

須賀は佐良たちの班を直接率いている。班長の中西《なかにし》が事故で大けがを負ったための措置だ。互助会をめぐる監察は能馬を頂点にし、実行部隊を須賀が動かしている。警察は上意下達の組織。殊に公安と人事一課監察係では徹底される。今回の互助会幹部を炙《あぶ》り出した手法が、あるまじき動き方なのは承知していた。

佐良は須賀の横顔を窺った。特に表情に変化はない。

須賀には〝長袖の須賀〟というあだ名があり、真夏でも長袖を着ている。公安部時代、ともに潜入捜査にあたった捜査員を助けるため、ビルで次々と火を放って相手を混乱させ、自身も大火傷《やけど》を負ったという。夏でも長袖を着るのは、傷痕《きずあと》を隠すためだ。

大火傷のせいで現場に出られなくなり、内勤で飼い殺し状態だったところを能馬が人事一課に引き取ったらしい。公安の捜査では自分を特徴づける目印は致命傷に繋がる。相手組織を潰《つぶ》しても、残党に狙われかねない。

結果的に須賀は人事一課の水も合っていたのだ。四十代半ばにしてすでに十年以上も籍を置き、首を狩った警官の数は歴代の課員でもトップクラス。このまま監察係で警察人生を終えるとまことしやかに言われている。

「つまり、須賀を通じて私に動きが漏れるのを嫌ったわけだな」

「おっしゃる通りです」

佐良は素直に認めた。取り繕っても仕方がない。能馬と須賀との間柄を鑑《かんが》みれば、講じた仕掛けを明かせなかった。

「別に構わん」能馬は平板な口つきだ。「君たちが銃撃された弾の線条痕もある。互助会について、君たちは是が非でも解明したいだろう」

「はい」とこれまで黙っていた皆口が間髪《かんはつ》を容《い》れずに応じた。

能馬は銀柄のタクトを手に取り、右肩をぽんと叩いた。

「私以外の三人に偽情報を流したんだな」

ええ、と佐良は返答した。動きがなければ、能馬が互助会だと目せる。

能馬は再び銀柄のタクトで右肩を軽く打った。

「私も互助会だったらどうする？　残り三人の誰かから私の耳にも入ったが、適当にやり過ごしたのかもしれない」

「逆に言えば、この段階で互助会の全容解明がなし崩し的に打ち切られたら、能馬さんに決まりです。ただ、私には能馬さんが正義感に逸る姿は想像できません」

「私にも想像がつかんよ」

　誰にもできないだろう。能馬が互助会だとすれば、幹部も佐良と皆口をわざわざ組み込もうと思わないはず。能馬から監察の動きを仕入れればいい。疑ったのは一応だ。

「偽情報を流した後、毎晩井の頭公園で待ち受けていたのか」

「できない日もありました」

　YK団の振り込め詐欺事件の帳場にいる全員を、改めて行確している段階だ。朝方まで帳場で仕事をする捜査員もいる。

「無関係の一般市民が佐良の偽情報で襲われるリスクもあったな」

「いえ」佐良は即答した。「夏や日中ならともかく、真冬の真夜中に井の頭公園のベンチに一時間以上も座る者はおりません」

「どうして井の頭公園にした」

「私にとっては勝手知ったる場所ですので」

「須賀、意見は？」

「作戦としては及第点でしょう」

「君に黙っての行動だった点については？」

「業務後に何をしようと個人の勝手です。業務の妨げにならない限りは」

能馬の視線が佐良に戻った。

「案外、佐良には公安の潜入捜査が向いているのかもな。現場で臨機応変に判断できる頭が求められる。指示待ち人間には絶対にできない」

「自分では何とも言えません」

佐良は本心を述べた。

「最終確認だが」能馬が銀柄のタクトの先を机上に落とした。そこに一枚の顔写真がある。「この人物で間違いないんだな」

はい、と佐良は言い切り、続けた。

「長富課長です」

井の頭公園で佐良の場所に現れる偽情報を流した相手だ。むろん他の二人がシロと確定したわけではない。果たしてここからどう動けばいいのか。

通常、キャリアの不祥事は警察庁の監察が出張ってくる。キャリアはキャリアで処分するという不文律があるのだ。しかし今回、能馬は警察庁に渡すつもりはないだろう。互助会は現在進行形で動いており、誰が長富と結びついているのか定かでない。

握り潰されたり、長富が逃げ切ったりすれば互助会の全容解明は遠のく。

能馬が携帯電話を取り出し、耳にあてた。……いま大丈夫でしょうか。例の案件で、耳に入れたい件があります。ええ、判明しました。

通話を終えると、能馬は音もなく立ち上がった。

「佐良、皆口、ついてこい」


ガマガエル、あるいは大きな饅頭《まんじゅう》という印象はいつ見ても変わらない。佐良は警務部長の六角の前に立った。人事一課は警務部長直属だ。

六角は警察官僚としては珍しい経歴の持ち主だった。警視庁ナンバースリーの警務部長にまで至る人物は大方、公安畑を歩む。かたや六角は常に刑事畑にいて、一度も公安セクションを経験していないのに現在の地位に就いた。多くの暗闘や競争を勝ち抜いた頭と腕力があるのだろう。

佐良は横目で皆口を見た。顔色こそ変えていないが、目の色は興味津々だ。当然か。警務部長室に入るのは初めてのはずだ。一般職員が働く大部屋とはしつらえが大きく異なる。六角が座るのは背の高い黒革張りの椅子で、執務机も重厚だ。部屋には応接セットまである。

「特殊詐欺犯を検挙すべき人間が、特殊詐欺犯の殺害に関わっていた――か」

六角は粛とした顔つきだった。今しがた、『長富課長は互助会と通じている可能性がある』と能馬が説明した。

「佐良君、長富君がすべての黒幕だと思うか」

「まだ何とも言えません」

「能馬君の見解はどうだ」

「明言できる材料はまだありません」

六角は太い腕を組んだ。学生時代は柔道の猛者だったらしい。

「長富君が大本なのか。さらに上がいるのか。いるとすれば、長富君を指揮できるのは相当上のキャリアになるな」

「おっしゃる通りでしょう」

能馬が淡々と見立てに同意すると、六角は腕を解《ほど》いて身を乗り出してきた。

「サッチョウにはまだ知らせるな。我々で互助会の全容を解明する」

「はい」と能馬が頷《うなず》いた。「全力を尽くします」

「長富君がぐうの音も出ない尻尾《しっぽ》を摑め」

「まずは尻尾があるかどうか見定めないとなりません」

能馬は起伏に乏しい口調のままだ。

「慎重だな」六角が体勢を元に戻し、椅子の背もたれに寄り掛かる。「本当なら呼び出して徹底的に追及したい場面だ。互助会が動き続け、世論が盛り上がれば警察の存在意義にもかかわってくる。国民の監視を強める法案が審議され始めるだけで、警察の敗北だ」

それを防げれば六角の発言力は高まり、久々に刑事畑出身の警視総監の座も見える。上からの引きに期待できない以上、六角は自らの才覚で出世を摑みとらねばならない。歴代の警視総監、警察庁長官をみても刑事畑の人間は数えるほどしかいない。

そうか。これが六角の抱く筋書きか。やはり六角は互助会とは無関係なのだ。黒幕だとすれば、全容解明されるのは何がなんでも避けたい。相手は能馬だ。二重三重の防御線があったとしても、いつ自分の首に能馬の手が届くのかわからない。解明の指示を出さず、慎重論を唱え、警察庁の監察に事態を一任するはずだ。

いや、六角は刑事畑なのに警務部長の座に就いた腕と頭がある。以前、六角と真崎が帝国ホテルの高級中華料理店から連れ立って出てきた場面を見た。あの直前には与党の民自党《みんじとう》政調会長も同じ店から出てきた。三人で会合を持ったのだろう。六角には政治家と繫がるしたたかさもあるのだ。罠《わな》や策略に対する危険察知能力は高いはず。佐良の仕掛けを切り抜けただけかもしれない。相手が能馬といえども、絶対に自分には監察の手が届かないという確信がある？

探りを入れてみるか。佐良は背筋を正した。

「僭越《せんえつ》な疑問かもしれませんが、お尋ねしてもよろしいですか」

「どうした」

「法案審議に待ったをかけられるパイプをお持ちでないのでしょうか」

「私のパイプなどたかが知れてる。おまけに政治家は二股、三股は当たり前だ。笑みを浮かべて挨拶している時も、腹の中で相手に唾を吐きかけているような輩さ」

六角はさらりと言った。何度も犯罪者の嘘と向き合った佐良も、一つの質問で発言の真偽を見極めるのは難しい。六角を信用できない状況はもうしばらく続きそうだ。

六角が目玉を動かした。茫洋《ぼうよう》とした中にも鋭さがある眼光だ。

「数年前にメキシコで何の罪もない人間が市民に取り囲まれ、石を投げられた挙げ句にガソリンを浴びせられ、生きたまま火を点《つ》けられて死んだ事件を誰か知ってるか」

「はい――」と皆口が口を開く。「子どもの誘拐が多発した地域で、SNSに不審者がいると投稿されたのが発端だった事件ですよね」

「なかなかよく勉強してるな」

「衝撃的なニュースだったので記憶にありました。テレビで報じられた時、自分の目と耳を疑ったほどです」

皆口は重々しい調子で答えた。確かに正気の沙汰《さた》とは思えない事件だ。

六角が肩を大きく上下させる。

「土地柄や民族性が違うとはいえ、メキシコ人も日本人も同じ人間だ。日本で同様の惨劇が起きないとは言い切れない。互助会を野放しにしておけば、惨劇の発生確率は高まっていくだろう。誰の心にも悪い奴を自らの手で懲らしめたいという願望はある。SNSを覗けば明らかだ。現段階でも、まったく事件に無関係の人物をSNSで『犯人だ』『共犯者』などと名指しで晒《さら》して、社会生活を営めないほど攻撃するケースが相次いでいる。SNS上での攻撃が生身への攻撃に代わる日も近い」

暖房がついているはずなのに寒々とした空気が部屋に流れた。六角が厳しい物言いで続ける。

「メキシコの私刑はフェイクニュースが原因だ。フェイクニュースやあらぬ噂を法律で取り締まるのは無理だと歴史が証明している。嘘に関する法律は十三世紀にフランスですでにあった。フェイクニュースは今後も出続ける。犯罪捜査は警察に委《ゆだ》ねるという意識を強化する以外、私刑を防ぐ手段はない」

日本でメキシコの例ほどひどい私刑は起きないという意見もあるだろうが、わずかでも危険性があること自体が問題なのだ。今のうちに心にたがをはめないと、どこまでも私刑擁護の波は広がっていきかねない。いまや誰もが好き勝手に様々な情報を発信できる時代だ。

「吉報を待ってるぞ」

六角が締め括《くく》った。

失礼します、と能馬が一礼した時、六角が思い出したように言った。

「長富君だと割り出した仕掛けについて、もう少し詳しく聞きたい。佐良君はちょっと残ってくれ」

はい、と佐良は返事をした。断る理由もない。

「話が終わったらさっきの会議室に来てくれ」

能馬に言われ、佐良は目顔で承知した旨を返した。能馬と皆口が出ていくと、六角がにやりと笑いかけてきた。

「以前、君をこの部屋に呼んだ時に言った内容を憶えているか」

ええ、と応じる。約一年前、能馬の失点を探せと言外に指示された。佐良は指示を無視してきた。能馬は人事一課に残留を望み、意向を受け入れる人物が上層部にいる。その人物と六角が綱引きしている最中だと読んだのだ。監察に入る者の大半は公安出身者で、六角が手下にできる人間は少ない。佐良を利用しようとしたのだろう。

「あの時の頼みはまだ生きてるぞ」

六角が笑みを消した。佐良は首筋に力を入れた。

「長富課長だと割り出した仕掛けについてですが、私としては能馬さんが説明した以上の話はできません。何をお伝えすればいいのでしょう」

「ならいい。諸々《もろもろ》頼む」

六角は口元を引き締めた。

会議室に戻ると、能馬、須賀、皆口がいた。佐良が席に着くと、能馬が早速切り出した。

「今晩から長富課長を行確する。ひとまず須賀、佐良、皆口、毛利でやってくれ。須賀、指揮を執れ」

「承知しました」

「長富課長の行確は、他班との共同作戦ではないんですか」と佐良が訊《き》いた。

能馬は小さく頷いた。

「他班は使えない。なぜキャリアを行確するのかを説明せざるをえない。他班に互助会のメンバーがいないとも限らない」

「そうはいっても人数をかけた方がいいのでは？　長富課長は私たちの顔も知っています」

「同感です」皆口も声を上げた。「公安部と監察係には正義に逸る人間が少ないはずですし」

能馬がかすかに首を振った。

「公安にも監察にも正義に逸る者がいると想定して行動すべきだ」

返す言葉はなかった。佐良は監察係に異動して二年になるが、自分の所属班以外の監察係員と接点はない。彼らが日々何を考えているのかは謎だ。

「長富課長が互助会に入るようなタマなのか、過去も洗っておけ」

今さら？　思わず皆口と目を合わせた。皆口も戸惑った面持ちだ。キャリアだろうと、高い地位に就く者については監察係が異性関係、金銭トラブル、交友関係など周辺を洗い、徹底的に行確する。彼らが不祥事を起こせば、警察全体の打撃になるからだ。長富についても捜査二課長就任にあたり、身辺調査がなされている。報告書に過去の経歴なども記されているはずだ。

佐良の頭にも長富の経歴などが入っている。長富は佐良と同じ三十八歳。主に公安畑を歩み、一年前に刑事部にきたキャリアだ。趣味のランニングで体は引き締まり、顔色もよく、第一線の刑事よりよほど若々しい。朝食は野菜中心に、昼食で肉類を摂取するよう食事面にも気を配っているという。

長富は苦労人だ。幼い頃に両親と死別し、親類の家に引き取られた。その折は祖父母も同居し、金銭に余裕のない家庭で育っている。新聞配達で学費を稼ぎ、東大を出た秀才で、今でも生活には金をかけていない。

能馬がすっと顎を引いた。

「課長就任前の身辺捜査では、互助会という観点を持って当たっていない。心して洗い直せば、違った角度から見える何かがあるかもしれない」

3

「久しぶりだな」

新穂《にいほ》はコーヒーを口にし、苦そうに口を歪めた。

「ですね」と佐良は会話を継ぐ。「例の一件以来です」

新穂は捜査一課時代の先輩で、今春に定年退職した。再就職はせず、現在は地元の三ノ輪《みのわ》でボランティア活動にいそしんでいるという。相変わらず痩せ形で、くせ毛の関係で頭頂部より側頭部の白髪の膨らみも目立っている。

佐良は約一年前、監察として皆口を行確した。当時府中《ふちゅう》の運転免許試験場にいた皆口が、免許証データを横流ししているとの密告が届いたためだ。その行確の最中、池袋西《いけぶくろにし》署で未解決事件の継続捜査担当だった新穂を皆口と手伝った。

「皆口とは会ってるのか」

「ええ、元気ですよ」

皆口は監察に入ったことを新穂に伝えていないのか。あえて伝える必要もない。当の本人はいま警視庁で毛利とともに待機し、長富が早退する場合に備えつつ、過去を洗い直している。

「佐良はまだ監察なのか」

「相変わらずです」

「現役時代だったら、監察に目をつけられるような憶えの一つや二つはある。けど、もう足を洗った。何の用だ？　ご機嫌伺いじゃないんだろ」

「少しお知恵を拝借したくて」

長富の行確は退勤後に始まり、皆口と毛利も庁舎にいる。佐良は須賀に外出の承諾も得て、新穂に連絡をとり、三ノ輪にやってきた。指定されたのは古い喫茶店で、入った時にはすでに新穂が席にいた。他に客はおらず、二人は店の隅のテーブル席で向かい合っている。

「互助会をご存じですか」

三十代後半の長富がトップだとすれば、互助会は比較的新しい組織だ。定年退職した新穂に存在を知らないのかを尋ねたかった。新穂が互助会を知っていて、初めて耳にした時期が長富の入庁前なら、別の黒幕の存在が有力になる。早く訊きたかったが、業務や互助会幹部を割り出す仕掛けで時間をとれなかった。電話で問える内容でもない。

「なんだそりゃ？」と新穂は眉を寄せた。

「警視庁職員が密《ひそ》かに結成した、特殊な団体です。〝懲らしめ〟と称して、法律では裁けない連中に私刑を加えています」

「最近大型の振り込め詐欺犯が何人か殺されてるよな、ああいうことか」

新穂は店に自分たち以外の客がいないのに声を潜めた。

「ええ。あれは互助会が直接手を下したのではないようですが」

「だろうな。いくら相手が悪人でも警官が人殺しに手を染めたら終わりだ」

実際には殺しているも同然だが、佐良はそこに触れなかった。部外秘と言える。

「互助会ねえ、知らねえなあ」新穂は側頭部を指で掻いた。「待てよ。互助会って名前には聞き憶えがないけど、詐欺とか強姦とか被害届が出にくい事件で、担当官が管轄外の警官に頼み、犯人と思しき連中に暴行をふるってもらう話は耳にしたことがある」

「いつ頃の話ですか」

「こんな話、俺が入庁したての頃からあるよ。下手すりゃ、警察制度が生まれた時からあったんじゃねえかな。日本人は伝統的に敵討ちが好きだ」

六角が挙げたメキシコの凄惨な私刑の例が脳裏をよぎった。日本人もそこまで踏み込むDNAを持っているのかもしれない。

トで震えた。

「組織化されてるんですか」

「さあ、俺が知らないだけかもしれん。すまんな、役に立てなくて」

「いえ、参考になりました」

二十分ほど捜査一課時代の思い出話などをし、佐良は喫茶店を出た。電話がポケッ
トで震えた。

地下鉄三ノ輪駅からいくつか路線を乗り換え、JR武蔵境《むさしさかい》駅に到着したのは午後二時半過ぎだった。風の肌触りは滑らかで、都心部のそれとは違う。武蔵野市で生まれ育った佐良にとっては故郷の風だと言える。

佐良が所属する班の班長、中西が入院する大学病院には大勢の老若男女がいた。エレベーターで四階まで上り、リノリウムの廊下を進む。中西はしばらく意識不明の重体だったものの、今は集中治療室を出て、数日前に一般病棟に移った。

廊下の奥でツイードのジャケットを着た男性が少し右脚を引きずり、向こうむきで歩いている。中西の病室に行くために視線を男性の背中から外した瞬間、佐良はハッとした。顔を戻すも、もう男性の姿は廊下になかった。男性を追うべく、廊下の奥に進んだ。階段があった。上か下か。

佐良は階段を駆け下りた。似ている。中西が集中治療室にいた時に見舞った際、警

官のニオイを発した男がいた。あの時も追いかけたが、接触できなかった。今のツイードの男性の背中がそっくりなのだ。今日は警官のニオイがしなかったし、以前の男は右脚を引きずっていなかった。別の部屋の見舞いかもしれない。そもそも警視庁職員も約四万人いる。けれど、確かめるべきだと警察の本能が佐良を動かしていた。

一階のエントランスに出た。視線を素早く巡らす。いない……。佐良は奥歯を嚙み締め、エレベーターに向かった。

四階の中西という名札が掲げられた個室のドアをノックした。どうぞ、と聞き馴染《なじ》みのある声が返ってくる。

ドアを開けると、身を起こしてベッドに座る中西が軽く手を挙げ、微笑んできた。

おう、と中西の恵比須《えびす》顔は健在だ。

傍らには女性看護師がいる。

「来たか、元気そうだな」

「それはこっちのセリフですよ。お元気で何よりです」

「どうだ、少し痩せただろ」

「私の目には以前とお変わりないように見えますが」

まだまだ雪だるまのような体型からは脱せられていない。

中西の大怪我には佐良も深くかかわっている。ＹＫ団に関する捜査情報漏洩事案で捜査二課員を追い、佐良は小金井《こがねい》市内の廃病院に入った。大量の鉄筋が崩れ落ちる仕掛けに気づかずに危うく押し潰されかけた時、中西に助けられた。その廃病院を出ようとした時に建物が崩れ、中西は崩落したコンクリートの下敷きになったのだ。

中西がガハハと笑う。

「厳しい指摘だな。中性脂肪だの尿酸値だのの値もだいぶ改善されたんだ。たまに入院するのも悪くないぞ」

「なかなか見舞いにこられず、すみませんでした」

「なんの。監察の業務事情は承知してる」

新穂と別れた直後に中西から電話があり、呼び出されたのだ。監察業務の多忙さを理解した上での連絡だ。何か仔細がある。

「私の前に誰か見舞いに来ました？」

「午前中にうちのおっかさんが来た。どうかしたのか」

嘘の気配はない。嘘だとすれば、隣の看護師の表情に何か変化が出る。看護師の顔つきは特段何も変わっていない。

何かあったら呼んでくださいね。看護師が個室を出ていった。佐良はベッド脇のパイプ椅子に腰を下ろし、気になる点を告げた。

ふうん、と中西が腕を組む。

「何とも言えんな。佐良がナーバスになりすぎているのかもしれん。見舞いに来る奴に心当たりもない。第一、公安の後輩なら警察のニオイを消す」

もっともな話だ。そうでないと潜入捜査なんて不可能だろう。

「退院の目途《めど》はついたんですか」

「当分先だな。コンクリートの下敷きになった影響で血栓があちこちにできちまって、まだ消えないんだ。心臓とか脳に詰まったら一大事だってよ」

「いい機会だと捉えて、完璧な健康体になってください」

「だな。捜査はどうなった？」

佐良が互助会の存在を知ったのは、中西が意識不明になった後だ。中西も互助会の一員というリスクはある。だが、佐良は中西が倒れてからのあらましを手短に語った。互助会だとしても幹部や指揮官ではない。指揮官だったら、中西が意識不明になった後に連中が行動を続けるのはおかしい。しかもこの怪我だ。まだ何もできない。たとえ中西が互助会に監察の動きを伝えても、しばらく連中は邪魔してこない。中西というパイプを活かすためだ。監察の邪魔をしてくれれば中西経由の情報だと、こちらに明かすも同然。監察中枢部にエスがいない限り、互助会は監察の実働部隊から情報を吸い上げ、〝懲らしめ〟が露見していないかを探っていくしかない。

「正義感旺盛な輩が集まる組織か。面倒くせえ奴らだな」

「互助会についてご存じでしたか」

「いや、知らん。……なるほど」

「何がなるほどなんです？」

中西が真顔になる。

「小金井の廃病院で鉄筋が崩れてきた仕掛け、さらには振動で柱が倒れる細工。俺が知る限り、あれほど見事な細工をできる奴は一人だけだ。実はその件を伝えたくて来てもらったんだが、互助会の話で確信を持てたよ」

佐良は首筋が強張《こわば》った。

「誰なんですか」

「富樫修《とがしおさむ》。公安捜査員だ。あいつも、もう四十歳くらいか」中西は重たい口ぶりだ。「順を追って説明するぞ。まず富樫の実力についてだ。以前、警視庁公安部で極秘プロジェクトを進める気運が生まれた。某国の特殊工作員に対抗するため、選抜メンバーに様々なトラップを仕掛ける技術や体術を身に付けさせるべきだと上層部が判断したんだ。プロジェクトが進めば某国の工作員対策だけでなく、国内の活動家にも優位に対抗できる。運用には相応の費用がかかる。そこでプロジェクトを本格的に導入する前に可否を判断しようと、試験的に三人が選ばれた。その一人が富樫だった」

「極秘プロジェクトなのに、どうして中西さんがご存じなんでしょう」

「俺も三人のうちの一人でな。なに目を丸くしてんだよ。ああ」中西は腹を叩いた。「当時は俺もスリムな体型だった。まだ三十代前半でな」

誰にでも過去がある。佐良はあらためて痛感させられた。廃病院で助けられた時、佐良は近くに中西がいた事実にまるで気づかなかった。中西は公安部員でも選りすぐりの人材だったのだ。

「それはゼロとは違うんですか」

ゼロ――。公安部内に公には存在しないとされる部門だ。ゼロ、サクラ、チヨダなどと呼び名は何度か変わっている。公安を牛耳る部門だとまことしやかに語られているが、どんな活動をしているのかは定かでない。

「全然違う。ゼロについて詳しくは言えないが、もっと高度な技術や知識を身に付けるプロジェクトだった」

「どんな基準でメンバーが選ばれたんです？　優秀というだけですか」

「知らんよ。俺は上司に呼ばれ、否応なく送り込まれた。富樫ともう一人ともそんな話はしてない。日々、訓練で精一杯だったからな」

中西は一瞬だけ懐かしそうな目つきになり、再び真顔になった。

「火器や爆薬の取り扱い方や分解の方法を体に染み込ませた。今も目を閉じていてもできるだろう。柔剣道だけでなく、空手、テコンドー、ボクシング、レスリングと格闘技も体系的に叩き込まれた。アメリカや韓国に行き、物理的トラップの見破り方や仕掛け方、相手に食い込む心理的なテクニックも徹底的に学んだ。公安では相手組織のアジや勧誘術を学び、自分でも使えるようにするが、あんなもんじゃない。訓練は一年半続いた」

警官というより、軍隊の特殊部隊さながらだ。いち警官が身に付ける技術ではない。

「さっき中西さんは『俺が知る限り、あれほど見事な細工をできる奴は一人だけ』とおっしゃった。つまり、プロジェクトは見送られたんですね」

「ああ。いくら訓練を積んでもスーパーマンにはなれない。一人でできることなんて、たかが知れてる。実際、富樫はある潜入捜査で死にかけた。須賀さんが真夏でも長袖を着るようになった発端を話したよな」

「まさか、須賀さんが助けた相手は――」

「富樫だよ。須賀さんは万一を想定し、ビル突入の前日に連絡をくれた。もしもの時はバックアップを頼むと」

公安部に応援を頼めないのは理解できる。捜査員が潜入先を取り囲めば、富樫が警官だと知らせる結果となり、最悪相手に殺されかねない。また、公安部でも限られた上層部だけが関わる極秘プロジェクトでもある。なにゆえ須賀は中西に？　そうだ。

「極秘プロジェクトに選ばれたもう一人は、須賀さんですか」

「ご明察。須賀さんが長袖を着るようになった背景を俺が知っていたワケさ」

「以前、須賀さんがビルに突入した話を聞いた際、中西さんは本人に聞いたんじゃないし、誰も真相を知らない神話に近い話だと……」

中西はただでさえ細い眼をさらに細くした。

「事案が事案だ。そう言うしかないだろ」

自分が中西の立場でも煙に巻いただろう。

中西の顔つきが三度真剣なものに変わる。

「上層部はプロジェクトを推進するかどうかを、富樫と須賀さんが新興宗教団体を壊滅させられるか否かで計った。教団の基礎情報を与え、準備に三ヵ月を与える代わり、潜入方法も工作手段も兵隊に一任された。上層部は、たった二人で遂行できるのかを高みで見物したんだ。仮に二人が死んでも『プロジェクトは失敗だった』と闇に葬ればいい」

非情とも言える選択だ。中西が視線を窓の外に逸《そ》らしていく。

「結局上層部は、費用をかけてレベルの高い人材を育てるより、そこそこの人材で人数をかける方が効率的だと判断した。富樫と須賀さんの失敗は極秘にされ、案件には蓋をされた。上層部はこのヤマを富樫にちなみ、『T事件』と呼んだらしい」

「そもそもプロジェクトの発端は何です？　発案者は？」

中西は視線を佐良に戻すと、首をすくめた。

「末端には知る由《よし》もない。いつの時代も兵隊は何も知らされないのが相場だ」

佐良はふと斎藤を想起した。死ぬ原因となった公安の外事事案について、どこまで把握していたのだろう。兵隊は上が立てた作戦のために死なねばならないのか？　やるせなさを覚える。

「須賀さんと富樫が関わった新興宗教団体は、どんな事由で公安の捜査対象となり、二人はどんな捜査をしたんです？」

「富樫が新興宗教団体に単独で潜入し、須賀さんが外で補助した。それしか俺も聞かされてない。富樫を助け出す羽目になったいきさつすら、教えてもらってない。部外者だからな」

当然か。刑事事件や生活安全部の事件などでは、警視庁も道府県警も独自の判断で捜査を行う。一方、公安は違う。警察庁公安部の指示で警視庁と道府県警の捜査員が動いている。同じ捜査班にいても別担当が何をしているのかを知らない。

「俺はな」と中西は溜め息をついた。「別の潜入捜査をする予定だった。それも中止になった。かなり準備を進めていたんで、『せっかく身に付けた技術を発揮できない』って不貞腐《ふてくさ》れてな。失望して食べまくり、こんな体型になった。そんで公安を追い出された。富樫は俺とは根本が違う。あいつは食事の時なんかによく、『世の中のために公安が監視する団体を片っ端から潰したい』と本気で話していた。新興宗教団体への潜入捜査が決まった時、表情には出ていなかったが、期する思いはあったろう」

「正義感が旺盛だったんですね」

「そこが互助会と結びつくんだ。俺が大怪我をした夜、佐良が追ったのは警官だ。そいつも互助会のメンバーだったんだろ。廃病院で事故を誘発する仕掛けをした人間も、互助会メンバーだと睨んでいい」

「なぜ今の話を廃病院から抜け出す時に教えてくれなかったんです」

「お前を廃病院から遠ざけるのが最優先だった。相手が富樫なら第二のトラップがあっても不思議じゃない」

なるほど。勉強になる発想だ。

「そもそも、中西さんが廃病院に入る私を尾行したのはどうしてなんですか」

「あの時も言ったろ。佐良と皆口が銃撃されたのが気になったんだ。嫌な予感がしてな。ただの勘だと馬鹿にするな。特殊公安捜査員の訓練を受けた人間の読みさ」

「馬鹿にできるわけありませんよ。私は中西さんの読みに助けられたんです」

佐良は不吉な予感など微塵もなかった。経験の差は大きい。

「富樫は今も公安にいるんですか」

「辞めたって話は聞かない。あれほどの男だ。辞めた時は俺の耳にも入るだろう」

「廃病院の事故は須賀さんもご存じです。中西さんと同じように、富樫の仕業だとピンとこないはずがない。でも、何も言及していません」

「本人に聞いてくれ。須賀さんと富樫は命を預け合った間柄だ。俺とは違う感情を持ってるだろうよ。なんせ当時から口数が少なくてな。富樫を助けたんだ。仲間への情が厚いのは間違いないがな」

　窓の外では風が吹き、枝だけになった木々が揺れている。

「富樫が廃病院の仕掛けをしたと思われる件、能馬さんに話しても構いませんか」

「ああ。相手が富樫なら生半可な覚悟では大怪我をする。俺が言ってりゃ世話ねえな」

「私が足を引っ張ったせいです」

「自分を責めるな。俺もやきが回ってた。建物が崩れる仕掛けまで見抜けなかった。最初から富樫がかかわっていると知ってても、見抜けたかどうか」

　佐良は息を呑んだ。特殊な訓練をともに積んだ中西でさえ、富樫のトラップをかわしきれず、大怪我を負った。

「トラップの周りにぶどう味の飴が落ちているか、溶けた痕跡があれば決まりだ。富樫はああいうトラップの現場に必ず飴を残す。必ずぶどう味を」

「ぶどう味の飴？　余計な証拠を残すだけでしょうに」

「験担《げんかつ》ぎだと言ってたな。飴の習慣を知っているのは、俺と須賀さんだけだろう」

　警視庁に戻ると、フロアには須賀だけがいた。自席で受話器を耳にあて、特に声を発せず、ただ相手の話を聞いている。皆口と毛利は別室で作業を進めているのだろう。

　須賀の電話が終わるのを見計らい、佐良は歩み寄り、小声で尋ねた。

「中西さんが大怪我を追った事故についてですが、富樫のトラップだと須賀さんも見ているのでしょうか」

　須賀は少し眉を動かした。真っ平らな眼差《まなざ》しに、不意に深みが生まれた。

「少し時間をもらうぞ」

　須賀が固定電話の受話器を持ち上げた。

4

「富樫か」

　能馬は無表情に言った。いつもの会議室で、佐良が中西の話を報告したところだった。富樫の名を知っているらしい。能馬も元々は公安部員で、須賀を引っ張ったのだ。富樫と面識があっても不思議ではない。

「須賀、どう思う」

「先ほど鑑識から報告を受けました。中西が大怪我を負った現場での結果です。山積みされた鉄筋を崩す仕掛けだったと思われるピアノ線が発見され、それを固定した壁際に一粒の飴が落ちていたそうです。富樫の仕業に間違いありません」

「予想はしていたんだろ」

「ええ。ただ中西の見解を聞きたかったのと、鑑識の結果を待って報告すべきだと考えていました。捜査二課の捜査資料流出元を洗うことと、互助会幹部の特定が優先事項でしたので」

本当にそれだけなのだろうか。互助会を追う中で、いつどこで富樫に接触するかわからなかったはずなのに？

「そうか」能馬はあっさり引いた。「警視庁の名簿、免許証データに当たれ。須賀、富樫が立ち寄りそうな先は？」

「実家は知ってますが、他は見当がつきません。富樫との連絡はあの件以来、途絶えています」

公安では捜査をともにする者の番号を携帯に入れず、捜査終了後も連絡を取り合わないと聞いたことがある。どちらかの素性が敵対組織に割られても、新たな被害を出さないためだ。

「太陽鳳凰会《たいようほうおうかい》、か」

「それは一体――」と佐良が問いかけた時、須賀が口を開いた。

「富樫と私で潰すよう言われた新興宗教団体だ」

「長富課長に加え、富樫は互助会中心部に繋がるもう一本の線になるかもしれない。富樫は前線の兵士だろうが、指揮官がいる。富樫の腕を活かす指揮ができる以上、特殊公安捜査員プロジェクトの存在を知る者、すなわち公安上層部だ。富樫を確保する意義は大きい」

「能馬さんは極秘プロジェクトをご存じだったんですか」と佐良が訊いた。

「ああ。少々縁があってな。二人とも早速動いてくれ」

会議室を出ると、ひと気のない廊下で須賀が話しかけてきた。

「佐良は免許証データを洗え。私は職員名簿に当たる」

「承知しました。富樫はどんな男なんです?」

「仕事熱心なのは確かだ。プライベートの話はしなかった。万一の時、知らない話は相手に漏らしようもない」

須賀はこともなげに言った。万一の時。公安の捜査では相手に捕らえられるようなケースも多いのか。

「でも、実家はご存じなんですよね」

「太陽鳳凰会の一件で私が大火傷を負った顚末《てんまつ》は、中西が話した通りだ。脱出後、私と富樫は同じ病院に搬送された。搬送先に妹さんが来て、少し会話をした」

人事一課のフロアに戻ると、佐良の携帯電話が震えた。中西だった。

「今、ちょっといいか。病院の受付で職員が俺宛ての封書を受け取ってたんだ。ツイードを着た男らしい。職員は男に『病室で直接渡してはどうか』と言ったが、男は『すぐに別の場所に行かないといけないから』と封書を置いていったらしい」

「私が廊下で見かけた男でしょうか」

「おそらくな。封書の中身は都内のしゃぶしゃぶ専門店の商品券だった」

ツイードの男は何がしたかったのだろう。

「富樫だよ」

きっぱりとした口ぶりだった。

「どうして言い切れるんですか」

「俺はしゃぶしゃぶ専門店のとんかつが好きだと一度だけ話した。というか、富樫にしか話していない。例の訓練の実践版だ。特定の人物だけに特定の内容を伝えておき、自分の話がどこかに漏れた場合、漏洩先を確定させる手法だ。試しにやってみたんだ。他に俺がこの店のとんかつを好きだと知ってんのはうちのおっかさんだけさ」

「となると、富樫は中西さんの入院を把握しているんですね」

「俺が救急車で運ばれるのを見ていたんだろう。あとは地域の病院に問い合わせれば、入院先なんて簡単に突き止められる」

　佐良はフロアの無機質な壁を見つめた。

「何のために富樫は商品券をわざわざ？」

「おとなしくしとけって意味だな。佐良が見た、右脚を引きずった姿が演技だったのは確実だ。印象づければ、普通に歩くだけで追っ手の目をごまかせる。俺が集中治療室にいる時、見かけたと言ったな。その時、富樫も佐良の存在——というか警察が張っているのを現認した。そんで今回、念入りに目くらましの演技をした。本当に脚をケガしてりゃ、エレベーターのある病院で階段を使わないだろ」

　ニアミスしていたのか。

　通話を終えると、佐良は監察の専用端末で免許証データにあたった。富樫修ではヒットしなかった。しばらくして内線が鳴り、須賀からだった。検索結果を伝えると、そうか、と須賀はぼそりと言った。

「こちらもだ。職員名簿から消え、退職者名簿にもない。つまり潜入捜査中だ。私は公安から何か引き出せないかを探ってみる。佐良は皆口と毛利と、長富課長の行確に戻れ」

　はい、と佐良は返答した。他に動きようもない。

「井の頭公園で佐良を襲った連中の通話先も洗えた。連中に指示した相手の番号はプリペイド携帯だった」

予想通りだ。

午後十時。信濃町《しなのまち》のマンションに戻るまで、長富に目立った行動はなかった。長富は今夜、都内各地の帳場――捜査本部を回らなかった。捜査二課は一課と違い、事態が急展開するケースは少なく、地道な積み重ねが勝負と言える。日常の指揮は管理官に任せているらしい。

佐良は長富が自宅マンションに帰宅するのを見届け、都道を挟んで斜向《はすむ》かいにあるマンションに入った。エレベーターを待つ間、今晩の長富の行動を反芻《はんすう》した。警視庁を出ると霞ケ関《かすみがせき》駅で丸ノ内《まるのうち》線に乗り、四ツ谷《よつや》駅でJRに乗り換え、信濃町駅で降りた。佐良と皆口は姿を見られぬよう、ちょっとした変装をし、距離を置いて尾行した。

佐良はエレベーターで五階に上がった。突き当たりの部屋のインターホンを押す。

どうぞ、と毛利の返事があった。

長富の行確に合わせ、急遽《きゅうきょ》確保した部屋だ。毛利がパソコンなどを持ち込み、最低限の設備も整えた。リビングの先にベランダがあり、カーテンが閉まっている。毛利は、据え付けた望遠鏡でカーテンの隙間から外を覗いている。今日もラフな装いだ。

黒いセーターにジーンズ。体は細くて髪も長く、物腰も柔和なのでパッと見では警官とは思えない。若くして本庁の生活安全部のサイバー犯罪対策課に配属された後、二十八歳で監察に入ったのだ。人事の評価は高い。

1DKの部屋には壁際にテレビ、中央に折り畳み式の低いテーブル、その上にパソコン、フローリングの床に仮眠用の布団が二組置かれ、キッチンには小型の冷蔵庫もあった。毛利の黒い革ジャンは床に投げ捨てられるように丸まっている。

「ついさっきマルタイの部屋に電気が点きました」

「了解。俺にも見せてくれ」

はい、と毛利が腰を浮かせて、横にずれた。

「四階の一番左です」

佐良はコートを着たまま腰を下ろし、望遠鏡を覗き込んだ。長富の部屋のカーテンの隙間から光が漏れている。長富は独身だ。警察官は早く結婚するよう陰に陽に上司に迫られるが、無難にやり過ごしているのだろう。他ならぬ佐良も独身だ。

インターホンが鳴った。毛利が応対し、皆口がビニール袋片手に入ってきた。

「食料です。周囲の環境をチェックするついでに三人分買いました。どうせ佐良さんも毛利君も買ってないですよね」

佐良と毛利は目を合わせ、ほぼ同時に頷いた。

「これだもんな」皆口が肩を大きく上下させる。「といっても、コンビニのお弁当ですけど」

まず佐良と皆口が食事した。二人に富樫の件を話しながらの食事だった。

「意外です」と毛利が望遠鏡を覗いたまま言った。

「何がだ」

「須賀さんが潜入捜査員を助けただなんて」

以前、毛利は任務を完遂するためだと述べ、襲われている民間人をあっさり無視した。

「他人を助けるのは普通のことだろ」

はあ、と毛利は覇気のない返事だ。

「相手にとって不足なしですね」皆口が強い口ぶりで言う。「須賀さん並みの強敵なんて」

十時半頃からマンション付近に次々とハイヤーが止まり、いずれもむさくるしい男が下りてきた。男たちは長富のマンションに入り、数分すると出てきて、ハイヤーで去った。新聞記者の連中だ。彼らは夜ごと幹部の自宅をああやって回っている。

午前零時、長富の部屋の電気が消えた。

佐良たちは順番に仮眠をとることにした。午前二時に自分の番がきても、佐良は目が冴えて眠れなかった。皆口は敵愾心《てきがいしん》を燃やしていたが、須賀並みの相手に自分たちは立ち向かえるのだろうか。こちら側に能馬と須賀がいるように、向こうにも富樫や指揮官がいる。いや、向こうには互助会という得体の知れない組織がある。人海戦術では確実に負けてしまう。……やるしかない。自分は監察係員だ。監察のプロフェッショナルとして、互助会の動きを見過ごせない。

まだ夜が明けきらない午前六時頃、また記者たちが現れた。

午前七時、長富は記者をあしらうように速足で進み、信濃町駅に消えた。

三十分後、長富は警視庁に出勤した。皆口と毛利の姿は佐良の視界に入っていないが、どこかにいる。佐良もそのまま出勤した。人事一課のフロアには須賀の姿だけがあり、目が合い、親指を振られた。

佐良は須賀とともにいつもの狭い会議室に入った。

「夜も朝も特に異変はありませんでした」

「通話履歴にも特段何もない」

須賀は昨日のうちに通信会社に手を回し、長富が警察から貸与されている携帯電話と私用の通話履歴を洗ったのだという。

「富樫の方はいかがです」

「私のチャンネルからは辿《たど》れそうもなかった」

「能馬さんに頼んでみては？」

「すでに依頼した。佐良は毛利と庁舎で長富課長の動向を注視し、過去を引き続き洗え。私は皆口を連れて富樫の実家に行く。直近の足取りが摑めれば儲《もう》けもの程度の期待だがな」

やらないよりはやった方がいい。現状、他に互助会を探る道筋もない。

「中西さんの病院は張らなくていいんですか」

「本人に気をつけさせればいい」

確かに中西も腕利きの捜査員だ。とはいえ、味方だと確信できる人間が少なすぎる。

佐良は唇を引き締めた。

5

唐突に背中が引き攣《つ》るようにひりついたが、須賀はJR赤羽《あかばね》駅前の雑踏で歩みを止めなかった。このところ火傷を負った背中や太腿《ふともも》の裏、腕がやけにひりつく。

軽く拳を握り締めた。直接富樫とぶつかった場合、まともに渡り合えるのは自分だけだろう。中西もしばらくは動けない。中西の事故が起きた際、富樫の名が脳裏をよぎった。能馬にも告げなかったのは、不用意に突けば大惨事を招きかねない相手ゆえだ。いよいよ本格的に向き合わねばならない。

かつて富樫を助けた行為が間違っていたとは思えない。放っておいたら富樫は引き続きリンチに遭い、命を落とした。互助会の件や中西が大怪我を追った事故を鑑みれば、自分は怪物を助けてしまったのかもしれない。自分には富樫を止める責務がある。富樫が何を目論んでいるのかを突き止める義務がある。

太陽鳳凰会をめぐっては、いまだに解けない謎がある。終わった業務であり、特に改めて再考してこなかった。

なぜ富樫ほどの手練《てだ》れがリンチに遭う事態を招いたのか。

「あの――」隣から皆口が声をかけてきた。「ひとつ伺ってもいいですか。どうして私を同行させたんですか」

「相手は一人暮らしの女性だ。女性がいた方が向こうも安心する」

明るいうちから酒を飲む客でにぎわう商店街を抜け、住宅地に入った。いくつかの路地を抜け、古い戸建てのインターホンを押す。

はい、と女性の声で応答があった。名乗ると、ドアが開いた。須賀は一礼した。

「突然すみません、ご無沙汰しております」

「こちらこそ」

富樫の妹、百合《ゆり》も軽く頭を下げてきた。富樫と百合は早くに父親を亡くし、母親も十数年前に亡くなった。百合が富樫と須賀の入院先に来た際、そう聞いた。実家にはいま、百合が一人で住んでいる。

「今日はどうされたんです？」

須賀は訪問の連絡を入れていなかった。もしもその場に富樫がいれば、須賀からの電話で姿をくらますのは明白だ。

「近くまで来たので、ご挨拶くらいはしておこうかなと」

「紅茶でもいかがですか。ちょうど飲もうとしてたんです。一人では味気ないですし、お連れの方もどうぞ中に」

「では、お言葉に甘えて」

リビングに通され、テーブルセットに座った。奥のソファーには柴犬が寝そべり、須賀をちらりと見てまた目を瞑《つむ》った。他にひと気もない。

「すごいタペストリーですね」

皆口が素直に感嘆している。白い壁には様々な刺繍《ししゅう》が施されたタペストリーや布が飾られていた。

「わたしの作品です。ご覧になってお待ちください」

須賀と富樫が病院に運ばれた頃、百合はすでに刺繍作家だった。今も続けているらしい。手先の器用さは兄妹の共通点なのだろう。

リビングには犬の写真もあちこちに飾られている。幼い頃の兄妹と犬、小学生くらいの兄妹と犬、チマチョゴリを着た女性と別の少年と兄妹と犬、学生服を着た兄とまだランドセルを背負った妹と犬。スーツを着た兄と着物姿の妹と犬。須賀は百合が紅茶を入れる間、各写真に視線を配った。どの写真に登場する犬も、いまリビングにいる柴犬ではない。

約十分後、百合が温かい紅茶をテーブルに置き、須賀の正面に座った。須賀は早速紅茶を口にした。

「うまい。冷えた体も芯から温まります」

「お口にあって何よりです。紅茶にはこだわっているので」

ほんと、おいしい。皆口も声を上げた。百合が皆口に微笑みかけた。須賀はタイミングを計り、切り出した。

「富樫も妹さんの紅茶を飲んでるんですか」

「いえ、とんとご無沙汰です。連絡ひとつ寄越してこないですね。アラフォーで互いに独身の兄妹なんてこんなものでしょう。写真だって最後に一緒に撮ったのは二十年近く前ですし、その一枚すらどっかにいっちゃって」百合が屈託なく笑う。「便りがないのはいい知らせだと割り切ってます。『大怪我したので着替えを持ってきてほしい』と、いきなり連絡があった時には驚きました。もう十年以上前の話ですよね」

ええ、と須賀は応じた。富樫は百合に怪我をした経緯までは明かしていない。

「最後に会ったのはいつですか」

「母の十三回忌法要なので、三年前です」

一般的な兄妹も会うのはこの程度の頻度なのだろうか。須賀には兄弟姉妹がいないので、何とも言えない。

「兄が大怪我をした時、怪我よりも先に余りにも太っていたのに驚いたんです。兄は柔道で中量級の選手だったから、ずっと引き締まった体型だったので」

富樫はインターハイにも出た実力者だ。

「回復した頃に体型を揶揄《からか》うと、『忙しすぎて夜中に食べるからな』ってぼやいてました。少しは痩せたんですかね。あれじゃ、友達とすれ違っても気づかれませんよ」

太陽鳳凰会に潜入する際、富樫が体を大きくしたのはまさしくその狙いからだ。壊滅させた後、街中ですれ違っても相手に気づかれないように。

「どうでしょうかね。何年も顔を合わせてないので」

「相変わらず忙しいんでしょうね。食事もですけど、忙しすぎて犬も飼えないって前にぼやいてました」

「富樫は犬好きだったんですか」

写真を見る限り間違いない。

「ええ。わたしたちが小さな頃からうちにはずっと犬がいて、兄はどのコも溺愛しました。父の仕事の都合で韓国に三年間暮らした時も、最初は犬だけが心の支えで。結局、兄もわたしも仲のいい友人ができましたけどね」

ソファーでは今も柴犬が気持ちよさそうに眠っている。

「お父さんは商社マンか何かで？」

皆口が訊いた。斎藤の経歴を念頭に置いているのかもしれない。

「うちはゼネコンでした」

技術協力などで現地に出向したのだろう。須賀は紅茶をもう一口飲んだ。

「富樫はご両親のお墓参りにも顔を見せないんですか」

「いえ、行ってるみたいです。……みたいというのは、時間を合わせて行ってるわけじゃないので。わたしが命日にお墓参りに行くと、花がもう供えてあるんです。来年は母の十七回忌なので久しぶりに顔を合わせるでしょうね」

無駄足ではなかった。潜入捜査中なのが確定した。墓参りに行っているのに、妹とも顔を合わせないのは、何らかの接触が命取りになりかねないためだ。

「富樫の住所や連絡先をご存じですか。久しぶりに会いたいのですが、私と仕事していた頃の携帯を変え、転居もしているようでして」

「警視庁には名簿はないんですか？」

「ありますよ。でも、他部門のものは見られないんです」

人事一課なら横断的に見られるが、名簿からは富樫の名が消えていた。ここでそれを言う必要もない。

「確か川崎《かわさき》でしたよ、少々お待ちください」

百合がカップをテーブルに戻し、席を立った。

須賀は皆口と無言で百合の戻りを待った。百合が隣の部屋から携帯電話を持ってきて、器用な手つきで画面を捜査し、須賀の前にそっと置いた。画面には住所と電話番号が表示されている。

「やっぱり川崎でした。警視庁職員なのに他県に住んでもいいんですよね」

「もちろんです。神奈川だけでなく、埼玉や千葉に住む者も多いですよ、茨城や山梨に家がある者もいます」

須賀は答えつつ、百合の画面を写真に撮った。

「兄はいまどんな仕事を担当してるんです？」

「さあ。私も知らないんです」

「一度こっぴどく怒られて以来、こちらからの連絡は控えているんですよね」

「何があったんですか」

「ちょうど緊急の連絡が入るかもしれない時だったみたいで」

須賀と皆口は紅茶をきれいに飲み干した後、富樫の実家を後にした。

赤羽駅で京浜東北線《けいひんとうほく》に乗り、川崎に出た。駅前から少し離れた住宅街にその古いマンションはあった。コンクリートのくすみ具合やひび割れの程度からして築四十年は経過していそうだが、共用のオートロックドアがある。須賀は郵便受けを見やった。名札を掲げているものはなく、ほとんどの郵便受けからチラシなどがはみ出ている。

「張りますか」

「私一人でいい。皆口は本庁に戻り、夕方からの行確に備えろ。それまでにマンションの管理会社を割り、富樫修という契約者がいるかどうかを確かめてくれ」

「二人の方がなにかと都合がいいのでは？　トイレとか食事とか」

「大丈夫だ」

今回は一人の方が動きやすい。富樫とぶつかった場合、皆口をかばいつつ確保を図るのは困難だ。いくら皆口が空手の実力者でも、富樫には敵《かな》わないだろう。

「わかりました」皆口が頷き、携帯を取り出した。「富樫修という契約者がいるかどうかは、本庁に戻る前に調べてしまいます」

不動産屋を検索して、連絡をとるのか。実に便利な世の中になった。

須賀も携帯を取り出した。毛利に車を持ってこさせよう。今からなら長富の行確までに毛利も戻れる。

◆

午後三時半、佐良は眉根を揉《も》み込んだ。何かが潰れたような音が誰もいない人事一課のフロアに散った。毛利は須賀からの連絡で川崎まで車を運びに行っている。他の人員は仮眠中や別室にいるのだろう。

お疲れ様です、と皆口が隣の席に戻ってきた。

皆口が須賀との行動内容などをかいつまんで話してくれた。富樫の妹から聞いたマンションの管理会社によると、契約者は富樫修ではなく、佐藤一郎名義だったという。

「身分証のコピーは手に入れたのか？」

「ええ、私が」皆口が携帯をかざした。「写真を撮って、須賀さんに転送しました。顔は富樫とは似ても似つかぬ別人みたいです」

「でも富樫は妹に、川崎のマンションを自分の住所だと教えてるんだよな」

「はい。須賀さんが言うには、公安が用意したダミーの住所だろうと。郵便物や宅配物は誰かが転送しているはずだとおっしゃっていました。一応、張ってみると」

公安の潜入捜査では、二重三重の工作は当たり前なのか。

「こっちもマルタイ自体に動きはない。ただ結構ハードな子ども時代の事情が浮かんだよ」

長富の父親は三十五年前、勤務先で上司の横領を告発した結果、逆に疎んじられて窓際に追い込まれ、妻を道連れに自殺している。

「本当にハードな子ども時代ですね」

皆口の眉間に力が入った。

外からシュプレヒコールが聞こえ、佐良は窓の方を指さした。

「どれくらいの人が出てるんだ？」

「それなりに。国民生活向上法――。今度の国会で審議されるんですかね」

「だろうな。与党の政調会長が推進して、『至急内容の検討に入る』と言ってんだ」

「妙な政調会長ですよね。月に一度、千葉の別荘で瞑想《めいそう》するっていう。瞑想中に法案を練り上げたんでしょうかね」

一時間ほど前から桜田門《さくらだもん》周辺は騒がしい。民自党の重鎮が推進を表明した国民生活向上法案を巡り、賛成派と反対派のデモが行われている。

法案はＹＫ団殺害に端を発し、突如持ち上がった。それを思うと、歯がゆい限りだ。法案では警察が捜査すべきと判断した対象者については、当該人物が犯罪行為に加担する疑いがなくても、また裁判所の令状がなくても、すべての通話は録音され、通信記録も必ず警察当局のサーバーに送られる規定を目指している。さらにそれが速やかに行われるよう、最初から全国民のデータを収集しておく方針だ。ゆくゆくは警察がボタン一つで当該人物の居場所が特定できるよう、信号を発信するICチップを体内に埋め込むか、同様のリストバンド着用の義務化も狙っている。そうやって国民を犯罪から守り、生活を向上させるというのが法案名の由来だ。法案の内容ゆえにSNSやネットで国民監視法という通称もついた。

「久しぶりにデモを間近に見ました。大学の時以来かな。法学部だったんで、ゼミで東京地裁に傍聴に来た時でした。あれも今回と似た法案でしたね。テロ対策でネットとかメールの監視を強化するとか」

佐良も記憶している。今ほどネットやSNSが発達していなかったものの、サイバー空間の監視がメインの案だった。見方によっては、現在のネットとSNSの隆盛とそこに生まれる影を見越していたのかもしれない。

「あの時の法案、なんで流れたんでしたっけ」

「民自党は足元までテロの危険が迫っているという触れ込みで審議しようとした。野党が危険だという根拠を示せと要求し、民自党はできなかった」

「でも結局、いわゆる『テロ特措法』が成立し、今度はさらに拍車をかけた法案が審議されようとしている」皆口が口をつぐみ、おもむろに開ける。「過度な法律を危惧《きぐ》してましたよね」

そうだった。佐良は斎藤と仕事をサボっている最中、数年前に成立したいわゆる『テロ特措法』の話題になった。話題を持ち出したのは斎藤だ。

——テロ組織や国際化する犯罪者集団には断固対抗しなきゃならない。その手段だって時代に合わせて刷新する必要があります。でも、人間は完璧じゃないんです。行き過ぎた法運用や法整備はすべきじゃない……。

斎藤は暗い顔だった。

「警官の私が言うのもなんですけど、なんか恐いです。国民全員の通信通話履歴を監視するなんて可能なんですかね。データが溜まる一方で、チェックしきれませんよ」

「まずはＡＩでフィルターをかけるんだろう。アメリカではとっくに実行されてる。居住地、人種、学歴、身近に犯罪者がいるかどうか、購入履歴、ＩＣカードの移動履歴……こういった項目で当該人物が犯罪者になる確率を弾《はじ》き出し、要注意とされた人物を登録しておく。で、要注意人物の記録を注視するとともに、ある地域で何か犯罪が起きれば、今まで怪しい点がなかったとしても真っ先に洗うんだ」

「潜在悪を想定し、監視する——公安捜査的な発想ですね」

ああ、と佐良は肩をすくめた。公安は国体に敵対する組織を、何らかの事件が起きる前に潰すのが本務だ。

「晩御飯や下着の色まで当局に把握される世の中も近いのかもしれませんね」皆口が

ころりと口調を変える。「晩御飯といえばお腹《なか》がぺこぺこなんで、ちょっと食べてきます。昼を食べ損なって」

佐良も昼を食べ損ねていた。

「付き合うよ」

一階の食堂に降りた。昼食にも遅く、夕食には早い時間帯のため、食堂にはほとんど誰もいない。佐良はかき揚げうどん、皆口はメンチカツ定食をトレーに載せ、ひと目につきにくい席に着いた。

「食べる時は暗い話はなしにしよう」

「賛成です」

皆口は猛烈な勢いで食べ始め、あっという間に定食がきれいに消えた。見事な食べっぷりに、佐良は呆気《あっけ》にとられた。

食後、佐藤一郎の名前で職員名簿にあたったが、該当者はいなかった。

夜、長富の行確は特に異変もトラブルもなく終わった。

二章　襲撃

1

土曜の午後一時、長富の部屋に動きはない。帳場の捜査員が土日や年末年始も関係なく働く一方、長富はカレンダー通りに休みをとっている。佐良は昨晩から監視用マンションで、長富の部屋を皆口と張っていた。毛利と午後二時に交代する。須賀は引き続き、川崎のマンションを張っている。宅配便業者がくれば富樫に転送する人物を割り出せ、本人にまで至れるかもしれない。百合が荷物を送ってくれれば手っ取り早いが、こちらからは頼めない。不自然すぎる依頼だ。百合が富樫にその旨を告げれば、監察の動きが筒抜けになってしまう。

部屋にはカレーのニオイが充満していた。キッチンで皆口が鼻歌混じりに仕込んでいる。皆口は食材や調理器具、携帯ガスコンロまで監視部屋に持ち込んだ。

キッチンから声が飛んできた。

「やっぱり料理って楽しいですよね。コンビニ弁当じゃ味気ないですし、久しぶりに料理がしたかったんです。滅入る仕事ばかりなので気分転換に。次は佐良さんが何か作ってください」

「俺？」佐良は望遠鏡を覗いたまま応じた。「焼きそばくらいしかできないぞ」

「充分です。ビーフストロガノフとか舌平目のムニエルとか言われたら、啞然《あぜん》としたとこです。ぜひ渾身《こんしん》の焼きそばをお願いします」

本当に声音が明るい。いい気分転換になっているのだろう。

三十分後、皆口が再び声を上げた。

「できました。私が望遠鏡を覗くので先に食べてください」

皆口と監視を交代し、佐良はキッチンに向かった。カレーは鍋一杯にあった。じゃがいも、ニンジン、牛肉などオーソドックスな日本的なカレーだ。

「すごい量だな」

「毛利君と明日の分もです。カレーはやっぱり二日目以降がおいしいですから」

佐良はコンビニで買った白米にカレーをよそい、一口食べた。

「うまい」

「当たり前です。私が作ったんですよ」

望遠鏡を覗く皆口の横顔が、悪戯《いたずら》っぽく笑った。二口目を口に運びかけた時だった。

「長富課長です」

佐良はカレーを流し台に置き、窓際に駆け寄った。さらに携帯も鳴る。液晶には人事一課の番号が表示されている。皆口に監視を任せ、携帯を耳にあてた。

「どうだ」

能馬だった。

「まさにいま動きがありました」

佐良はカーテンを少し開け、外の様子を窺った。長富が速足で駅に向かっていく。見たままの光景を能馬に伝えた。

「了解。焦らなくていい。行先の見当はつく。一課、二課に関係なく、刑事部全体に緊急招集がかかった」

強行犯を担当する捜査一課と知能犯を扱う捜査二課が同時に？　滅多にない事態だ。

「何があったんですか」

「六角部長が何者かに殺害された」

な……。にわかには信じ難い。皆口が腰を浮かせたので、佐良は頷きかけた。皆口が部屋を速やかに出ていく。長富が能馬の予測通りの行動をとるとは限らない。

佐良は携帯を握り直した。

「犯人は?」

「不明だ。いま判明している状況を伝えておく。部長は今日非番で、午後零時に『新《しん》宿《じゅく》のサウナに行く』と家族に言い残し、幡《はた》ヶ《が》谷《や》の自宅を出た。午後一時、そのサウナの水風呂で浮いている部長を従業員が発見。一一九番で駆けつけた救急隊員が免許証から部長の自宅に連絡し、即、警視庁にも一報が入った。部長がサウナを利用した時間帯、客は十数名いたらしい。現段階では、誰も不審人物を目撃していない。場所が場所だけに防犯カメラもない」

発見時刻からまだ間もない。詳しい調べはこれからか。

「首を絞められた痕や刺し傷などは?」

「ない」

「ショック死の線もありますね。ヒートショックという言葉を最近よく耳にします」

脱衣場と風呂場との温度差などで心臓に重たい負担がかかり、突然死する現象だ。多くは高齢者に起きる現象でもある。

「事故の線は薄く、事件の線が濃いと言える要因がある。犯行声明がネット上に出た。振り込め詐欺団の命を守ることを優先する警察幹部を殺害した——と」

六角は若い頃は柔道の猛者として鳴らした。そんな六角を溺死させたのなら、相手も相当な手練れだ。犯行声明を出した者は、私刑を肯定する面では互助会と立場を同じくしている。互助会がＹＫ団の殺害に関係し、彼らの行為を取り締まろうとする監察の総責任者が六角だとも知っているようだ。

六角を疎ましく思う者——互助会が事件に絡む？　いや、さすがに身内には手をかけないだろう。互助会幹部は警察上層部だと目される。互助会の総力を挙げて六角の弱みや失敗を摑み、組織から排除すれば済む。しかし、警察内部の情報や機構を熟知する者——警官が犯行に関わったのは確かだ。

「なぜ二課まで招集がかかったのでしょう」

警視庁幹部が殺害されたとはいえ、殺人事件は捜査二課の範疇《はんちゅう》ではない。

「ネット上に犯行を晒す構図がＹＫ団の構成員殺害時と同じだからだ。関係性を洗うべきだと刑事部長が判断した。その辺の事情を二課から聞き出して情報共有し、実際の捜査は一課が全力で行うんだろう」

妥当な方針だ。

「警視庁幹部の殺害という構図からテロの側面も疑われ、公安も捜査に乗り出す話がある」

能馬の耳に入ったのなら、すでに公安は動き出したとみていい。捜査一課は刑事部のメンツにかけ、公安に先駆けての犯人逮捕に全力を注ぐ。六角は刑事畑にとって、久々に警視総監や警察庁長官を狙える期待の星でもあった。刑事部長が敵討ちにかける意気込みは相当だろう。

「互助会解明は継続ですよね」

「当然だ。正式に誰が六角部長の後を引き継ぐのかが決まるまで、真崎課長に報告する形になる。捜査は刑事部に任せておけばいい。監察は監察の務めをまっとうするのが、なによりの弔いだ」

能馬がきっぱりと言い切った。

通話を終えると、佐良は天井を見上げた。これで互助会が瓦解するなら、六角が黒幕だったことになる。内部抗争で殺害された線もありうるのか。

携帯が震え、皆口からのメッセージが入った。

『マルタイが総武線《そうぶ》に乗りました。佐良さんはカレーでも食べてください』

こんな時でも腹は減る。食べかけのカレーを手に取り、口にした。先ほどまでとは違う味に感じられた。

＊

我ながら惚《ほ》れ惚《ぼ》れとする蹴りの軌道だった。富樫は右脚を引き、上段蹴りを叩き込んだ黒革張りのサンドバッグを眺めた。ぐらぐらと揺れている。いま、サンドバッグに重ねたイメージは太陽鳳凰会の二代目だった。

あの時は八割方までいい仕事ができた。残り二割は水泡に帰した。

今回は違う――。

富樫は目を瞑り、耳を傾けた。こうすると、いまも耳の奥で絶叫が聞こえる。あの夜の絶叫。耳から離れることは一生ないだろう。

自分の一生は、この絶叫を聞く前と後に分かれる。

富樫はバッと目を開けると一瞬で身構え、今度は左脚で上段蹴りを放った。今度も脚はきれいな軌道を描けた。

顎から汗が垂れていき、体からは湯気が立ち昇っている。傍らの椅子にかけたタオルを手に取り、汗を拭った。

むきだしのコンクリートの床に置いている携帯電話が鳴った。屈みこみ、耳に当てる。

「成功だ」

前置きもなく相手は言った。声に昂揚《こうよう》感はない。事務的に首尾を伝えてきただけだ。

「何よりです」

「いまどこだ」

「何かご関係が？」

「いや、引き続き頼む」

「心得ています」

「グッドラック」

「グッドラック」

通話が切れた。富樫は再び携帯を床に置いた。この部屋の存在は誰も知らない。知らせようとも思わない。相手が誰であってもだ。実の妹にも伝えていない。

何度も潜入捜査にあたり、その都度、公安が用意した部屋をカバンひとつで転々としている。だが、心を落ち着かせる場所も必要だった。それがここだ。事務所用として貸し出されている物件で、一般的なマンションとは違う無機質さが気に入った。何人たりとも立ち入らせない。

富樫はぐるりと部屋を見回す。我ながら殺風景だ。スチール製のベッドがあり、天井からサンドバッグが垂れ下がり、トレーニング機器が部屋の四隅に置かれているだけ。窓は締めきり、黒色のカーテンで昼でも光を遮っている。

唯一、サンドバッグを吊るす土台にはこだわった。月のように輝く、光沢のある金属板をはめこんでいる。

あの夜の闇をいつでも追体験するために。絶叫を聞いた夜を。

富樫は金属板をじっと見つめた。

◆

佐良は道の真ん中に転がる空き缶を拾い、通り沿いのケバブ店のゴミ箱に捨てた。長富のことは皆口に任せ、上野《うえの》にいた。歩みを再開し、思考を巡らせていく。

富樫は神経をすり減らす潜入捜査中に、互助会の活動もしている。並の公安捜査員にはできない芸当だ。

能馬は、佐良が公安の潜入捜査に向いていると言った。それはないと断言できる。常に正しい行動を求められるからだ。自分が常に正しい行動をとれるのなら、斎藤は死ななかった。

頼れるのは己一人で、周囲は監視対象組織の者だらけ。相当な重圧に違いない。潜入捜査は生粋の公安捜査員のみが実践できる仕事なのだ。公安に配属されると、自分は国家を支える人材だという意識を徹底的に叩き込まれる。ある意味でマインドコントロールされるのだ。一歩間違えれば簡単に死に至る業務に就くために。

ひとは仕事のために死ななければならないのだろうか。斎藤の死で生じた疑問が佐良の脳裏に再び浮かび上がった。

斎藤が死んだ夜に聞いた一発の銃声。残響は今も耳の奥に残っている。咽喉を撃たれた斎藤が何かを話そうとして、口から溢《あふ》れ出たごぼごぼという血の音も。

国民生活向上法案が国会を通過すれば、警察の業務はかなり楽になる。国民がどんな人物と接触したのか、どんなやり取りをしているのかを完全に管理できれば殺人などのあらゆる事件でおおよその予見ができ、YK団を巡るような私刑も防げるだろう。

しかし効果は一時的ではないのか。監視の目をかいくぐる犯罪は必ず起こる。その時、監視体制に頼り切り、自らの頭で考え、行動できなくなった警察は対抗できるのだろうか。佐良は内心でかぶりを振った。自分にできる作業を一つ一つしていこう。

アメ横から少し離れた、フォーが売りのベトナム料理店に着いた。馴染みの店だ。屋台のように店頭のカウンター越しに注文し、夏でも冬でも店先のベンチで食べる。

「フォーガーを一杯。スープはいつも通り、ベトナム本国と同じもので」

まいど、と店長のチャンが右手を挙げた。この男は齢《よわい》七十を過ぎても働き続けている。時間帯や曜日によっては息子夫妻と娘夫婦に店を任せているが、今日チャンがいることは事前に聞いていていた。

チャンは慣れた手つきでフォーを湯がき、鶏肉やパクチーを刻んでいく。

三年前、アメ横付近で外国人殺しが発生し、聞き込み捜査で知り合った。佐良は折々店に通い、チャンは外国人の犯罪組織の噂などを教えてくれた。

チャンがプラスチック製の容器に茹であがったフォーを入れ、透明のスープを注ぎ、鶏肉と山盛りのパクチーを投げ込むように入れた。

佐良はフォーを勢いよくすすった。口中にコクのある塩味が染みわたり、鼻からは新鮮なパクチーの香りが抜けていく。

三分足らずで食べきり、佐良は頷きかけた。

「相変わらず、うまいな」

「どうもどうも」

チャンは好々爺《こうこうや》然と微笑んだ。佐良は周囲に目を配り、声を低くした。

「例の件、どう？」

数日前、佐良は頼み事をした。ＹＫ団に私刑を加えたのは元警官の榎本で、どこでどう繋がったのか韓国マフィアを使った。そこで警官と繋がる噂のある韓国マフィアや、近頃なりを潜める組織に網を張ってもらった。チャンが都内に有するベトナム人ネットワークには、外国人犯罪の情報も引っかかる。

佐良たちは件《くだん》の韓国マフィアを追った際、新大久保《しんおおくぼ》のヤサに至った。調べていると、又貸しの又貸しというような有様で韓国マフィアの尻尾は摑めなかった。韓国マフィアが榎本以外の互助会メンバーと直接繋がるようなら捨て置けない。

「今のとこ、何も引っかからないね」

「引き続き頼むよ」

「了解、了解」

チャンは目を皺《しわ》のように細くした。

2

午後七時、今夜も長富の行確が始まった。

長富はいつも使用する地下鉄有楽町《ゆうらくちょう》線桜田門駅に続く階段には向かわず、日比谷《ひびや》公園を抜け、ＪＲ有楽町駅の改札を抜けた。佐良と皆口は長富に顔を見知られているので、毛利が最も近い場所で行確している。

佐良、皆口、毛利は少し離れた位置に立ち、山手《やまのて》線の電車がやってくると、手分けして長富とは違う車両に乗った。このまま山手線に乗っていれば秋葉原《あきはばら》駅に着く。同駅で総武線に乗り換えると、長富のマンションがある信濃町に出る。長富はいつもなら有楽町線の池袋方面行で飯田橋《いいだばし》駅に出て、総武線に乗り換える。気分転換とも思えない。何か用があるのだろうか。

長富は秋葉原駅で降り、自宅に向かう総武線の三鷹《みたか》方面行ではなく、津田沼《つだぬま》方面行のホームに並んだ。二十三区東部の所轄にある、帳場を回るとも思えない。それなら運転手付きの捜査用車両を使う。行確されていると疑い、相手を炙り出そうとしている？　佐良は気を引き締めた。

浅草橋《あさくさばし》駅を過ぎ、次の両国《りょうごく》駅で長富は電車を下りた。相応の乗客を間に置き、佐良たちは長富を追った。長富は確たる足取りで街を進んでいく。

唐突に背筋にさむけが走った。誰かに見られているような——。急な動きにならないよう、さりげなく振り返る。

帰宅途中の会社員たちがいるだけだった。誰もが黙々と歩いている。気のせいか。佐良は行確を再開した。

駅からいささか離れると、隅田川《すみだがわ》沿いの遊歩道に出た。街灯があっても辺りは暗い。隅田川は黒い一筋となり、川沿いの様々な灯りを反射させて緩やかに流れている。時折ランナーとすれ違うくらいで、ひと気はほぼない。佐良は足音を殺し、暗闇を味方にして、歩きながら視線を巡らす。どこかに皆口と毛利もいる。二人とも見事に周囲に溶け込んだらしい。

やがて長富は立ち止まり、隅田川を見やるように欄干に上体を預けた。数分後、鞄《かばん》を開けて何かを取り出し、隅田川に投げた。

あれはなんだ——。目を凝らした。佐良の位置からでは、弧を描くそれは黒い点にしか見えない。毛利と皆口の位置からは投げたものを確認できただろうか。

隅田川に長富が投げた何かが落ちる小さな音がした。誰かがものを投げ込んだと知っていない限り、波の音や魚が跳ねた音にしか聞こえない。

波紋が鎮まる頃、長富がこちらに向き直り、歩いてきた。佐良は街路樹の暗がりに身を引いた。長富は隅田川に何かを投げ捨てに来たのか？　暗がりから長富を見やる。表情は特になんの感情も浮かんでいない。

長富が佐良の近くを通り過ぎた。三十秒待ち、尾行を再開した。川沿いのマンションのベランダでクリスマスのイルミネーションが点滅している。

長富は両国駅から総武線に乗り、真っ直ぐ信濃町のマンションに帰宅した。佐良が監視用マンションに入ると、すでに毛利と皆口がいた。

「何を川に投げ捨てたのか見えたか」

「私は」と皆口が首を横に振り、続けた。「でも毛利君が」

毛利が頷く。

「ストレート端末の携帯電話でした。ちょっと古い型のやつです」

佐良は腕時計を見た。午後九時過ぎ。通信会社の担当と連絡をとるのには遅い。相手は民間人だ。もう帰宅しただろう。

佐良は皆口の隣にあぐらをかいて座った。フローリングの床が冷たい。

「明日の朝一番で、長富課長の携帯電話の通話履歴と電波発信履歴を検めよう。私用も公用もだ」

毛利が見た型からしてどちらも隅田川に捨てたとは思えないが、潰す必要はある。

「投げ捨てたのが携帯だとしたら、どう捉えるべきでしょうか」

皆口に問いかけられ、佐良は束の間《つかま》思案した。

「まず俺たちの行確は気づかれていない。察知していれば、あんな妙な真似《まね》はしない。捨てた携帯が私用でも公用でもないとすれば、プリペイド携帯か」

佐良はこれまでの行確を反芻《はんすう》する。銀行やクレジットカードの長富の口座では、通信会社と契約する携帯は一台だ。

「さくっと確かめますか？」と毛利が携帯を取り出す。「非通知設定でこちらから課長にかければいいのでは？」

私用の携帯番号も当然把握している。

「いや。あえてリスクを冒さなくていい。長富課長が警察の力を使って発信元をたどってきたら厄介だ。俺たちが私用の番号を知っている背景を勘繰られる」

佐良が言うと、毛利が携帯を引っ込めた。

「じゃあ、ひとまず今日もカレーでも食いましょう。コンビニでライスを買ってくるんで、温めてもらっておいていいですか」

毛利は言うや否や立ち上がり、オーケー、と皆口が諾した。毛利がそそくさと監視部屋を出ていき、皆口がドアを指さした。

「毛利君の感じがなんか変わりましたよね。もちろん、いい方向に」

＊

「例の携帯を捨てさせた」

「そうですか」

富樫は簡潔に応じた。相手が言外に込めた意は明らかで、口に出す必要はないし、そもそもすでに知っている。準備も整っており、互いに意図が通じ合っていればいい。富樫は元来、無駄口が嫌いだ。ぺらぺら話す人間は信用できない。

「互助会の役目もそろそろ終了だ」

「そうですね」

「例の、こちらの動きも上々だ」

「何よりです」

「監察が互助会を洗っている。気を引き締めろ。お前にも深い縁のある腕利きが現場指揮官だ」

「須賀さんですか」

「ああ。何かの因縁だな」

やはり出てきたか。このところ、互助会の末端メンバーが潰されている。監察官にも相当な切れ者がいるという話だ。当然、腕利きを配していると予想していた。監察の現場に須賀以上の腕利きはいない。双璧をなすだろう中西もいまは病院にいる。

「そうですね」

「グッドラック」

「グッドラック」

一分にも満たない短い通話を終えると、富樫は携帯を握っていない方の右拳をサンドバッグに叩き込んだ。サンドバッグが音を立てて揺れている。

須賀。久しぶりに聞いた名前だった。

ここ数日、夕方から夜のわずか数時間を除けば、終日自室に閉じこもっている。体の切れはいい。こんなに調子がいいのは太陽鳳凰会に潜入した時以来か。大きな仕事を目の前にすると気持ちが高揚する。体にもいい影響を与えるのだろう。むろん、内心を表に出すようなミスはしない。

富樫は目を瞑り、耳を澄ます。今夜もあの絶叫が聞こえる。自分は感情と表情を完璧に切り離せるようになった。技術ではなく、本能として。

富樫は目を開けると、先ほど使用したのとは別の携帯を耳に当て、相手の番号を呼び出した。向こうが出ると、流暢《りゅうちょう》な韓国語で話し始めた。

◆

妙だ。須賀は眉間に力が入った。昨日から白いワゴン車が路上駐車されたまま動いていない。品川《しながわ》ナンバー。川崎に品川ナンバーがいても不自然ではないし、須賀も昨晩同様、張り込みに車を使っている。外で張るには寒すぎ、監視部屋を確保するまでには至らない状況だ。しかし、何か引っかかる。ただの勘ではない。経験からくる違和感とでも言おうか。

富樫が住んでいるとされるマンションを誰かが張っている？　潜入捜査先の人間だろうか。また富樫の素性が相手にバレた？

須賀は携帯電話を取り出し、素早く白いワゴン車のナンバーを打ち込み、所有者を調べてもらうべく能馬にメールで送った。

返事は十五分も経たず返ってきた。

――警視庁所有、公安部の車。

公安が富樫のマンションを張る？　あの部屋は富樫の潜入捜査にあたり、公安部が用意したはず。公安なら張り込みの車も一日ごとに変えるケースも多い。同じワゴン車を使う狙いがあるのだろうか。もしくは富樫とはまるっきり別件の捜査での張り込み？　違う、その時は速やかに転居させるはずだ。

わかりました、と須賀はメールを返した。依頼しなくとも能馬ならば、公安が富樫のマンションを張っている訳を探る。何か判明するなり、連絡をくれるだろう。

須賀はワゴン車を眺めた。

公安の連中はこちらの車に気づいただろうか。こっちは不動産屋と交渉し、月極駐車場の空きスペースに止め、ひと目でそれとは察知できないはずだが。

張り込みが少しは楽になるかもしれない。異変があれば連中も動き出す。今回は業務に携われる人員が少なすぎる。自分一人で何とかなるなら、そうすべきだ。

午後十時を過ぎ、かなり冷え込みがきつくなってきた。須賀はトレンチコートのボタンを首元まで止め、シートに寄り掛かり直し、両手を太腿の上に手を置いた。徐々に手の平に体温が戻り、体も温まってくる。経験で身に付けた張り込み中の技だ。体で寒さを感じているのに、いつしか頭からは追い払えるようになった。しかし体は正直だ。いざという時に、かじかんだ手では失敗しかねない。一応使い捨てカイロも用意している。

背中から腕にかけての火傷の痕がひりついた。これだけの寒さの中、火の熱さを思い返すのも妙なものだ。

耳元で炎が唸《うな》る音が聞こえた気がした。今でも時折、不意にあの音が蘇《よみがえ》ってくる。公安からは外されたが、後悔はない。できる限りの仕事をしたまでだ。富樫がいずれ治安の脅威となるとわかっていれば、自分はどうしただろう。リンチに任せるがままにしたのか、やっぱり助けたのか。

助けただろう。リンチも私刑だ。救出した後に身柄を確保すればいい。

富樫はどこにいるのか。指揮官は一体誰なのか。

◆

午前九時過ぎ、上野のアメ横はまだ静かだった。佐良は裏通りに入り、チャンの店に向かった。

今朝の行確後、毛利は須賀のもとに行った。能馬の指示だ。いくら須賀でも、さすがに二晩連続の張り番はきつい。日中は毛利に監視を任せ、助手席で眠るなりなんなり休息をとらせる措置だ。また、長富は六角殺害を受けて終日庁舎内にいる予定なので、皆口を本庁に待機させ、佐良は外に出た。

すでにチャンの店は開いていて、佐良はカウンターの前に立った。

「フォーガーを一杯」

「まいど。今日は店の裏で食べて。できたら持っていくよ」

周囲に誰もいないとはいえ、話し声が聞こえないように気を遣ってくれたのだ。昨晩メールが入った。明日来てほしい――と。動けるうちに確かめてしまおうと、この時間の訪問になった。チャンはどんな情報を耳にしたのだろう。

佐良はゴミ箱やビールケースが積まれた裂け目のような路地を抜け、店の裏手に回った。古い住宅が並ぶ昔ながらの下町の路地で、植木鉢や自転車が所狭しに置かれている。

チャンの店の勝手口脇には長い縁台が設置され、その中央には水槽があり、真っ赤な金魚が三匹泳いでいた。

勝手口のドアが開き、チャンがフォーガー片手に出てきた。

「まあ、座りなよ」

チャンは金魚鉢の右側に座った。佐良はフォーガーを受け取り、金魚鉢の左側に腰を下ろした。

「昨日の今日で呼び出してごめんね、物騒な噂が耳に入ったもんでさ」

「相手が韓国マフィアというだけで物騒だよ」

まさか、とチャンは顔の前で手の平をひらひらと振る。

「この爺様《じいさま》の前半生を知ってるだろ。韓国マフィアごとき怖がらないよ。違うな。ヤクザを含め、どんな国のマフィアであろうとね。いざとなればゲリラ戦を仕掛けてやればいいんだ。都会もジャングルと同じで隠れる場所はいっぱいある」

チャンはベトナム戦争を経験している。相当な数の米兵を殺したのだろう。

「恐れを知らぬチャンが何を聞いたんだ？」

チャンが目を合わせてきた。背筋が冷えるような鋭い眼差しだった。店先で見せる好々爺然とした印象は消えている。

「工作員経験者を引き入れた韓国マフィアグループがいる、という話さ」

「グループ名とか他の情報は？」

「トク。漢字にすると毒蛇の毒。潔い名前だよね。新興の組織らしい。シノギの確保に懸命で、日本の大きなヤクザとトラブルになったとか。シノギを巡り、トクが相手を殺したって話さ。おいそれと外国人マフィアもシノギを獲得できる時代じゃないから」

ＹＫ団の背後には山北連合《やまきたれんごう》がいる。ＹＫ団に私刑を加えた韓国マフィアがトクなのか。だとすると、本人たちは韓国マフィア関連の極秘文書とは無関係だろう。かの国の要人と新興勢力が近い間柄にあるとは思えない。

「トラブルの影響で工作員を引き入れた？」

「その辺ははっきりしない。工作員がいるから喧嘩《けんか》を売れたのか、トラブルになったので慌てて引き入れたのか」

「今の話は裏社会で、どれくらい広がってるんだ」

「それなりに。今はトクと揉めるな。これが裏社会で合言葉になりつつある。トクに工作員がいるって情報は、最近囁《ささや》かれ出したみたい。いずれ表の世界にも漏れ出るよ」

表の世界——警察のアンテナも当然含まれる。

「俺も警官だよ」

「そうだったね。表の耳にも入ったわけだ。もっとも別ルートで専門部隊の人たちの耳にも入るだろうね」

公安や組織犯罪対策課の範疇か。チャンが佐良の手元を一瞥《いちべつ》した。

「冷めちゃうよ。あったかいうちに食べな」

言われ、フォーを啜《すす》った。

「いつ食っても、どんな話題の時でもうまいよ」

「まあね。そこらのベトナム料理店とは年季が違うもん」

佐良は箸を止めずに尋ねた。

「トクと揉めるなって方針は、相手に工作員がいるからだよな。裏社会の住民は暴力が売り物だ。たった一人を恐れているって話が広がる方が痛手だろ」

「そいつは勘違いだよ。裏社会の住民は楽をして金を儲けたいだけで、命を張って拳をふるいたいわけじゃない。拳をふるったり、脅したりすれば金が手に入るからしてるだけさ。連中は自分より強い相手を見分ける嗅覚をちゃんと持ってる。だから警察にも手を出さない。工作員経験者も手を出しちゃいけない相手だ。稀《まれ》にとんでもない怪物がいる」

チャンは縁台の下から茶筒を取り出し、蓋をあけると手を突っ込み、摑んだものを金魚鉢にぱらぱらと入れた。金魚はエサを勢いよく食べ始めている。

「普通の日本人は平和に慣れてるから、こんな物騒な現実を意識してないだろうね。各国の工作員は相当な訓練を積んでる。血の滲《にじ》むようなね。楽をしたくて暴力をふるう輩が対抗できる相手じゃないんだ。たった一人を相手にするだけで、組織が潰されかねないよ。日本人がトクと揉めるのは勝手だけど、自分たちは巻き込まれたくないのが外国人マフィアの本音だね」

佐良はフォーを啜りながら頭を巡らせた。トクに工作員が加入した話が最近流れ始めたのは、いささかタイミングが良すぎないだろうか。

「トクはどこかに事務所を構えてるのか」

「聞かないね。ないんじゃないかな。きっと半グレみたいな形態だよ。今や携帯電話があればいつでもどこでも繋がれる時代だし」

どこか互助会の仕組みとも似ている。

佐良はスープまで飲み干し、チャンの店を後にした。


警視庁に戻ると、庁内は慌ただしい空気に包まれていた。誰かが走りまわったり、怒号が飛び交っていたりするわけではないが、何かが動く時特有の熱が伝播《でんぱ》している。

佐良は人事一課のフロアに戻ると、お疲れさん、と皆口に話しかけた。

「何かあったのか」

「みたいですね。私もよくわかりませんけど。長富課長の携帯ですが、私用も公用もどちらもまだ生きています。隅田川に捨てたものではありません」

了解、と応じた。能馬に内線を入れ、いつもの会議室に向かった。

すでに能馬は着座していた。

「六角部長を殺した容疑者が逮捕された。記者発表は夕方らしい」

どうりで庁舎内の空気が慌ただしいわけだ。六角が殺害されたサウナ付近の監視カメラ映像などを丹念に追い、容疑者に辿りついたのだろう。

能馬が粛然と続ける。

「容疑者は上る坂に元勲の勲で、上坂勲《かみさかいさお》。元自衛官だ。『面識はなかったが、昼間からのうのうとサウナを利用している姿が許せなかった』と供述している」

「のうのうと？　支離滅裂ですね。本人もサウナに入っていたのに」

殺人事件の動機は金銭トラブル、人間関係のもつれ、カッとなった挙げ句の短絡的な犯行の三つに大別される。元自衛官の犯行はこの三つで言えば、『カッとなった』に含まれるのだろうが、腑《ふ》に落ちない。

「一課が厳しく追及するさ。被害者が六角部長なので刑事部も仁義として、人事一課長、首席監察官と話をもっていき、私にも下りてきたので、元自衛官の供述の大筋を聞けた」

「我々が互助会を洗っているのを刑事部に伝えるのですか」

「まさか。どこの誰が互助会のメンバーなのか解明できてない」

「愚問でした」

「進捗《しんちょく》状況は？」

佐良は韓国マフィアグループのトクについてと、長富の昨晩の行動を伝えた。

「互助会メンバーとの連絡に使用した携帯だろうな」

長富が隅田川に携帯電話を投げ捨てた光景が脳裏をよぎる。履歴にどんな番号が残っていたのか。

「須賀さんの方に動きは？」

「公安も川崎で富樫のマンションを張っている。委細は不明だ。探りを入れているが、何か摑めるかどうかは微妙だな」

探り出せるとしても、時間はかかるだろう。

「様相が複雑になってきましたね」

「どんなに事態が複雑になろうと、佐良は長富課長の尻尾を摑むべく行確をし、須賀が富樫を追う以外にない」

能馬は抑揚もなく言い切った。

人事一課のフロアに戻ると、皆口がパソコンで作業をしていた。皆口はキーボードを打つ手を止め、佐良の方を向いた。

「六角部長を殺した容疑者が確保された」

「え？」

皆口の携帯が震えた。液晶を見るなり、その顔が強張る。皆口は携帯を手にし、廊下に小走りで向かった。どうしたのだろうか。佐良は自席に身を投げ出すように腰を下ろした。頭の中は自《おの》ずと今回のヤマで一杯になっていく。能馬の言うように行確に徹する以外にない。自分たちは何に行き当たるのだろう。

皆口がかすかに顔を紅潮させ、フロアを出ていった時と同じように小走りで戻ってきた。

「あの事件の遺族からでした」

あの事件。斎藤が目の前で死んでいった事件――。

「遺族ってどっちの？　武蔵野精機の副社長側か、西芝テック側か」

「武蔵野精機側の遺族です」

「付き合いがあったのか」

「いえ。事件の日、被害者三人が同じ病院に運ばれて、廊下で遺族とも顔を合わせたんです。私が警官ということもあって連絡先を交換しました。連絡があったのは初めてですけど」

皆口の口調はいつもと異なり、捲《まく》し立てるようだった。

「ご自宅に捜査一課の捜査員が来て、六角部長を殺害した元自衛官を知っているかと聞かれたそうです。上坂はかつて武蔵野精機に勤めていたらしくて」

どういうことだ？　佐良は一瞬、頭の中が真っ白になった。皆口が続ける。

「奥さんは何も知らないので、知らない旨を答えたと」

「なんで捜査一課は今また訪問したんだ」

自供したのだろうか。あるいは関連性が浮かび上がったのか。事件発生時に元従業員も含め、武蔵野精機に勤務した者の行動も徹底的に洗ったはずだ。それを覆す物証が出た？　二年半前の事件で使用された凶器が発見された？　指紋やＤＮＡが一致した？

「直接聞きに行ってきます。まだ長富課長の行確までは時間もあります。突然の電話ですし、内容が内容なので私も色々と聞き漏らしたかもしれません」

相手は皆口と面と向かって話す方が細かな点も思い出せるかもしれず、こちらも適宜質問をしやすい。電話よりも情報を引き出せる確率が増す。ただし——。

「俺も行こう」

皆口はまだ傷が塞ぎきっていない。あの事件、と先ほど言ったのも一つの証左だ。いまだに具体的な事件名を口に出すのを憚《はばか》っている。こんな心理状態では引き出せる情報も引き出せない恐れがある。

「お気遣いはありがたいですけど、一人で大丈夫ですよ」

「俺も自分の耳で聞きたいんだ」

佐良は煙に巻いた。上坂は六角殺害の容疑者であり、斎藤の事件とも繋がる。斎藤の事件に互助会が絡んでいると目される以上、佐良たちの業務と無関係ではない。

能馬に内線を入れ、いきさつを伝えた。

「了解した。長富課長の動向は私が見ておく。上坂がこのタイミングで六角部長を殺害したワケが、互助会に繋がる糸口となる望みもある。榎本の例がある。榎本は韓国マフィアを手駒に使った。今回は上坂が駒だったのかもしれない。我々も上坂の人となりや交友関係などを把握していこう」

3

須賀が目を覚ますと、おはようございます、と助手席から毛利の朗らかな声がした。

「現状、動きはありません。誰もマンションに出入りせず、公安のワゴン車も止まったままです」

了解、と返事をして、腕時計に目を落とした。正午過ぎだった。缶コーヒーを口にし、ドアポケットに入れたカロリーメイトを取り出す。毛利の言う通り、公安のワゴン車は動いていない。須賀たちの車もスモークガラスなので、向こうもこちらの様子は窺い知れない。

「ワゴン車にも人の出入りはないか」

無人ではないだろう。捜査車両を放置しているとも思えない。

「ええ。トイレも中で済ませているようですね」

月極駐車場から歩いて五分ほどの場所にあるコンビニで、須賀はトイレを借りていた。ワゴン車からこちらの出入りは見えているかもしれないが、まだ何も言ってこない。夜は須賀もトイレをペットボトルで済ますつもりだ。毛利は夕方には、長富の行確に向かう。

「公安はどうして富樫を張っているんでしょう。連絡手段はあるでしょうに」

「さあな。こっちは黙って富樫を張っておけばいい。連中より早く確保するんだ」

「富樫の写真はないんですよね」

ああ、と須賀は端的に答えた。

「残念です」毛利の声音が曇る。「私は富樫の顔を知りません。富樫が戻ってきても、本人だと判断できない。したがって、須賀さんはここを離れて食事にも行けません」

「食事なら大丈夫だ。二、三日食べなくても人は死にはしないし、固形食は用意してある」

須賀はとっくに食事に対する欲求が消えている。貧しい食生活を続けていけば、早く死ぬだろうと自分でも思う。

「だとしても、ちゃんとした食事はおいしいですよ」

「やけに実感のこもった一言だな」

激務が続き、まともな食事にありつく暇もないからだろうか。

「長富課長の監視部屋で皆口さんがカレーを作ってくれたんです。これぞ家庭の味って感じで、とてもおいしくて。庁舎の食堂とかで食べるのとは似て非なる味でした。また作ってもらえますかね」

「オマエたちの行いによりけりだろうな」

「ご機嫌をとって、お行儀もよくしないと」

冬特有の透明で弱い陽射しが辺りに落ち、住宅街に投げ捨てられたペットボトルや空き缶まで清々《すがすが》しく感じる。

毛利がためらいがちに会話を継いだ。

「皆口さんのカレーを食べた時、どうして須賀さんが富樫の救出に動いたのかわかった気がしました。あ……、救出されたんですよね」

ああ、と短く返答した。能馬と中西が教えたのだろう。詳しくは知らないはずだ。話す必要がない以上、須賀もつまびらかにする気はない。

「私も以前、佐良さんに命を助けられました。佐良さんは『見ず知らずの他人を助けるのが警官の仕事だ』とおっしゃった。でも、ピンとこなかったんです」

無理からぬ感想だ。毛利は典型的な公安捜査員の雰囲気がある。所詮自分たちは部品で欠けても補充すればいい——という思考を持ち、場合によっては優しげな風貌のまま人を刺せる人間だ。すなわち、他者を駒として見ている。そんな毛利が皆口のカレーで心境に変化を？

毛利は今にも口笛でも吹きそうな口調で続ける。

「日本人の大半はああいうカレーを食べて育ち、生活してるんだなって実感できたんです。ちょっと芯の残ったニンジン、ほくほくのジャガイモ、噛み応えのある肉、すべてを包み込む、コクのあるルー」

「それがどうした」

　車の外では緩やかな風が吹いていた。

「なんかいいじゃないですか。ああいうカレーを誰もが食べている。そんな日常を維持する役目を自分たちが担ってるだなんて」

　数週間前の毛利からは想像もできない発言だった。

「久しく家庭的なカレーを食べてないな」

「私は初めてでした」

「珍しいな。ご両親がカレー嫌いだったのか」

「どうだったんでしょうね」毛利はゆっくりと首を傾げた。「もっとも、近いうちに私も気が変わるかもしれません。今度は佐良さんが焼きそばを作るみたいで。皆口さんにねじ込まれていました」

　二人は傍《はた》から見ても、いいコンビだ。斎藤という佐良にとっては相棒を、皆口にとっては婚約者を失った点も一つの要因だろう。

「毛利は何を作るんだ」

「え？　私も？」

「順番から言えば、佐良の次は毛利だろ」

参ったな、と毛利は頭を掻いた。

「じゃあ、入魂の鍋料理をお目にかけます。その時は須賀さんもぜひ」

「どちらかといえば、皆口のカレーを食べてみたいな」

須賀は自分でも意外な一言を吐いていた。

◆

「普段は真面目な男でした。生真面目なくらいにね。さすが元自衛官というか。もちろん自衛官にもピンからキリまでいるんでしょうが」

かつて元自衛官の上坂と同じ部署で働いた男性は言った。

佐良、皆口、男性は吉祥寺駅北口に近い老舗喫茶店にいた。武蔵野精機の遺族に話を聞きに行くと、この男性を紹介された。

――刑事さんたちが言うには、主人が亡くなった当時、元自衛官の犯人が武蔵野精機に勤めていたそうです。なので個人的な関係がなかったのかを知りたい、と。主人は家に会社の方をお連れしたことがなく、仕事についても何も存じませんので、主人と仲が良かった部下の方の名前を出し、そちらにお尋ねになるようにお願いしました。

皆口が男性に連絡を入れると、午後一時半にこの店で待っていてほしいという指定を受けた。警察に連続して訪問されれば、好奇の目で見られるので、と。いまも武蔵野精機は営業を続け、現在男性は製品管理部の部長だ。

皆口は吉祥寺のマンションに住んでいる。店の名前を聞いただけで場所がわかったという。武蔵野市は佐良にとっても生まれ育った街だ。今日、駅前には大きなもみの木が飾られ、商店街はクリスマスムード一色だった。

男性は昼食に頼んだナポリタンを手早く口に運ぶ。佐良と皆口もドリアとエピピラフを注文していた。ドリアをスプーンですくい、佐良は質問を継いだ。

「上坂はどんな経緯で入社したんですか」

「自衛隊退官後に入った社を辞める折、求人案内を見て、ウチに応募したと言ってました。さっきも同じ話をしたんですけど、警察では情報が共有されないんですか」

「情けない話ですが、警察は絵に描いたような縦割り組織なので」佐良がやんわりと言い、付け足した。「他にどんなことを聞かれました？」

「在社した当時の勤務態度や評判、退社理由などです」

「いつ退社したんですか」

「副社長の……亡くなった時は社長でしたね、私にとっては副社長としての付き合いが長かったので、副社長と呼ぶのをお許し下さい。とにかくあの事件後でした。私は上坂の上司だったので、退職願を受け取った。理由は一身上の都合でしたね。彼の実家は広島で、親御さんの体調が悪くなったためだったかと」

新聞には、上坂は無職とあった。この二年間実家にいて、突如東京に来てサウナで出会った六角を殺害した？　あまりにも不自然すぎる。裏があるとみるべきだ。

「こぢんまりした会社ですからね。副社長は上坂を買ってました」

捜査一課としては、上坂の経歴を洗っているうちに死んだ副社長との関係が出た。そこで一応遺族宅へ出向いたのか。発作的に六角を殺害したとすれば、二年前の夏の事件も同じ構図だったかどうかの線を潰すべきだ。当時も上坂について調べただろうが、何度でもすべての可能性を潰すのが捜査のセオリーになる。

「亡くなった副社長は上坂のどの辺りを評価されていたんです？」

「すごく正義感があって、義理堅い男だって」

正義感か。苦々しくなる。

「副社長は上坂のどんな面を見て、正義感が強く、義理堅いという評価をされたんですか」

「吉祥寺の飲み屋に副社長と上坂が行った際、暴力団員が店にみかじめ料を要求し、店の人が断ろうとする場に出くわしたそうです。暴力団が店の人を小突いた時、上坂が間に立ち、逆に相手をボコボコにしたって。あと、ひったくりの現場を見かけた時は、一キロくらい犯人を追いかけて、とっ捕まえた話もありますね」

なかなか真似できる行動ではない。咄嗟《とっさ》の時、大概の人は動きが止まる。自衛官としての訓練と性根が上坂の体を動かしたのか。かつては柔道の猛者だった六角をねじ伏せる実力も窺える。

「義理堅い面で言えば、『会社に拾われた恩があるので』と休日出勤や長時間残業も厭《いと》わなかった。いつしか、社長と副社長が取った仕事を手伝うのは上坂の担当になったくらいで」

「では、今回殺人事件の犯人として逮捕されたのは意外でしたね」

皆口が促すと、男性はナポリタンを巻きつけたスプーンを止めた。

「意外ではなかったのが、正直なところです。上坂は頭に血が上ると手が止まらないタイプでしてね。うちの前の会社は暴力沙汰で解雇されたくらいで。なんでも道端でヤクザに因縁をつけられ、逆にやり返した。やられた相手は上坂のあれこれを調べ、当時の婚約者の実家や勤務先に押しかけ、結婚が破談になり、会社も色々な口実をこじつけてきて解雇されたとか」

暴力団に相当な恨みを持っていたので、武蔵野精機に転職後も飲み屋で連中に向かっていったのだろう。生来の正義感を考慮すれば、上坂が警視庁の警官だったら間違いなく互助会に誘われ、喜んで〝懲らしめ〟に参加したはずだ。

「社内で他に上坂と仲が良かった方がいらっしゃいますか」と佐良が問う。

「私くらいですよ。上坂は酒が飲めなかったんで、付き合いの席にはほとんど参加しませんでした。ただ、副社長と一緒に亡くなった取引先の部長とはうまがあったようで、三人で釣りや登山に出かけたとか」

「今の話は私たちの前に話を聞きにきた警察にも？」

「ええ。一人の方がちょっと興奮した感じで席を立って、店の外に出ていきました」

急報を入れたのか。捜査員の興奮は理解できる。六角殺害犯が斎藤の事件の被害者と繋がった。未解決事件の突破口になるかもしれない。捜査一課全体として、斎藤の敵討ちを果たす気持ちを忘れていないはずだ。

ひと通りの話を聞き終わる頃、男性の遅い昼休みも残り僅《わず》かになっていた。三人で店を出て、男性と別れると皆口が言った。

「もう一人にも会いに行くべきですね。連絡先は知ってます」

捜査一課は接触したのだろうか。公安の潜入捜査員だと把握しているのだろうか。

「ええ、主人と元自衛官の人に付き合いがあったのかを尋ねられました」

潜入捜査中に殺害された公安捜査員、中上巧《なかがみたくみ》の妻は皆口の問いかけに頷いた。そしてドアを大きく開けた。

「主人の事件に何か関係があるんですか」

午後三時前、永福町《えいふくちょう》の住宅街にはどこからか子どもたちの遊ぶ声が聞こえていた。クリスマスイブとあってテンションも高いのだろう。

居間に通された。仏壇には短髪の中上の遺影が置かれている。佐良と皆口はまず仏壇に手を合わせた。手を解くと、皆口が遺影を瞬きもせずに見ている。

「どうかしたのか」と佐良は小声で尋ねた。

「いえ、ちょっと」

皆口は口を濁し、立ち上がった。テーブルセットに座り直すと、中上の妻がいささか身を乗り出してきた。

「犯人がいよいよ逮捕されるんでしょうか」

「事件直後から、私は心の底から願っています」

皆口は力強く言い切った。中上の妻が何度か頷く。

「今年こそはと期待してしまって。時期的に何かの縁というか、巡り合わせなのかと」

「時期的な縁？　どういう意味ですか」と皆口が穏やかに質問を返した。

斎藤たちの命日は八月で、年末とは時期的な関連性はない。

「私は十二月二十七日に、お墓参りに行くんです。二十七日は主人が勤めた西芝テックの仕事納めの日でした。一般の会社よりも一日早いんです。なので、『生きていた間はお疲れ様でした』の感謝を込めて。本当は生きているうちに言えれば良かったんですが……。長い間夫婦生活を営んでいたのに、大事なことって案外言えないんです」

中上の妻は寂しげに笑い、息を継いだ。

「それが明々後日《しあさって》です。今年は犯人逮捕の報告ができるんじゃないかと、勝手に期待しちゃって。主人が段取りを組んでくれたんじゃないかって」

なるほど、と皆口が深い声で相槌《あいづち》を打った。佐良は彼女の内面が推し量れた。皆口は毎年お盆に斎藤の墓参りに行っている。しかも遺族とはかち合わないよう気を遣って。相手が自分に気を遣うのがいたたまれないのだという。

中上夫人は仏壇をちらりと見て、口を再び開いた。

「私が出向くとお墓に花が供えられてるんです。花の咲き具合からして、前日に誰かが来ているみたいで。親族ではないので、会社関係なのかもしれません。仕事納めの前日に挨拶がてら」

「どなたが供えているのかを確かめに行かれました?」と皆口が問う。

「いえ、一度もしてません。一人でじっくりお墓と向き合いたいので。子どももいませんしね。私以外にも主人を弔う気持ちを持つ方がいる、と知っているだけで充分です」

「ご主人は何年間、西芝テックにお勤めでしたか」と佐良が訊ねた。

「だいたい十年くらいでしょうか」

スリーパーとして十年間も潜入捜査をしていれば、自分が何者かわからなくなっても不思議ではないが、中上はならなかった。斎藤と同じ場所で殉職したのだ。どんな気持ちで日々を過ごしていたのだろう。家族にも同僚にも本当の自分を明かせない日々を。

「お亡くなりになったのは五十五歳でしたよね。早い」と皆口が会話を続ける。

「ええ。でも最期を別にすれば、転職にも恵まれた、いい人生だったんでしょう」

「西芝テック以前はどちらにお勤めに？」

「別の小さな貿易会社に長年勤めていました」

「貿易会社の名前は？」と佐良は穏やかな語調で切り込んだ。

「新日本橋《しんにほんばし》の桜庭貿易《さくらばぼうえき》です」

「桜庭貿易ではどんなお仕事を？」

「さあ。仕事の話は家でしない人でしたので」

潜入捜査員なら当然だろう。そうですか、と佐良は応じ、質問を継いだ。

「ご葬儀の時、弔電やお花がかなり届いたでしょうね」

「ええ。取引先の方などからも頂戴しました」

「いえ。普通、被害者宅には届くんですか」

「警察からも?」

「色々な場合があります」

佐良は曖昧《あいまい》に返答した。公安は名前を表に出した花輪や弔電を送っていない。武蔵野精機にまつわる外事事件の捜査が現在進行形だったがゆえだと睨める。公安は今も武蔵野精機の誰かをエスとして使っているのかもしれない。中上夫人も夫が公安捜査員だった事実を悟っている気配はない。中上は本名で西芝テックに勤めていた。公安の活動に有効な転職先を渡り歩き、各社で潜入捜査員として活動する役割を担ったのだろうか。公安ならありうる働き方か。どんな活動をしているのかベールに包まれた組織だ。

「現在、警察との接触は捜査員が命日に線香をあげに来る時くらいですか」

「はい。事件後の数ヵ月は色々と話を聞かれましたけど」

「ご主人は武蔵野精機の副社長と上坂と、よく釣りや登山に行かれたみたいですね」

女性は目を丸くした。

「初耳です。『取引先と会ってくる』って休日にラフな格好で出かける時はありましたけど。でもジーンズやスニーカーで登山に行きますかね。釣り竿も持ってませんでしたし」

高尾山《たかおさん》程度なら軽装でもいい。ロープウェーもある。趣味が登山だったのなら、もう少し本格的な山に挑戦するはず。竿を所持していなかったのも妙だ。密会のカムフラージュか。

「ご主人の写真をお借りできませんか」皆口がもの柔らかに言った。「我々も折々に聞き込みをしたいんです。写真が相手の記憶をくすぐるきっかけになるかもしれません」

佐良は申し出の真意が読めなかった。自分たちが武蔵野精機に事件で聞き込みに回る予定はないし、互助会をめぐる監察業務でも中上の写真を使う機会はまずない。疑問に思いつつも、皆口の判断を尊重した。

遺影となった元の写真を借り、中上宅を辞した。京王《けいおう》井の頭線永福町駅に向かう道すがら、佐良は皆口に声をかけた。

「中上の写真、どうするんだ？」

「こうするんです」

皆口が道の片隅に立ち止まり、携帯で中上の写真を撮影した。皆口は写真をメールに添付し、メッセージを作成して送信すると、携帯と写真をバッグにしまった。

「完了です。あとは待ちましょう」

再び歩き出し、駅前の商店街に至った。赤い衣装でケーキを売る若い女性がいて、サンタクロースやトナカイの電飾が瞬く精肉店などもある。

正面から強い風が吹き、佐良はコートのポケットに手を突っ込み、首をすくめた。

皆口は白いマフラーに顔を埋めるようにしている。

「一般企業も警察と一緒ですね。命日には実家にカイシャから花が届くそうです」

誰の実家なのかは問わずとも明らかだった。斎藤の実家だ。

「福井にか」

「はい。お義父《とう》さんが十年近く前に早期退職され、お義母《かあ》さんと東京から戻られてます」

斎藤の父親は商社マンだった。斎藤も世界各地で暮らし、語学が堪能になった。

「あれ？　墓は東京だよな」

斎藤は調布市内の墓に眠っている。

「ええ。お義父さんは次男ですし、東京に住み続けるつもりだったので、早々にこっちで購入されてたんです。福井に改葬する気はないと聞いてます」

自分たちの前に息子が先に墓に入る親のやるせなさはいかばかりだっただろう。

皆口がマフラーをかるくさすった。

「生まれたのは福井ですし、三歳頃までは県内のお義母さんのご実家で育った。だから幼い頃から親しんだ『へしこ』が大好物だったんでしょうね」

「皆口の家にも花は届くのか」

「いえ。まだ籍を入れてなかったので。こういう面はまさにお役所仕事って感じです」

何年先まで企業や警視庁は故人を弔うために花を贈るのだろう。どんなに悲惨な事件事故だろうと、人の記憶は薄れる。遺族とそれ以外とでは事件に対する思い入れが違い、警官も例外ではない。いくら未解決とはいえ、むしろ警察関係者の方が早く事件への思いが薄れていくのかもしれない。事件は日々起きている。土日祝日、盆暮れに関係なく、捜査に追われる。よほど身近な同僚が被害者にならない限り、一つの事件に気を留めておく方が難しい。

佐良も現在扱っている案件と斎藤の事件以外、気に留めていられない。

一つと違和感を覚えた。故人の命日に、勤めた企業から自宅に花が郵送されるのは理解できる。そういう制度や気遣いも不思議ではない。たとえ年末の仕事納めの日であってもだ。かといって、わざわざ墓参りに行くだろうか。警察同様、一般企業も年末は相当忙しい。挨拶回りのついでとも思えない。普通は死んだ者より、一つでも多くの取引先への挨拶を優先するのではないのか。創業者やその一族の墓ならともかく。

佐良は携帯電話をポケットから取り出した。

「今から言う番号を控えてくれ」

佐良は番号案内にかけ、目当ての番号を教えてもらった。佐良が数字を声に出し、皆口が携帯に登録していく。

「どこの番号です?」

「西芝テック」

代表番号から総務課に繋いでもらい、担当者にまず質問を投げた。答えをもらい、中上が所属した第二調達部にも問いを投げかけた。返答はあっさりしたものだった。

「そうですか、お墓参りまではされていませんか」

仲の良かった同僚や部下、はたまた友人が個人的に献花しているかもしれないが——。

電話を切ると、皆口が携帯を耳に当てた。佐良が西芝テックに投げた質問を相手にし、通話を終えた。

「武蔵野精機の副社長のご遺族は年末に墓参りに行ってないので、わからないと。中上さんの墓参りしているのは当時の捜査関係者ですかね」

「いや、それなら挨拶を兼ね、事前に遺族に一声かけるのが警察としての義理だ」

「中上さんの任務を引き継いだ公安捜査員という線は?」

「ないな。継続案件なんだ。相手が墓に網を張っていれば、自分の素性が割れかねない」

皆口が目元を引き締めた。

「じゃあ、誰が――」

「皆口も想像してるんだろ。親族でも勤務先の人間でも捜査員でもないとなれば、表向きは一連の事件と関わっていない警察関係者の線が濃い。その人物は互助会関係者だろう」

斎藤を撃った銃を互助会が所持している。当時、現場から逃げた犯人と捜査員が格闘し、もぎ取ったのだと推し量れる。

「中上夫人の前に誰かが墓参りするのは明後日《あさって》ですね」

中上の妻は、縁、巡り合わせと言った。まさに巡り合わせではないのか。

「考えてることは一緒だよな」

「長富課長の行確があります」

「人手が足りないな」

「でも以前に能馬さんがおっしゃった通りです。増やせば、互助会に私たちの動きが漏れるリスクが増します」

「朝の行確が終わり次第、手分けしよう」

さすがに長富の行確を毛利一人に任せられない。

◆

須賀は画面を何度かスライドさせ、二枚の写真を見比べた。皆口が送ってきた中上巧の写真と、富樫が住むとされる川崎のマンションを借りた佐藤一郎の身分証の写真を。マンションの監視は助手席の毛利に任せている。

――中上巧は佐藤一郎に似ていませんか。目の辺りなんかは特に。同一人物でしょうか。

なるほど、ぱっと見はよく似ている。目だけを抽出すれば、同一人物だと思しい。だが、鼻筋や唇は少しずつ違う。顔の輪郭も若干異なっている。皆口も差異には気づいているのだろう。とはいえ、中上は公安捜査員だ。変装もお手の物で、口に詰め物などをして顔の印象を変えるのも常套《じょうとう》手段。輪郭は化粧で、鼻筋も若干手間がかかるものの劇的な変化を加えられる。皆口は己の印象を確認すべく、公安捜査の経験がある須賀に分析を求めてきたのだ。

この二枚の写真を見れば、中上巧が佐藤一郎であってもおかしくないと判断する者が公安部内にですらいるだろう。須賀は別人だと断言できる。公安捜査員にも変装できない部分がある。

耳——。

中上巧と佐藤一郎は耳が決定的に異なる。中上の耳は上半分が尖《とが》ったように大きく、耳たぶは小さい。佐藤一郎は全体的に小ぶりだ。ただ、仮に中上が佐藤一郎だと名乗って不動産会社に行けば、同一人物だと判断されるに違いない。免許証の写真は「人相が悪くなる」だの「面相が普段と変わる」だの評判もよろしくない。

そうか。佐藤一郎の写真の正体が見えた。

公安が用意したモンタージュ写真だ。目の部分、輪郭部分、鼻筋の部分、口の部分など顔の系統が同じ者同士数人を組み合わせたのだ。その誰かが不動産業者に赴けば、極秘の潜入捜査で使う部屋を借りられる。潜入捜査に関しては捜査員本人ではなく、公安部が警察の名前を使わずに部屋を用意するケースもある。

須賀は念を入れ、中上巧の写真を拡大し、耳の部分だけ表示させた。やはり違う。画面を閉じ、皆口に返信しかけた時、頭の奥底が疼《うず》いた。

この耳をどこかで見ている。警視庁の公安部のフロアで？　何かの監察業務で？　いや、違う。どこで見た。この耳を。

電話が震えた。非通知。須賀には相手がわかり、電話に出た。

「佐良が面白い話を仕入れた」能馬はいつも通り、起伏の乏しい語調でトクという韓国マフィアについて語り、続けた。「公安が富樫のマンションを張る真意も見えてきた。最近まったく連絡がとれないようだ。暴れ方を見れば、潜入捜査先で不測の事態が起きたとは思えない。公安との接触も絶ったとなれば、川崎のマンションにも戻ってこないだろう。撤収していいぞ」

「ええ。離れます」

通話を終えた瞬間、須賀の脳裏に光が走った。潜入捜査先――。

須賀はエンジンをかけた。

「撤収だ」

「本庁に戻るんですね」

「いや。このまま埼玉に行く」

須賀はハンドブレーキを下ろした。

4

「太陽鳳凰会って潜入捜査しなければならないほど、危険な団体だったんですか。一応、概要が知りたいんですけど」

赤信号で止まると、毛利が運転席から聞いてきた。須賀は横断歩道を渡る、会社員たちの姿を眺めた。概略を反芻しつつ、頭の中を改めて整理しておくか。

「太陽鳳凰会は一九七八年、埼玉県南部で当時五十歳の農家の主婦が『太陽鳳凰のお告げを聞いた』と設立した。信者は近隣住民などで、『太陽鳳凰は、人間が土と触れあって暮らすべきだと望んでいる』という基本教義のもと、農作業を修行の中心にして細々と活動を続けた。ちなみに太陽鳳凰とは彼らが信じる新しい神様だ」

「イワシの頭もなんとやら、ですね」

　ああ、と須賀は応じて続ける。

「二〇〇〇年に東京に進出。板橋《いたばし》の貸しビル内に事務所を構え、以後規模を拡大し、二〇〇三年に品川にビルを購入。他にも都内各地に戸建てや雑居ビルを購入した」

「急激な成長ですね。お布施をたんまり払う太い信者でも獲得したんでしょうか」

「初代が亡くなり、跡を継いだ息子が信者に土地を寄進させ、それを切り売りして資金を得たようだ」

「あまり感心しない連中ですが、そんな程度では公安の監視対象になりませんよね」

　的確な指摘だ。

「二〇〇五年頃から公安が注視する某国の人間が何度も太陽鳳凰会を訪れ、二代目と会っていた。さらに彼らは埼玉で農作業をするだけでなく、東京の拠点でもベランダや室内でトマトやハーブ類の栽培を続け、追肥として硝酸アンモニウムを購入した。園芸店やホームセンターに行き、一キロ、二キロ単位で小分けしての購入だ」

「なるほど。硝酸アンモニウムですか」

一瞥すると、毛利は納得顔だった。軽油と混ぜれば、簡単に爆薬が作れる物質だ。二〇一五年には中国で硝酸アンモニウムを保管していた倉庫が大爆発し、甚大な被害が出た。しっかりとした管理体制も求められる。

「硝酸アンモニウムは消防法で危険物に指定されてますよね」

「届けが必須なのは三百キロ以上の保管についてだ。太陽鳳凰会の保管量は推定二百九十キロだった。取引では購入者の身元確認をするよう各都道府県警に指示が出ている。その記録から、公安は購入者に太陽鳳凰会の信者が多い事実に注目した」

「太陽鳳凰会は、街中に爆弾を仕掛ける危険思想を有するようになったと？」

「彼らの真意を探るためにも、潜入捜査が実施された」

毛利が首をひねる気配があった。

「街中での爆弾テロを計画するなら、バレないように進めないといけませんよね。硝酸アンモニウムの集め方が雑すぎませんか」

「それを調べるのも任務の一つだった。もう聞いているだろうが、特殊公安捜査員プロジェクトを本格的に導入するかのテストが兼ねられた。半年という期限を決め、潜入工作が実行された。結局、太陽鳳凰会の真意を私たちは突き止められなかった。少なくとも私に報告はなかった。逮捕者も出ていない。私も富樫も硝酸アンモニウムを押収できていないし、公安がしたのかも定かでない。私が富樫を助けて半年も経たないうちに教団は、ほぼ壊滅状態になった。あれ以来、某国の人間との接触もないらしい」

「公安捜査としては目的をほぼ達成したわけですね」

公安は国体に敵対する組織を、何らかの事件が起きる前に潰すのが本務だ。

「火災では死者や怪我人は出なかったんですか」

「私と富樫を除けば、太陽鳳凰会側に怪我人が数名。いずれも命にかかわるものじゃない。私は退院後、消防の記録にあたった。硝酸アンモニウムの記載もなく、信者の煙草の火の不始末が原因だとされていた」

信号が青になり、車が発進した。

「須賀さんが富樫を助けた時、硝酸アンモニウムは品川のビルになかったんですよね。じゃないと、火を点けるだなんて危険すぎますもん」

「いや、具体的な保管場所は知らされてなくてな。どこにあってもおかしくなかった」

「チャレンジャーですね。当の太陽鳳凰会は今も細々と埼玉で活動しているわけですか。でもどうして今さら、我々が出向かないといけないんです？」

「確かめるべき点が出てきた」

◆

午後五時過ぎ、佐良と皆口は本庁に戻った。タイミングをはかったかのように、須賀からメールが入った。

――十三年前、硝酸アンモニウムが地下市場に出回ったかどうかを調べてくれ。太陽鳳凰会絡みだ。

すぐさま手分けしてデータベースに当たった。今ならSNSやネットでいくらでも危険物を売買できるが、十年以上前は今ほど盛んではなかったはずだ。当時はSNSも走りだったし、ネットでの売買よりも地下市場の方が隆盛だっただろう。

「だめです。組対のデータベースにはありません」

「捜査一課の方にも該当はないな。爆弾絡みだと、十年ほど前に信管《しんかん》が地下市場から根こそぎ消えた時はあったようだ。十本から二十本程度。購入者は突き止めてない」

「といっても、最大二十発分の爆弾の原料にはなります。充分危険です」

監察でも公安のデータベースにはタッチできない。能馬にも無理だ。

「須賀さんの指示、どういうことなんでしょう」

「さあな。相応のワケがあるんだろうが」

「佐良さんが須賀さんだったら、ビルに侵入して火をつけて、仲間を助けますか」

「いや、絶対に思いつけない方法だよ」

「私もです。こんな発想をする捜査員が増えると怖いですね。っていうか、捜査員がこんな真似をしないとならない社会って、かなりまずい状況ですよ」

「そうならないよう、俺たちもできる範囲の仕事をしていこう」

あと二時間もすれば長富の行確が始まる。けれど須賀も毛利も埼玉に向かっており、今晩は皆口と二人で行うしかない。

電話が震えた。液晶に中西と表示されている。

「おう、忙しいのに悪いな」

「病院に何か動きが？」

「いや、ひとつ思い出したことがあるんだ。一年、いや二年くらい前か。神保町《じんぼうちょう》で何度か富樫らしき後ろ姿を見たんだよ。こっちも業務があって声はかけられなかったし、確証はないんだが、参考になればと思ってさ」

◆

壁や天井などの至る所に太陽と鳳凰をモチーフにした絵が飾られていた。宗教団体の雰囲気を濃くするためか、色彩豊かな曼陀羅《まんだら》図などもある。須賀と毛利は埼玉県南部の農村地にある、太陽鳳凰会を訪れていた。受付の女性に案内され、応接室のテーブルセットに座った。女性は物腰の柔らかな対応で、緑茶は教団の茶畑で採れたものだという。

数分後、よく日に焼けた広報担当の中年男性が入ってきた。

「庄司《しょうじ》です。教祖は農作業中で、もうしばらくかかります。それまでは私がお答えします」

「突然恐れ入ります。ある捜査に絡み、品川支部で火災があった件を伺いに参りました」

須賀が切り出すと、庄司は小首を傾げた。

「今さら何でしょう」

「庄司さんは当時も太陽鳳凰会にいらっしゃいましたか」

「ええ、品川支部所属ではありませんでしたけど」

「行かれたことは？」

「あります。品川支部と関係ない信者にとっては空気が違うので、近づき難かったですがね。特にあの火事の半年くらい前からは」

庄司はゆるゆると首を振った。

「空気が違うとはどういう風に？」

「常に張り詰め、ぴりぴりしてたんです。二代目も幹部も品川支部で寝泊まりしていたので、必要に応じて出向かないといけなかったのですが、嫌でしたね。おまけに排他的で。品川の人間だけ、すれ違う際に右のこめかみに指を四本添える挨拶をかわすんです。我々を蔑《さげす》むというか敵視していたというか」

「独特な挨拶や他支部の信者を蔑むようになったのはいつ頃から？」

「火事の一、二年前からでしょうか」

記憶がはっきりしないのは無理もない。

「品川支部も他支部も、品川の火災後に売却してますよね」

道中、携帯で調べた。ホームページを見る限り、現在は他支部も存在しない。

「ええ。火事は教団が原点回帰するきっかけになりました。品川のビルに愛着があった者も少なく、火事後は売却を提案した者も多かったんです。あとは錦糸町《きんしちょう》、御茶ノ《おちゃの》水《みず》、北千住《きたせんじゅ》、荻窪《おぎくぼ》、立川《たちかわ》も売却し、現在はここだけです」

御茶ノ水？　須賀の記憶では御茶ノ水に施設はなかった。

「御茶ノ水にも支部をお持ちだったんですか」

「いえ、さらに会が拡大した時のために確保したビルでした。ホームページやパンフレットにも記していません」

だとしても自分は知らなかった。外部支援として太陽鳳凰会絡みの登記簿もすべて取得したが、御茶ノ水に関するものはなかった。富樫は知っていたのだろうか。

「品川はともかく、他の場所も売却を？　財政的に苦しくなったんですか」

「それもありますが、不要になったんです。火事後、信者が八割近く減って」

「減り方が激しいですね。何があったんです？」

「火事以外に何があったわけでもありません。でも、減ったくらいが適正でした。私たちは太陽鳳凰をあがめ、感謝し、作物を育てるのが根本なのに、ビルに閉じこもっていてはできません。都内で農業ができる土地なんてほとんどありませんし」

「建物内でも、プランターでの栽培に力を入れればいいでしょう」

これが、そもそも硝酸アンモニウムを購入しはじめた理由ではないのか。

「火事前の一、二年はそういう方針で、都内各地にビルを購入した面はあります。東京は人口も多くて布教もしやすいので」

「海外進出も視野に入れていたのですか」

某国との接触があった面も、公安が太陽鳳凰会を監視する要因になった。

「ええ。中国と韓国を候補にしていたみたいです」

「拡大の方針は二代目が決定をされた？」

「はい。なんだか……幹部は熱に浮かされたようでした」

「そうですか。品川のビルにプランター栽培用の肥料はなかったんですか」

「あったはずですが、詳しくは知りません。先ほど申し上げた通り、所属支部が違ったので」

「当時の名簿や写真はありますか。集合写真でも構いません」

「探させましょう」と庄司は席を立ち、内線電話の受話器を上げた。

その後、十五分ほど成果のない応答をしていると、ドアがノックされ、よく陽に焼け、筋張った体の中年男が入ってきた。教祖の北山《きたやま》だ。一般的に教祖という言葉から連想される、カリスマ性や威厳は感じない。北山は庄司に名簿や写真を探す手伝いをするよう命じ、応接室に三人になった。軽い挨拶を交わし、今回も須賀が質問を投げた。

「北山さんは火事の当時、ほとんど品川のビルにいらっしゃったそうですね」

「ええ」北山は溜め息混じりだった。「あの頃、土の香りと感触を忘れていました。私は浮き足立っていた。端的に言えば、拡大すると儲かる確率が高くなったんです。宗教で金儲けの話も鼻白みますよね。本当にどうかしていたんです。もちろんある程度の集金力がないと、宗教団体はやっていけません。品川だけでなく都内各地のビルを購入し、手持ちの金はほとんどなくなりましたが、数年後には倍々ゲームで金が手元に入る算段でした」

「誰が最初に教団の拡大路線を提案したのでしょう」

「幹部会でそれとなく話に出て、私が承認、指示しました。今となっては拡大を目指した理由を挙げられません。熱に浮かされたとしか言いようがない」

北山の口を滑らかにするため、まずは話しやすい方から切り出すか。

「硝酸アンモニウムを購入していたのは憶えてますか」

「はい。ビル内で作物を育てる追肥として購入しました。元々、土に触れる教義に魅《ひ》かれて入信した経理担当の信者がいたのですが、彼が業務でほとんど支部から出られなくなり、細々とやっていたビル内栽培を大々的にやろうとなって」

「火災当時、品川のビルに硝酸アンモニウムはなかったんですよね。あれば大爆発を起こしています」

「え？　常時、三十キロはあったはずですけど」北山はこめかみを揉み込み、押し黙った。記憶をまさぐっているのだろう。「どこかに移動したんでしょう。管理は先ほど話に出た経理担当に任せていました」

「お名前は？」

「木下昭《きのしたあきら》。木下藤吉郎《とうきちろう》の木下に、昭和の昭です。火事後、ビルの売却などをして退会しました」

硝酸アンモニウムの行方を知っているはずだ。

「今も会では硝酸アンモニウムを使っていますか」

「いえ。火事以降、ビル内で作物を育てるのをやめました。売却しないといけませんので。そうか、変ですね。硝酸アンモニウムはどこに行ったんだろう。当時は火事騒ぎの後始末に追われ、特に話題に出なかったのは確かです」

「木下さんの他に硝酸アンモニウムを管理された方はいらっしゃらないのですか」

「いましたが、こちらもすでに退会しています」

　劇薬が消えたのか。

「火事の前、品川の事務所は他の拠点と雰囲気がいささか違ったようですね」

「ああ……」北山の声が低くなる。「ある噂で、ちょっとピリピリしていたためでしょう」

「噂と言いますと？」

　北山は束の間言い澱《よど》み、口を開いた。

「太陽鳳凰会を壊滅させる魂胆で、警察官が潜り込んでいると」

「噂の人物を特定したのですか」

「火事の件でお越しになったのでは？」

「何が関係してくるかわかりません。名前の漢字も含め、教えてください」

　須賀は厳とした口つきで、ぴしゃりと言った。北山はゆっくり口を開いた。

「田中学《たなかまなぶ》という男でした。漢字は普通の田中に、学校の学です。木下と硝酸アンモニウムを管理した者です」

富樫の偽名だ。須賀は心持ち顎を引いた。自分の記憶が正しければ、どうして富樫が素性を太陽鳳凰会に気づかれたのか、ここで判明するかもしれない。

「田中氏の立ち居振る舞いは、疑念を抱かれるようなものだったんですか」

「いえ。特に目立つ男ではなかった。少なくとも私の目には疑いを招く点は全然ありませんでした。これといって特徴もなければ、特に目立つわけでもなく、黙々と農作業をしていた印象です。実直さを買い、入信三ヵ月後に品川支部の副支部長を任せたほどです」

目立たない容姿、振る舞いは潜入捜査で何よりも優先される。

「優秀は優秀でした。田中は韓国語を話せましたので重宝しました」

「田中氏が警官だという噂はどこから出たのでしょう」

「……木下です。何を根拠にしたのかは憶えていません。田中抜きの幹部会で木下は、申し訳ないとしきりに謝りました。田中の指導役が木下で、二人で海外進出プロジェクトを進めていた。なのにまったく見抜けなかったのが悔しかったようです」

「田中氏に直接問い質しましたか。警官かどうかを」

「ええ」と急に北山は言葉少なになった。

「結構厳しく？」

北山は一旦口を開けたが、声を出さずに閉じた。数秒待っても、口が再び開く気配はない。

北山さん、と須賀は柔らかな声を発した。

「田中氏は警察に被害届を出していません。仮に犯罪に触れる行為、例えば暴行したような事実があっても、警察は今さら捜査しません」

はあ、と北山は観念したように深い息を吐いた。

「正直に申し上げます。殴る、蹴るの暴行はありました。やはり裏切られたという気持ちが強かった。我々は犯罪者ではない。なのにどうして潰されないといけないのかと」

「田中氏は自分を警官だと認めましたか」

「いえ。頑として認めませんでした。なので、暴力がみるみるエスカレートした面はあります。もう会にいない人間について言うのは卑怯《ひきょう》でしょうが、最初に手を出したのは木下でした。次第に暴力をエスカレートさせたのも木下です。普段は穏やかな人柄だったので、人一倍許せなかったのでしょう。責任感も強かった」

聞きようによっては木下が暴力を扇動した――とも取れる。

「この際なので白状します。火事の原因は煙草の不始末ではない。田中が我々の暴力から逃れるため、火事騒ぎを起こしたんです」

「なぜそう思われるんです？」

「木下が力説していました。我々も信じた。実際、翌日はさらに田中を追及する予定でした。火事の後、田中から脱会届が送られてきました。警察に対しては、煙草の火の不始末という説明が受け入れられましたが」

実際には須賀が行ったのだが、あえて言う必要もない。

「木下は騒ぎを防げなかった責任をとって辞めると言い、こちらの引き留めを聞きませんでした。ビルの売却などを終えた後なので、脱会は火事の半年後あたりです」

「田中氏が本当に警官だったかどうか、警視庁に照会するなどしましたか」

「まさか。暴行した負い目がありますし、藪蛇になりかねませんので」

控えめなノックがあり、庄司が紙の束とアルバムを手に入ってきた。須賀はアルバムを受け取ると、集合写真のページを開き、北山と庄司の前に戻した。

「田中氏と木下氏がどなたか、教えて下さい」

北山と庄司が写真を覗き込んだ。

「これが田中で」と北山が須賀の記憶にもある富樫に右手の人さし指を置き、左手の人さし指で別の男を示す。「これが木下です」

須賀はアルバムを手元に引き取り、写真を見据えた。体型も髪型も顔つきも違うが、間違いない。

木下は中上巧だ――。

「いつ、どういう経緯で木下氏は入会されたのですか」

「木下は例の火事の二、三年前に入ってきたと記憶しています。計算に明るくて入会早々に経理担当となり、頭角を現し、木下抜きでは金が回らないほどの存在になったんです。私たちは農作業が活動の主で、経理に疎い者が多かった。木下の以前の勤め先は、小さな貿易会社でした。前職でも経理をしていて、パソコンばかりを見る生活が嫌で土に触りたくなり、うちの教義に魅かれたと語っていました」

「木下氏が勤務した貿易会社の名前をご存じですか」

聞いてみます、と北山は内線をとり、信者に調べるよう指示を出した。北山が席に戻ると、須賀は質問を再開した。

「木下氏は退会後、どこで何をされているのでしょう」

「存じません。脱会後は連絡をとっておりません」

「連絡先を把握されていますか」

「お渡しした名簿に載っている元の住所や携帯番号だけです」

内線が鳴り、北山がメモを取りながら応答し、戻ってきた。

「木下が勤務していたのは、桜庭貿易という会社でした」

須賀はメモを受け取った。新日本橋界隈《かいわい》の住所も記してある。中上夫人が知っていた以上、中上は本名で桜庭貿易に勤務したのだ。一方、太陽鳳凰会が写真を持って、桜庭貿易に木下昭が勤務していたのかを確認しに行くリスクもある。何かを企てる組織はそれくらいする。

いくらなんでも同一人物が二つの名前で勤められる会社はない。桜庭貿易の正体が透けてくる。

5

「私の理解が間違いないか、確かめさせてください」

佐良は言った。長富の行確を終え、いつもの監視部屋で皆口と待機していると、須賀と毛利が合流し、太陽鳳凰会での首尾を聞いたばかりだった。

「言え」と須賀が顎を振る。

「武蔵野精機の事件で死んだ中上巧は、木下昭として太陽鳳凰会にいた。中上は富樫を警官だと教団に告発し、リンチを引き起こしている。なお、二人で硝酸アンモニウムを管理していたが、行方は定かでない」

「あっている」

「だとしても、須賀さんはどうして今さら太陽鳳凰会にあたろうと？」

佐良にはわからなかった。富樫が住むとされる川崎のマンションを借りる際に、公安が使った身分証の写真と中上が似ていた――というだけでは、たとえ須賀でも太陽鳳凰会を洗う発想には至らないだろう。直接富樫の居場所に繋がるとは思えない。

「そうなんです」望遠鏡を覗く毛利が小さく手を挙げる。「行きに確かめるべき点が出たとおっしゃられたけど、まだ内容を教えてもらってません。帰りの道中も、考えごとをされているようなので、訊けなかったですし」

「皆口が送ってきた中上の写真がきっかけだ。十三年前に太陽鳳凰会から富樫を救出する時に見かけた男と、耳の形が一緒だった気がしたのではっきりさせたかった」

「なるほど」と皆口が唸る。「中上も潜入捜査員だったのに、富樫の素性を暴露したのは妙ですよね。自分の捜査があるにしても、身内を追放するような真似はしないはずです」

佐良も同感だった。新興宗教団体に潜入したのなら、目的は情報収集か壊滅。富樫の参入も反目の事由にならない。功名心から疎ましく感じたとしても公安は徹底的に上意下達で動く組織で、富樫を排除するという選択には至らないはずだ。

「待って下さい」と毛利が声を発した。「それって互助会の案件と関係ありませんよね」

いや、と須賀が言下に返す。

「富樫の居場所を公安ですら摑んでおらず、我々も行方を追おうにも手がかりがない。そこに中上との接点——互助会メンバーの外事捜査員が現場から容疑者の拳銃を持ち去ったと思われる武蔵野精機の事件との接点が浮かんだ。他に洗う糸口もない以上、洗うべきだった。六角部長を殺した元自衛官が武蔵野精機にいた点も気になる」

武蔵野精機の事件、太陽鳳凰会、六角殺害、互助会がうっすらと結ばれたと言える。

「太陽鳳凰会の一件で確信したことがある」須賀の眼差しが険しくなった。「そもそも、すでに潜入捜査員がいる太陽鳳凰会に、なにゆえ富樫と私が送り込まれたのか。極秘プロジェクトを実施する公安上層部が富樫と私の送り先を検討する際、太陽鳳凰会に中上が潜伏中だと把握しなかったはずがない。プロジェクトは富樫と私が二人で太陽鳳凰会を壊滅させられるか否かを計りたかったんだからな」

「つまりどういうことですか」と皆口が訊いた。

「プロジェクトの発案者か指揮官には何らかの計算があった。それは公安が組織として仕切る計算ではなかった。潜入先を検討する者が太陽鳳凰会に中上が先に潜入しているのを意図的に隠蔽したのか、プロジェクトの推進メンバーすべてがグルだったのか。どちらにしても中上は計算を知っていた」

「公安の活動から外れる行動をとれる幹部がいて、中上と富樫は従った……」佐良は瞬きを止めた。「互助会の活動でしょうか。しかし、連中は犯罪と量刑が釣り合わない者や、摘発できない犯罪者を懲らしめるのが活動方針です。少し外れます」
「武蔵野精機の事件でも六角部長の殺害事件でも、互助会と中上の名が一緒に出るな
んて偶然が過ぎる。中上が互助会だったとしても不思議ではない」
「富樫はその計算を知っていたのでしょうか」と佐良は重ねて尋ねた。
「だろうな。最初から知っていたのか、潜入後に中上から聞いたのか」
「富樫が中上の素性に気づいていなかった線は？」毛利が潰すべき点を挙げた。「す
ると、太陽鳳凰会の一件は我々が勘繰りすぎだとなります」
「確実に富樫は把握していた。なのに伝えてこなかったんだ。宗教やイデオロギーは
ある種、一般人を洗脳してはじめて成立する。太陽鳳凰会も太陽鳳凰が信仰の中心だ。
とはいえ教祖の話を聞くと、いささかお粗末だろ。熱に浮かされて拡大戦略をとり、
おまけに硝酸アンモニウムの行方も定かでないだなんて」
熱に浮かされた……。佐良は首筋が強張った。
「例のプロジェクトで、相手の心理を操る方法を学んだと中西さんは仰《おつしや》いました」
「ああ。最も確実で簡単なのは、内と外を明確に分ける手法だ。内側にいる自分たち
は特別だと思わせ、一体感を生み出す。ナチスがいい例だ。連中は片腕を上げて挨拶
した。ああいう内と外を区分けする動作を繰り返すうち、最初はその行為を馬鹿にし

ていた連中も自分たちと他――敵と味方という認識が強まっていく。実験でも検証されている心理現象だ」

太陽鳳凰会品川支部特有の挨拶があった。あれか。

須賀が冷静さの際立った口調で続ける。

「自分たちと他という認識が強くなれば、一体感を守るために上の人間に頭を預ける者が増え、指導者にしてみれば扇動しやすくなる。富樫なら楽々実践できる。ただし、広報担当によると品川支部の雰囲気が怪しくなり始めたのは富樫の潜入前。中上もすでに実行していたとみるべきで、二人は協力してある種の熱を品川支部以外でも高め、信者の行動を左右した。火事後に二人が抜けた際、規模が縮小したのにも説明がつく。洗脳が徐々に解けたんだ」

公安捜査員は敵対組織と見なした連中のアジテート活動も徹底的に学ぶ。太陽鳳凰会の勧誘活動も頭に入れた上で、特殊訓練で身に付けた技術を加えれば、新興宗教の教祖や会員を操るくらい造作もないだろう。須賀の話を聞く限り、太陽鳳凰会の連中はむしろ純朴だ。

「富樫のリンチも仲間割れじゃない。富樫への反感を高め、暴力を振るわせたのも二人の計算だろう。特殊公安捜査員プロジェクトとは別の何かのためにな。富樫は中上に暴行を受けた件を上に訴えていない。中上が以後も潜入捜査にあたっているのが証拠だ。富樫への暴力は何らかの任務を遂行する上で必要だったんだ」

公安の潜入捜査に従事しながら、別の何かのためにも動いていた……。富樫と中上にはどんな狙いがあったのか。

「二百九十キロもの硝酸アンモニウムはどこに消えたんでしょう」と毛利が訊いた。

内部の人間ですら行方を把握しておらず、管理担当は木下昭こと中上だ。警官が地下市場に流したとは思えないが、二百九十キロが消えたのも事実だ。

「わからん」

「中上の件以外にも報告がなかったことありますか」と皆口が尋ねた。

「御茶ノ水のビルについても存在を聞いてなかった。私が取得した登記簿にもなかった」

「参考情報があります」と佐良は声を上げた。「中西さんから電話があったのですが、二年から一年前の間に神保町で富樫らしき後ろ姿を何度か見かけたそうです」

ＪＲ御茶ノ水駅から皇居方面に坂を下れば神保町だ。

「頭に入れておこう」須賀は一拍の間を置き、続けた。「佐良と皆口が聞いた、中上の墓参り。行っているのは富樫かもしれない。何らかの目的を共有し、リンチを受けるのを肯ずるほどの信頼関係を中上と築いていたんだ」

「太陽鳳凰会の頃から互助会があったとすれば、長富課長はトップではないですよね。

いくらなんでも若すぎます」

佐良が言うと、須賀は頷いた。

「ああ、トップは別だろう。墓参りは明後日だ。張るぞ。富樫を確保できれば、相手の戦力を大きく削《そ》げる。別人が行っているとしても武蔵野精機の事件に関係するはずで、互助会解明の手掛かりになる」

「明日はどうしますか」と佐良は須賀を見据える。

須賀は数秒黙考し、口を開いた。

「朝の長富課長行確後、佐良と皆口は日中、庁内で長富課長の動きに備えて待機。引き続き、身辺を洗え。私は太陽鳳凰会が所有した御茶ノ水のビルを少し調べたい。どうして富樫はビルの存在を伝えてこなかったのか。中上も絡む何らかの目的と関係するかもしれない。中西が神保町で富樫らしき男を見かけたとの証言もある。富樫はビルを使用しているのかもしれない。それが互助会絡みなら、全容解明の糸口を見いだせる望みもある」

須賀は息継ぎをして、続けた。

「すでに素性を割った互助会メンバーは末端で、そこから辿っても途中で切れる仕組みだ。麻薬の捜査と一緒だ。末端ではなく、元を叩かないと意味がない。中上と富樫も互助会では末端かもしれんが、二人を洗えば長富との接点が浮かぶ見込みもある。

特に富樫は実力からして、ただの末端ではないはずだ。毛利、同行しろ」

「はい」毛利は言い、付け加えた。「ちょっと細かい点が気になるんです。佐良さんたちは中上夫人から、中上が西芝テックの前に勤めたのは桜庭貿易と言われた。一方、須賀さんと私は太陽鳳凰会で、木下昭の入信前の勤務先が同じく桜庭貿易だと聞きました。まさか別人として同じ会社に勤務したわけないですよね。給料明細などで中上夫人が名前を見ているでしょうし、太陽鳳凰会が問い合わせないとも限りません」

「桜庭貿易に実態はないんだ」須賀は言った。「中上が木下という名前でも所属できた。桜庭貿易という名前。この二点を合わせてみろ」

あっ、と佐良は声を上げた。なんですか、と皆口と毛利の声が揃《そろ》った。

警視庁の紋章は旭日章。通称は桜の代紋。

「公安の隠れ蓑《みの》ですね」

そうだ、と須賀の返事は素っ気なかった。

◆

「もちろん、すべて太陽鳳凰会名義で購入してました。御茶ノ水は違ったんですか」

電話の向こうで北山が戸惑っている。長富の朝の行確を終え、須賀は千代田《ちよだ》区の東京法務局で太陽鳳凰会が購入していたとされ、富樫が存在を伝えてこなかった御茶ノ水のビルの登記簿を取ったところだった。

「ビル売買の管理は木下氏に任せていらしたんですよね」

「ええ。何がどうなっていたのでしょうか」

「私にもよくわかりません」

須賀は通話を終えると、毛利に目配せした。

「他のビルの現在を知ろう。登記を取りに走ってくれ。私は御茶ノ水の登記を洗う」

承知しました、と毛利は法務局を飛び出した。登記は数が膨大なので、地域の管轄ごとに取得しなければならない。須賀は改めて登記簿に目を落とした。

太陽鳳凰会ではなく、若松亜美《わかまつあみ》という個人名で購入され、布施純一《ふせじゅんいち》という個人に売却されている。須賀は本庁で待機中の佐良に電話を入れ、事情を説明した。

「太陽鳳凰会に提出させた名簿に、若松亜美と布施純一という名前があるかを見てくれ」

返答は十分後にあった。

「どちらもありません。若松治夫《はるお》という信者ならいました。携帯の連絡先はありますが、退会しています。現住所はわかりません。私か皆口が転戦しましょうか」

「いや、まだいい。まずは若松亜美に直接あたってみる」

登記簿には若松亜美の住所は目黒《めぐろ》区のマンションだとある。

須賀は法務局を出て速足でＪＲ御茶ノ水駅に向かい、中央《ちゅうおう》線に乗った。神田《かんだ》駅で山手線に乗り換え、目黒駅で降りた時、毛利から電話があった。

「錦糸町《きんしちょう》のビルの登記を取りました。太陽鳳凰会が購入し、大手不動産会社に売却しています」

「他のビルの登記も頼む」

須賀は交通量の多い権之助坂《ごんのすけざか》を下り、路地に入って住宅街に至った。登記簿の住所に建っていたのは、学生や若い社会人用のワンルームマンションだった。ここの住人が御茶ノ水のビルを一棟買いできる資金があるとは思えない。

登記簿にある部屋は空室で、須賀が道の隅で不動産屋に問い合わせると、若松亜美は数年前に転居していた。この線は行き止まりだ。

須賀は青山《あおやま》に転戦した。若松亜美からビルを購入した、布施純一を訪ねるためだ。賑《にぎ》やかな青山通りから奥に入り、閑静な住宅街に至ると、目的地に辿り着いた。古い賃貸マンションでエントランスにはオートロックもなく、エレベーターすらない。階段を上がり、登記簿にあった五〇一号室の前に立った。ドアはペンキが剝《は》がれ、地の金属が錆《さ》びている。名札もなく、ドアノブにはうっすら埃《ほこり》が溜まっている。誰かが住んでいる気配はない。インターホンを押すも、音さえ鳴らなかった。一階に戻り、エントランスの掲示板に張られた管理会社の連絡先を携帯に入れ、電話をかけた。管理会社は世間より一足早く、冬休みに入っていた。

電話が鳴り、毛利からだった。

「北千住のビルも宗教法人太陽鳳凰会が購入し、大手不動産会社に売却しています」

御茶ノ水のビルだけ個人間の売買なのか？　しかも太陽鳳凰会の名簿にはない者同士で？

須賀は太陽鳳凰会に電話を入れ、北山に繋いでもらった。

「私も連絡しようとしたところでした。相談がありまして。実は現在の経理担当が当時の帳簿を見直したら、数億円が消えているんです。もしかすると木下が教団に無断で何かに使ったのではないかと」

中上が横領？　御茶ノ水のビルの購入資金？　だとすると秘密裏に購入しただろうに、ビルの存在を教団に伝えた？　すうっと須賀は頭の芯が冷えた。

御茶ノ水のビルが他のビルと売買方法が異なる理由か――。

太陽鳳凰会名義で取得した時、中上の外部支援捜査員が配置された場合、ビルの存在に気づかれる恐れが生じる。外部支援捜査員は外からも教団を丸裸にするべく、都内の法務局すべてをあたり、太陽鳳凰会や教祖幹部名義の建物や土地を総ざらいする。中上はそのリスクを避けたかったのだ。事実、須賀は特殊公安捜査員プロジェクトの際に教団関係先の登記を徹底的に洗った。かたや信者が自分たちの建物について登記を取ろうとするリスクは限りなくゼロ。不動産業者でもない限り、一般的な会社でも担当者以外、自社の土地や建物の登記を取ろうとする者がどれだけいる？

　今も互助会や別の何かで富樫が秘密裡《り》に当該ビルを利用しているとすれば、当時も秘密裡の用途だったはず。

「ときに、ご相談とは消えた数億円の件ですか」

「はい。警察は十年以上前の出来事でも扱ってくれるのでしょうか」

「難しいですね。刑事事件としての時効は過ぎています。ですが、民事で損害賠償請求はまだできます。木下氏が持ち出した根拠はありますか」

　木下こと中上が死んでいるとは言えない。どこで監察業務に水を差すのかわからない。

「いえ。でも、お金を握っていたのは木下でしたので。あと須賀さんがお帰りになってから思い出したことがあるんです。拡大戦略を言い出したのは木下でした。信者を獲得しやすくなるし、ビルを買うお金を工面できる算段も付いたと話していました。ひょっとするとそれにかこつけ、金をかすめ取っていたのではないかと」

　中上は警官で、正義感溢れる互助会メンバーだった線も濃い。犯罪に手を染めたのなら、相応の意図があったのだ。それこそ富樫と自分の潜入先選定の折、中上の存在を隠蔽された根っこ？　若松亜美、布施純一は中上や富樫の協力者なのだろうか。

「頂いた電話でこちらの話ばかりしてすみません。須賀さんのご用件は？」

「退会された若松治夫さんに亜美さんという親族がいたかどうか、ご存じないでしょうか」

「私は知りませんが、周りの者に聞いてみます。何かわかりましたら、連絡します」

お願いします、と須賀は通話を終えた。

◆

長富はいつもの地下鉄の駅の入り口に下りなかった。佐良は行確を続けた。薄闇のどこかには皆口と毛利もいる。日比谷公園を抜け、新橋《しんばし》の飲み屋街に足を踏み入れた。クリスマスとあって街路樹はＬＥＤライトで飾られている。街にはクリスマスとは縁遠そうな、中年会社員の姿も多い。

日中に須賀が得た情報はすでに共有されていた。若松姓の男性についての連絡はまだないという。明日以降に進展があるかも定かでない。となると、長富ルートからの解明がやはり頼みの綱となる。

長富は居酒屋と中華料理店に挟まれた、古い洋菓子店に入った。数分後、白い紙袋を提げ、出てきた。長富が帰宅中に何かを買う姿は初めてだ。日頃は朝食に野菜を、昼食で肉類を摂取するよう食事に気を配る者が洋菓子か。クリスマスとあって、中堅警察官僚の心も少しは弾んでいるのかもしれない。

長富はJR新橋駅に向かい、山手線で秋葉原駅に出て総武線に乗り換え、信濃町駅で降りた。いつもの道を進み、佐良は三人の中では先頭で追った。大通りから公園や大きな邸宅の庭に面する路地に入り、街灯の数が減った。住宅街にはひと気がない。夜は今シーズン一番の寒さになるでしょう。朝の天気予報が言った通り、かなり寒い。口で息を吐けば白くなる。

暗闇の向こうで、不意に長富の背中がぐらりと揺れた。

「誰だッ」

長富が大声を張り上げ、ケーキの箱を正面に叩きつけると、日本語ではない言葉が聞こえた。マルタイが崩れ落ちるように倒れ、佐良は駆け出した。目を凝らす。長富の体の下から液体が広がっている。

血——。

長富のもとに駆け込むと、少し先に走って逃げる男の背中があった。

背後から足音が近寄ってきた。

「通報します」

皆口だった。その場を任せ、佐良は駆け出した。スピードに乗る前に、佐良を追い抜く人影があった。毛利だ。

「援護、お願いします」

了解、と毛利に応答した。逃げていく男の背中はまだ遠くない。

長富は息をしていた。話せる状態だろうか。皆口が何か聞き出してくれるだろうか。逃げていく男は誰だ。六角に続き、こんな短期間に警察幹部が二人も強行事件に巻き込まれるなんて前代未聞だ。おまけに今度は行確中にマルタイが襲われた。くそ。佐良は腹の底から一気に息を吐いた。白い息はあっという間に弾ける。

前を行く男がさらに別の路地に入った。直後、ドアの開閉音が続いた。車を用意してやがったのか。

毛利が路地に至り、ほどなく佐良も到着した。車のテールランプが遠ざかっていく。小さすぎてナンバーも見えず、緊急配備も要請できない。

「毛利、ナンバーは？」

「見えませんでした」毛利が頭を掻きむしった。「ちくしょうッ」

「行くぞ」

長富のもとに急いで戻った。長富は腹を刺され、かなりの出血で呼吸も相当荒く、とてもではないが、話せる状況ではなかった。壊れたケーキの箱と、崩れたホールのケーキが路上に散らかっている。

皆口は険しい形相だ。斎藤の死に際を頭に呼び起こされたのかもしれない。佐良は唇を引き結んだ。これまでの行確で長富を追う姿はなかった。狙われている気配もなかった。無差別の通り魔による犯行ではないだろう。犯人が逮捕されたとはいえ、六角殺害ともあまりにも時期が近すぎる。先ほどの言葉は日本語ではなかった。おそらく韓国語だ。トクの仕業だろうか。

佐良は自分が不甲斐なく、拳を強く握った。長富ルートが途切れてしまうのか……。

三章　待ち伏せ

1

六角に続いて長富まで襲われたとあり、警視庁の空気は午前二時でもざわついている。エレベーター前には顔見知りの捜査一課の後輩がいた。元刑事部長である福留《ふくとめ》の息子だ。佐良も何度か同じ捜査に従事し、親の七光りではなく本人に腕がある場面を見ている。

エレベーターを待っていると、佐良さん、と後輩が声をかけてきた。

「ご無沙汰しています。ひとつ、伺ってもいいですか。伺いたくても機会がなかったので」

「どうした」

「佐良さんが一課に戻る話はないんですか」

「もうありえないだろうな」

特に戻りたい気持ちもない。

「いいのか、人事一課の人間と話しても」

ごく一部を除き、かつて親しかった同僚も監察の佐良に話しかけてこなくなった。

「なに言ってるんですか」後輩が軽く笑う。「じっくり話したいくらいですよ。色眼鏡で私を見ない数少ない方とは」

エレベーターが一階に到着した。じゃあな、と言い、佐良だけがエレベーターに乗った。

十一階のいつもより広い会議室のドアをノックすると、入れ、と能馬の声が返ってきた。

部屋には真崎もおり、コの字型に組まれた長テーブルの奥の辺にどっかりと座っている。長富が襲撃された後、佐良は救急車を呼び、一一〇番通報もし、須賀に急報を入れた。その後、いったん警視庁に上がって能馬に詳細を説明し、信濃町の監視部屋で仮眠をとろうとした矢先、こうして呼び出しを受けた。

佐良がコの字の空いた部分に立つと、右側の辺に座る能馬が口を開いた。

「課長が今晩の件で至急、君に直接質したいことがあるそうだ。課長、どうぞ」

真崎がいささか身を乗り出す。

「長富君が襲われた現場にいたそうだな」

「はい。能馬さんに報告した通りです」

「本当に誰が長富君を襲ったのかに見当がつかないのか」

「ええ。まったく」

真崎はじっとこちらを見据えていた。目の下に隈を作っている。

「一課が佐良に話を聞きたいと言っている。連中は六角部長殺害犯を逮捕した精鋭部隊を、長富君襲撃の捜査に投入した」

「課長は私への聴取を許可されたのですか」

「だったら、とっくに君を突き出してる。私が事情を聞き出し、長富君の捜査で参考になりそうな情報を伝える——という流れで話をつけた」

真崎は佐良の仕事を優先したのではない。刑事部に協力したくないだけだ。警務部所管の監察は、幹部も係員も出身はほぼ公安だ。監察は刑事部と伝統的に折り合いが悪い。真崎も公安畑のキャリアだ。

真崎の腹の裡《うち》がどうあれ、捜査一課は佐良がいま警視庁にいるのを知っている。エレベーター前に一課の人間がいた。連中は直接問い質さんと、管理官あたりが庁内各所に捜査員を配置するだろう。真崎も動きを当然推測しているはず。特に言及がないのは、火の粉は自分で払えという意思の表れか。

能馬はなぜ真崎の要求を突っぱねなかったのだろう。明朝の業務を知っているのに……。ほんのわずかな時間であっても睡眠をとった方がいい。いざという時、体の動きが鈍ってしまう。長富の行確がなくなったとはいえ、佐良は須賀とともに中上の墓を空が明るくなる頃合いから張る。暗いうちの墓参りを目撃されれば逆に怪しまれ、富樫なら誰かの印象に残る行動はとるまい——という須賀の読みだ。皆口と毛利は武蔵野精機の副社長の墓を張る。墓参りするのが富樫とは限らず、別人の場合は武蔵野精機の墓に出向く可能性がある。その人物が今年中上の墓に必ず赴く確証もない。素性も特定したい。

「私に言えるのは、長富課長を襲った男は韓国語を話したように聞こえた、というだけです。能馬さんにも伝えましたし、現場では四谷《よつや》署員にも言ってあります」

真崎の眉根に力がこもる。

「他には？　一課にはともかく、このままでは上に報告できん」

「いまどなたが警務部を統括されているのですか」

真崎の上司は殺害された六角だった。互助会案件は真崎が担当を引き継いだが、佐良はさらに上の指揮系統までは関心がなかった。

真崎は睨むような目つきになった。

「副総監だ」

警視庁ナンバーツーが直々に……。現副総監はまもなく警視総監か、警察庁長官のいずれかの座に就くと目されている。

「本当に何も知らんのか」

はい、と即答した。

真崎は長机に両肘をつき、やおら手を組んでそこに顎を乗せ、顔をしかめた。

「厄介な案件だ。何で私がこんな目に」

以前、佐良が六角に互助会の全容解明を指示された会議には真崎もいた。あの時は余裕の面持ちだった。六角と能馬がいるので自分は前面に立たなくていいと高を括っていたのだろう。なるほど。我が身可愛《かわい》いさゆえ、呼び出してきたのか。真崎は佐良から長富襲撃犯の端緒となる情報を引き出したかった。少なくとも引き出そうとしたポーズを示さねばならない。副総監に無能だと判断されれば、今後の昇進に影響する。なおさら能馬がなにゆえ同意したのかわからなくなった。真崎の思惑はお見通しだろうし、能馬なら楽々と突っ撥ねられる。

「副総監とはいつお会いになるのでしょう」

「今日の朝八時に定例の報告会議がある。本当に長富君を襲った容疑者に見当がつかないのか」

「ええ。まったく」

　佐良はまた同じ返答をした。

　似たやりとりがしばらく続き、能馬が腕時計を見た。

「そろそろ業務に戻してよろしいでしょうか。現場が監察業務に割く時間が減るほど、今後課長が副総監に報告できる内容も減ってしまいます」

　少し間があき、真崎が憮然《ぶぜん》とした面持ちで顎を振った。

「行け」

「私も失礼します」と能馬が言った。

　佐良は一礼し、会議室を速やかに出た。廊下で声を落とし、訊いた。

「なぜ要求を突っぱねなかったんです？」

「課長直々の申し出だ。断るには口実がいる。誰が互助会なのかわからない以上、わざわざ富樫を待ち伏せる計画を明かす必要はない。申し出を受ければ、監察は目下のところ火急の任務はないと考えている――と相手の油断を誘えるかもしれない。課長が互助会と通じている線も消えていないんだ」

　さしずめ見えない相手との化かし合いといったところか。

「長富課長の容態は？」

「まだ集中治療室で意識も戻っていない」

能馬と別れると人事一課のフロアには寄らず、階段で一階まで降りた。エレベーターや表の出入り口には一課の連中が張っているはずだ。佐良は地下駐車場を通り、裏口に回った。よし、誰もいない。

敷地の外に出た時、近くの街路樹に背を預ける人影があった。男は背中で街路樹を弾くように体を起こし、こちらにゆっくりと歩いてくる。街灯にその姿が照らされた。同期で捜査一課の北澤《きたざわ》だ。北澤にとって斎藤は大学時代の陸上部の後輩にあたる。斎藤を見殺しにした――と北澤はたびたび佐良を責めた。

北澤は佐良の前で立ち止まった。

「どこに行く?」

「仕事だよ。北澤は長富課長のヤマに関わってないのか」

北澤は捜査一課でも腕利きの刑事だ。

「組み込まれたから、こうして仕事をしてんだよ。個人的には会いたくもないが、佐良から話を聞きたいって人がウチにはかなりいる」

北澤があらかじめ庁舎裏にいたので、一課の人間は裏口を張っていなかったのか。

「防犯カメラの映像を集めて、逃げた車を追え」

「もうやってる。監察の人間が共犯じゃない保証もない――だとさ」

「俺が違うと言っても、保証にはならない」

　ああ、と北澤が肩をすくめる。

「お前が何を言おうと何の証明にもならない。佐良が襲撃を仕組んだ線をあげる捜査員もいる」

「急いでるんだ。くだらないお喋《しゃべ》りは勘弁してくれ」

「結構。こっちも飽き飽きだ」北澤の眼光が鋭くなった。「佐良がやったのか」

「だとしたら」

「バカな奴だ」

　北澤が吐き捨てた。少し強い向かい風が吹き、街路樹の枝を揺らす。

「勘違いするな。俺が言ってんのは、佐良が襲撃を企てたと一ミリでも本気にしてる奴らについてだ。むろん俺はお前を許しちゃいない。もっと許せないのはバカな見立てを声高に叫ぶ奴だ。どんなにくだらない内容でも誰かがぶつけないとならない。俺がやれば手っ取り早い。一応、もう一回聞く。やったのか」

「やってない」

「さっさと消えろ」

「いいのか」

「もう充分だ」

　北澤が親指を背後に向けて振った。佐良は北澤の脇を通り抜ける時、足を止めた。

「ひとつ頼みごとをしたい」

佐良が声をかけても互いに別々の方向を見たままだった。向かい風が吹き続けている。

「あいにく、貸せるような金はないぞ」

「六角部長の事件で元自衛官が逮捕されただろ。そいつの通信通話履歴を流してくれ」

「正式なルートを通せ」

「引き換えに俺の聴取を要求される。時間を無駄にしたくない」

「なんでお前のためにリスクを冒さないとならない？」

「治安のため。それと斎藤が殺害された真相を明らかにするため」

向かい風が止《や》んだ。北澤の手が佐良の肩にぽんと置かれた。

「運がいいな。元自衛官に手錠をかけたのは俺だ。捜査資料はいくらも自由に読める。働き者の同期に感謝しろ」

＊

富樫は合わせていた両手を解き、瞼《まぶた》を上げた。目前の墓石は冬の弱々しい朝陽を受け、輝いている。葉の落ちた木々や向こうに見えるマンションの寒々しさに比べ、墓石の脇に供えた菊の花は瑞々《みずみず》しい黄色を湛《たた》えていた。

心の中で墓石に話しかけていく。

あと少しの段階まで来ました。社会にとって私もあなたと同様に捨て駒です。捨て駒としての役割を果たし、本懐を遂げます――。

腕時計を一瞥する。午前八時過ぎ。一日が始まる。

左後方からかすかな足音がした。足音を殺して歩ける人間特有のものだ。警察関係者で、相当な手練れか。

あと十歩ほどの距離に近づいてきたタイミングで、富樫は首を捻《ひね》り、相手を確認した。

十数年ぶりに見る顔があった。富樫はロングコートの裾を手刀ではたいて立ち上がると、声をかけた。

「私が手を合わせ終わるのを待ってたんですか」

「まあな。死者の前で手荒な真似はしたくない」

須賀の顔にはどんな感情も浮かんでいない。

「驚きました。いつからそんなに紳士的になったんです？　今日ここに私が来るのを、よく予測できましたね」

「私だけの成果じゃない」

須賀はこちらまであと五歩という位置で止まった。踏み込めば手が届く範囲に入ってこない警戒心はさすがだ。須賀の古いトレンチコートの裾が揺れている。

「毎年墓参りに来てるんだろ」

「ええ。死者を悼む時、自分の心を見つめ直せます」

「この後、八王子《はちおうじ》にも行くのか？」

中上の墓は杉並《すぎなみ》区内に、武蔵野精機副社長の墓は八王子の奥にある。

「いえ。そちらの方には縁がありませんので」

「縁か。墓に眠る中上は太陽鳳凰会にいた木下昭だろ。私とも無縁じゃない。お前は木下も潜入捜査員だとわかったはずだ。十三年前、お前はそれを報告してこなかった。特殊公安捜査員プロジェクト以外、何に関わっていたんだ？」

小鳥が鳴いた。墓地に響く鳴き声はいつも乾いている感じがする。

「色々な事情がありましてね。墓地に入る時、須賀さんの存在に気づきませんでしたよ」

「大火傷を負っても、体に染み込んだ技術までは焼けない」

須賀はこともなげだった。

「ご用件は？」

「ウチの人間が武蔵境の廃病院で大怪我を負った。あの仕掛けは富樫だろ」

「ご明察です。中西さんが丸々と太ってて驚きました」

「何を企んでるのかは知らんが、ここまでだ」

富樫はなにげなく周囲を窺った。一ヵ所しかない出入り口へ続く路地に立ち塞がるのは、須賀だけ。他にひと気はない。内心で得心がいった。

「監察にもなかなか腕の立つのがいるようで。須賀さんや中西さんほどでないにしても」

「誰のことだ」

「名前を言わずとも、おわかりでしょう。彼については須賀さんの方がお詳しいはず。私の行確が彼のアンテナに、ほんの一瞬だけ触れたようです。現認されませんでしたが、大したもんですよ。須賀さんはいくつかの班を束ねる立場だと伺ってます。彼も駒にできる立場です」

会話を続けつつ、富樫は隙を探した。やりとりの間、須賀は毛ほども隙を見せていない。さすがだ。こちらが須賀の隙を窺っているように、須賀もこちらの隙を窺っている。何事も見逃すまいとする目つき、即座に動き出せる体の力の入れ具合、平素と変わらない態度、出入り口を塞ぐ立ち位置。どれもがそれと物語っている。

「互助会に入っているんだろ」

「いえ」

そう。互助会に入ってはいない。

「互助会が何なのか問い返してこないな。存在を知ってるのか」

「何度か誘われましたから」

「中上に？」と須賀が顎を墓石の方に振る。

「さて。誰からかは藪の中というまとめでどうでしょう」

須賀は目元をさらに引き締めた。

「六角部長に続き、昨晩は捜査二課長が襲われた」

「犯罪は日々起きてます。いささか情けない話だとしても、警察上層部が被害に遭うケースもあるでしょう」

「二件ともお前が関わってるんだろ」

須賀は起伏のない声音だ。

「なぜ私が？」

「中西が大怪我を負ったのは互助会絡みの案件だ。六角部長も長富課長も互助会の案件に携わっていた」

「私は誰も殺してませんし、襲ってません。いいんですか、部外者に監察業務を明かして」

「もう逃げられないと悟らせるためだ。互助会でないなら、どうして互助会の名がちらつく事件でお前の名前が浮かぶ？　何をしようとしている？」

菊の香りが不意に強くなった気がした。

「見逃してくれませんか」

「犯行に関わった点は認めるんだな」

「認めるも何もありません。余計な時間を取られたくないんです。須賀さんに任務があるように私にもある」

「任務？　公安の任務じゃないんだろ」

公安がここ数日、自分を探しているのは知っている。須賀はそこまで把握しているのか。手強い人だ。

富樫は微笑みかけ、右手首の辺りを左手の指でさした。

「須賀さん、トレンチコートの袖のボタンが取れかかってますよ。そろそろ新しいコートを買ったらいかがです」

「ものを大切にする主義でな。誰かがおとなしくなれば、修理に出す時間もとれる」

「今日はいい天気ですね。いずれまたどこかで」

富樫は墓と墓の間に飛び込み、奥に駆け出した。背後で須賀が追ってくる足音がする。

墓の背後に塀が見えた。墓地と路地の区切りだ。視線を後方に振る。須賀との距離は開きもせず、縮まりもしていない。

富樫は墓石の土台に跳ね上がり、勢いのまま塀に向かって飛んだ。一気に塀を乗り越え、ひと気のない裏道に出た。駅とは逆方向に走り出す。

長年通ってきたので脱出路も頭に入れている。もっとも、本当に逃げる事態が訪れるとは驚きだ。富樫は走りながら武者震いした。相手にとって不足はない。警視庁には四万人を超える職員がいるが、自分と対等に渡り合えるのは須賀だけだろう。中西も戦力外となった。

今日の予定は後回しにしよう。年内はもちろん、年明けにも機会はたっぷりある。須賀ならこちらの行動を読み、阻止に動きかねない。

「止まれッ」

十数メートル先で男が手を広げて立ちふさがった。他に捜査員の姿はない。墓地に入る時、周囲をチェックしたが、この男の気配も感じられなかった。

近づくにつれ、男の顔が鮮明になっていく。やはり彼か。隅田川近くではこちらの行確を一瞬悟りかけた。成長すれば、自分や須賀並みの捜査員になれるかもしれない。まだその時ではない。監察に入るのは技量のある捜査員だが、富樫にしてみれば物の数ではない。自惚《うぬぼ》れではなく、現実にレベルが違い過ぎる。

富樫は足の回転を緩めず、男に突っ込んだ。男が飛び掛かってくるも、肘で跳ね上げ、路上に転がした。

振り返りもせずに走る。追ってくる足音はなかった。

◆

佐良は息ができなかった。強烈な肘打ちをみぞおちに食らい、道路に転がされた。後ろから足音がした。

「大丈夫か」

須賀だった。佐良は四つん這《ば》いになり、何とか上体を起こし、前方を指さした。須賀が駆け出していく。目を向けるも、もう誰もいない。

この裏通りを張るのは万一に備えてだった。

――墓地の出入り口は一ヵ所だ。十中八九、富樫と格闘になる。確保に全力を尽くすが、墓地の壁を乗り越え、裏通りに出る恐れもある。張っておいてくれ。弱っている富樫なら佐良も確保できるはずだ。

佐良は喘《あえ》ぐように息をし、膝に手をついて立ち上がった。

数分後、須賀が戻ってきた。

「あれが富樫ですか」

「ああ」と須賀は短い返事だった。

佐良は奥歯を嚙み締めた。自分のせいで富樫を取り逃がした。

「すみません、私のミスです」

「いや、私が富樫の行動を読み違えた。いきなり逃亡を図るのは想定外だった」

「皆口なら富樫を足止めできたでしょうか」

「組み分けはこれがベストだった。佐良と皆口の二人では、どちらかが倒れても富樫とやりあおうとする。二人は互いの怪我を無視できるほど深い間柄だ。佐良と毛利のコンビでは腕力に不安が残る」

佐良は深呼吸した。みぞおちから鈍痛が消えない。

「期待に沿えず、申し訳ありません」

「くどい。佐良の落ち度ではない。皆口たちも撤収させる。富樫は八王子に向かわない」

須賀は携帯電話をポケットから取り出し、耳に当てた。短い通話が終わると、須賀さん、と佐良は声をかけた。

「袖のトレンチコートのボタンがとれかかってます」

佐良は腕を曲げ、右腕の手首の辺りを左手の指でしめした。

「直す暇がなくてな」

須賀は携帯をポケットにしまった。

「引き続き細い線を手繰る。富樫と鉢合わせできたんだ。方向性は間違っていない」

2

佐良は富樫を逃がした後、須賀と別れて四谷に転戦し、外堀の土手を赤坂見附《あかさかみつけ》方面に歩いていた。

一時間前、新聞社の速報がSNSやネット上に流れた。長富を襲った男が逮捕されたのだ。街中に溢れる防犯カメラ映像と、主要道路に設置されたNシステム——自動車ナンバー自動読み取り装置の画像解析で犯人の居場所を特定したのだという。速報によると、犯人は韓国籍の男だった。「肩がぶつかっても謝ろうとしないので、カッとなって襲った」と供述している。韓国というキーワードが気になる。互助会と通じる元警官に利用され、YK団に私刑を加えたのは韓国マフィアのトクだ。太い線ではなくとも、破線で一連の案件と繋がっている。

外堀の木々の葉は落ち、枯れた冬のニオイがする。駅前の聖イグナチオ教会では昨晩、荘厳なクリスマスミサが執り行われたのだろう。クリスマスを過ぎた街は、すでに大晦日と正月に向けた空気になっている。

須賀は皆口と合流し、御茶ノ水のビルについて洗っている。件のビルは中上が太陽鳳凰会の金を使って購入したと思しい。中上は富樫と深く繋がっていると見られる。富樫はいまも墓参りを欠かさないほどの仲だ。ビルを購入した狙いが、現在の富樫と通じるかもしれない。中西も何度か神保町で富樫らしき男を見ている。須賀の言う通り、引き続き細い線を手繰っていく以外ない。

さらに外堀を進む。右手には上智大の専用グラウンドがあるものの学生の姿はなく、時折土埃が舞っている。

少し先に木製の古いベンチが二台並び、片方に北澤が腰かけていた。佐良は北澤とは別のベンチに座った。この場所を指定したのは北澤だ。

「なかなかいいとこだな。よく来るのか」

「昔はな」

「学生時代、上智の彼女がいたとか?」

「さあな。春先こそ花見の学生でうるさいが、秋や冬は静かでいい場所だよ」北澤はコートの内側に手を入れ、懐から折り畳まれた紙を取り出した。「おまけに信濃町の事件を管轄する四谷署にも近い」

佐良は紙を受け取った。開くと、六角を殺害した上坂の通信通話記録だった。

「感謝する。早いな」

「斎藤の件は一分でも早くけじめをつけたい」

お前は斎藤が公安の仕事を引き受けたことを知っていたのか？　佐良は北澤に尋ねてみたかった。むろん言えない。斎藤の事件は互助会に繋がる可能性がある。互助会の全容解明は監察の業務だ。

受け取った紙をもう一度折り畳み、懐のポケットに入れた。

「長富課長を襲った男、実際はどうなんだ。聞き流してほしいが、ウチは長富課長が現場で言い争ってる場面を見聞きしてない。むしろ、課長は『誰だッ』と大きな声で尋ねてる。肩がぶつかっての反応じゃない」

それなりの情報を引き出したいのなら、何かを与えないとならない。

「誰何《すいか》した件は初耳だな」

「そうか。で？」

「まあいい。ありゃ、鉄砲玉だ。韓国マフィアの構成員だ。長富課長が振り込め詐欺団の幹部だとタレコミがあったと話し始めた。シノギを巡って争ってる相手だと」

「その振り込め詐欺団は山北連合絡みか」

「詳しいな。なんでか聞くのはやめておく。監察の仕事に首を突っ込みたくない」

長富を襲ったのはＹＫ団からシノギを奪おうとした韓国マフィア『トク』か。チャンによれば、トクには現地の元工作員がいる。

　遠くから電車が走る音がした。

「どうも妙でな。ホシが所属する組織……というかグループの構成員の居場所が捜一と組対にメールで届いた。試しにその一ヵ所に出向くと、本当にいやがった。いま組対と合同で片っ端から逮捕してる」

「逮捕？　長富課長を襲った件で？」

「まずは別件だ。組織的な犯行もありうる。連中は事務所を持たないで活動しててな。この機を逃せば、またどこかに消える」

　トクの注意点は念のために伝えておこう。

「気をつけろ。そいつらの中に現地で特殊訓練を積んだ工作員がいる。いま裏の世界じゃ、そこに触れないようにしてるらしい」

「工作員？　まだこっちに怪我人が出た話はないが、厄介だな。工作員はまだ逮捕されてないんだろう。生半可な暴れ方じゃないはずだ」

「構成員の名簿はどこから届いた？」

「善意の市民だと名乗ってたよ。アドレスを辿っても中南米の国のサーバーに繋がるだけだ。やり口からして素人じゃない。ふざけた奴だ」

　長富がＹＫ団幹部だという偽情報をトクに与えたのは誰なのか。

「佐良、どうした。難しい顔をして」

「物騒な世の中に震えそうになった」

「そんなタマかよ」

北澤の鼻先であしらうような口調に、佐良は苦笑を返した。

「一課は韓国マフィアうんぬんの供述をどう捉えてるんだ」

「おい、襲撃犯は逮捕されたばかりだぞ。襲われたのは二課長だ。以前に壊滅させられた別の振り込め詐欺団の腹いせって線もある。振り込め詐欺はヤクザや半グレ以外の素人連中も参入してる。素人はプロと違って、警察の本当の怖さを知らない。後先を考えず、警察に喧嘩を売ってくる馬鹿もいるだろう」

「捜査対象という以外に、長富課長と山北連合、韓国マフィアグループとの間に接点は？」

「今のとこ、浮かんでない」

外堀に植わった木々の枝が風に揺れている。土の匂いが懐かしい。子どもの頃、井の頭公園でもこんな匂いを嗅いだ。

「六角部長の事件についても聞かせてくれ。なぜ一課は上坂が勤めた武蔵野精機側の遺族に話を聞いた？」

「人に聞く前に考えてみろ」

「上坂が六角部長殺害を単独で計画できる人間なのか、人となりを洗った――」

「ああ。武蔵野精機は斎藤も殺された事件にも絡む。あれは未解決事件だ。念のためにそっち方向も洗ってる」

「あれも上坂がやったと？」

「当時も武蔵野精機の全社員を洗った。改めて洗い直したが、事件発生時の上坂のアリバイは完璧だ」北澤がベンチの背もたれに身を預けた。「上坂が取り調べで妙な供述をしだした。六角部長がヤクザの組長だと吹き込まれ、痛めつけようとしたってな。罪を認めなかったので頭に血が上り、殺す気はなかったが、最後までやってしまったと言ってやがる」

「長富課長が襲われた経緯に似てるな」

「ああ。妙だろ」

二つの事件で糸を引く者は同一人物かもしれない。

「監察で六角部長とヤクザの繋がりは浮かんでいなかったのか」

「あれば世も末だよ。それにしても組長だと聞いて痛めつけようだなんて、常人の発想じゃないな」

「上坂は以前ヤクザに絡まれ、やり返した結果、人生が滅茶苦茶になってる。結婚が破談になり、当時勤めていた会社も解雇された。相手が結婚相手の両親や会社にプレッシャーをかけたようだな。相当恨んでいたんだろう」

そうだった。武蔵野精機で同僚だった人物も上坂の過去について語っていた。

「深い恨みがあったとしても、六角部長は実際には組長じゃない。確かめもせずに襲うか？」

「信じるに値する奴に吹き込まれたんだろう。その相手については口を噤《つぐ》んでる」

どんな相手なら信頼するのか。自分の人生が再び破滅するほどの行動だ。思った瞬間、佐良は背筋が強張った。

だから北澤は話してきたのか。

警官だ――。上坂が武蔵野精機の社員だった点を鑑みれば、もっとも近い警官は同社の取引相手に潜入していた中上か。しかし中上は死んでいる。そもそも実の身分を明かしてもいないだろう。

「上坂は話を聞いた相手が警官だったと吐いたのか」

「いや。けど、そう踏む以外にない」

「面割りの予定は？」

北澤が顔の前で手をぞんざいに振った。

「できるわけないだろ。カイシャの社員は四万人だぞ」

「上坂の人間関係に警官は浮かんでないんだな」

「ああ、まったく」

「通信通話履歴は？　あるいは、どこかで会っていたのか」

「電話だ。それらしい通話記録があった。プリペイド携帯だよ。身分証が不要の時代の代物で、おまけにもう使われてない。どうも気に食わない事件だ」

プリペイド携帯か。互助会の連絡方法と同じだ。

「今日が六角部長の葬儀だったよな。佐良も行くのか」

「業務次第だな」

佐良は北澤と別れ、総武線で信濃町に向かった。長富の行確用に借りた部屋で毛利が待機している。

部屋に入ると、毛利はうずうずした面持ちだった。佐良はスーツの内ポケットから折り畳まれた紙を出し、毛利に渡した。

「上坂の通信通話記録だ。解析してくれ。得意分野だろ」

監察に入る前、毛利は本庁の生活安全部でサイバー犯罪を担当した。こういった類の解析はお手の物だ。すでに長富の通信通話記録も分析している。

「承知しました」

毛利が記録の紙を受け取り、しげしげと眺める。

「長富課長の方はどうだ？」

「洗い出しは順調です。もうちょっと待ってください。結構電話がかかってきてますね。でもほとんどかけてません。パッと見る限り、受け専用って感じでした」

◆

午前十一時過ぎ、須賀は北赤羽駅から荒川方面に少し北上して、目当ての生花店の前に立った。冬だというのに色彩が豊かだ。赤、黄、オレンジ、紫、白、青。花に疎いので名前は知らないが、心は和む。店頭では、しめ縄も販売していた。

「もう年末ですね」と皆口が呟いた。

「我々の仕事には無縁だな。除夜の鐘なんて久しく聞いてない」

「今年も聞けないんでしょうね」

だろうな、と須賀は応じた。

富樫の確保が失敗に終わり、長富の線も追えない。太陽鳳凰会での富樫と中上の行動が必ず互助会に結びつくとは限らないが、現状で他に追える線はない。佐良と別行動をとり始めた直後、太陽鳳凰会の北山からこの生花店についての連絡があった。そこで須賀は、八王子から戻った皆口とやってきた。

須賀は店の奥に進み、店員に問いかけた。

「ええ、若松亜美は妹です」

花の茎を切りながら、元信者の男は言った。額には深い皺が刻み込まれ、長靴は水で濡れている。花屋は水仕事でもある。須賀は御茶ノ水のビルの件を告げた。

元信者は茎を切るハサミの手を止め、しばし絶句した。演技の反応ではない。

「私は知りません。亜美は信者ではないですし、何かの間違いでは？」

若松亜美本人から事情を聴いた方がいい。

「亜美さんはいまどちらに？」

「結婚して中野《なかの》に」

住所を聞いた。電話をしてもらい、皆口が途中で代わり、あと数時間は自宅にいてほしいと頼み、承諾をもらった。忙しい年末に申し訳ないが、早いうちにこの線を追ってしまいたい。

生花店を出ると、皆口が真顔で言った。

「一つお願いしてもいいですか。急ぐべきなのは重々承知しているのですが、ここまで来たので一ヵ所立ち寄りたい場所があるんです」

「どこだ」

「二年前、事件の舞台となった工場です」

皆口の婚約者が死んだ武蔵野精機をめぐる事件は、今回のヤマとも関連があるかもしれない。

「行ってみるか」

駅には向かわずにタクシーを拾った。荒川沿いを走り、埼玉県内に入った。荒川は冬の弱々しい陽射しを反射させ、きらきらと輝いている。時折、川面を魚が跳ねた。

皆口は口をつぐみ、窓の外を眺め続けている。

やがて前方に古びた工場が見えた。

「あれか」

「あれです」

皆口の声音は硬い。

「参考までに聞かせてくれ。いま何を考えている？」

「あの時に聞いた銃声の残響が頭の中で聞こえました」

「そうか。運転手さん、最寄りの駅までお願いします」

一時間後、須賀と皆口はＪＲ東中野駅から南に少し入った住宅街を歩いていた。

「意外と早く、若松亜美に行き当たりましたね」

「肝心なのは、もっと先に行けるかどうかだ」

そこは大きな分譲マンションだった。二階の部屋に行き、リビングで若松亜美と向き合った。夫と娘は買い物に出かけてもらったという。

「どういうことなんですか？　わたしがビルを所有していたって」

若松亜美は困惑顔だ。相手が女性という面があり、対応は皆口に任せている。皆口が丁寧に説明すると、若松はますます混乱を深めた様子だった。

「兄がわたしの名義で太陽鳳凰会のためにビルを購入したとでも？」

「いえ。お兄さんはご存じありませんでした。お兄さん以外で太陽鳳凰会の信者と接触したことはありますか」

若松亜美は少し斜め上を見た。記憶を辿っているのだろう。

「一度、兄の着替えを品川に運んだ際に、別の信者の方に荷物を渡した時くらいです」

「どんな方か憶えていますか」

「いえ、これっぽっちも」

十年以上前に一度だけ短い時間会った人物を記憶しておけ、という方が無理な話だ。皆口も念のために尋ねたに過ぎない。

「どうしてお兄さんに直接渡さなかったんです？」

「兄は勧誘活動をしないといけないから、『洗濯する暇もない』と電話で泣きついてきたんです。洗濯は個人でする方針だったみたいで。私が行った時、兄はちょうど勧誘に出てました」若松亜美は自分で自分を抱くように、体に腕を巻きつけた。「施設内はなんだか殺気立ってた印象があります。長居はしたくない場所でしたね」

訪問者ですら険しい雰囲気を感じたのか。元信者たちはそんな空気の中に常にいた。あまりいい精神状態だったとは思えない。

そういえば、と若松亜美は姿勢を変えずに思い出したように言う。

「兄の着替えを渡した相手ですけど、経理担当だとおっしゃってたような……」

木下――中上か。

「登記上では若松さんがビルを売却した相手の、布施純一という方をご存じですか」

「全然。不動産の売却って本人確認とか実印とかが要りますよね。このマンションを買う時にも色々な手続きがありました。その辺はどうなってるんでしょう」

皆口が何度か小さく頷く。

「若松さんの名前を勝手に使用した人間も、何らかの手段で書類を手に入れたと思われます」

「……怖い」

「当時、財布を落としたとか部屋に泥棒が入ったとかありませんでしたか」

「いいえ」と若松亜美は言下に首を振る。

「出歩いた時、貴重品をどこかに置いたままにしたことは？」

「一度もありませ――」

若松亜美が言葉を止めた。

「着替えを教団に渡した時、トイレを借りたんです。その時、経理の方に『お兄さんからです』と渡された洗濯物が大量にあったので、持参した鞄と一緒に応接室に置いたままにしました。まさか、経理の人が？」

「可能性はあります」

おそらく中上が鞄から免許証などを抜き取り、コピーしたのだ。それを使って委任状などを作成して役所で住民票などの必要書類を取得し、若松亜美の代理として登記などを行った。

「口座から金を引き出されたり、キャッシュカードで不正請求されたりは？」

「ないです」

中上が若松亜美の本人確認できる書類を使用したのは、御茶ノ水の不動産のやり取りだけなのだ。他の用途で使用すれば、自身の行動が露見するリスクが増す。

若松亜美の顔色が青くなっている。無理もない。個人情報を盗まれ、不動産売買に使用されたのだ。金銭面の被害はなかったとはいえ、精神的なダメージは相当だろう。

人々の生活を守るべき警官の行動ではない。

「今後被害が出たら、いつでもご連絡下さい。お力になります」

被害は出ないだろう。中上は死んでいる。

若松のマンションを辞すると、皆口が声をかけてきた。

「彼女もある種、被害者ですよね。これからどうします」

「ひとまず御茶ノ水の建物を見に行こう。見てどうなるものでもないが、建物の感じや立地を頭に入れておきたい」

中上は太陽鳳凰会の資金を使い、なぜ渦中のビルを個人名で購入したのか。富樫は明言しなかったが、中上は互助会だろう。何度も誘われたとも言っている。富樫を誘う度胸のある人間はそういまい。中上の狙いが互助会の目的と重なるのなら、全容解明の手掛かりに結びつくかもしれない。

淡路町《あわじちょう》にも近い裏通り沿いにその建物はあった。神保町の少し先だ。須賀は遠目で建物を眺めた。五階建てで、人の出入りはない。もう長い間使用されていない建物独特の気配がある。周辺はいわゆるインテリジェントビルが多いが、あの五階建ては他とは違い、雑居ビルという言い方もどこかしっくりこない。コンクリートの外壁にはひびが入り、雨跡の黒い筋もかなりある。築五十年は経過していそうだ。

正面玄関まで行くと、ガラスドアの取っ手が鎖でぐるぐる巻きにされていた。ホームレスが夜露や寒さをしのぐ避難場所にすることもできないわけだ。

周りのビルもひっそりしている。昼間だというのに先ほどから誰も通らない。車の姿もなく、物音すらない。オフィス街の歳末はこんなものだ。

遠くでカラスが啼《な》いた。

「年末年始の空気感ですよね。私、この時期の感じが好きなんです。年末特有の気忙《きぜわ》しさと休日の気楽さが同時に存在していて、『一年を乗り切った』っていう皆の安堵《あんど》が大気に含まれているみたいで。警察の仕事に区切りはないですけど」

須賀も気持ちは理解できる。張り込みでなかったら、もっと年末の空気感を楽しめただろう。

三階のビルの窓に影がかすめた——ように見えた。皆口は気づいていない。気のせいなのか？　富樫らしき男の後ろ姿を神保町で中西が目撃してもいるが、ビルは長い間使用されている気配もない。中に入って確かめるべきだろうか。

「どうかしましたか」

佐良が道路に転がっている光景が脳裏によぎった。

「いや、何でもない。戻ろう。毛利の分析に基づき、相手の素性を手分けして割らないとな」

須賀はもう一度、三階の窓を見た。風雨で薄汚れた窓の向こうの様子は、まったく窺い知れなかった。

3

六角の葬儀は中央区内の大きな寺で、辺りがすっかり暗くなった午後五時に始まった。年末は寺も何かと忙しいが、遺族だけでなく、警察も協力して葬儀の手筈《てはず》を整えたのだろう。

佐良は席に座り、辺りを見回した。参列者は百人ほどで、人事一課長の真崎は最前列にいる。立派な祭壇の脇には『警察庁長官』『警視総監』『同期一同』『警視庁警務部一同』などの名札がついた大きな花がいくつも飾られていた。能馬もどこかの席にいるのだろう。須賀と皆口、毛利は長富と上坂の通信通話履歴を洗っている。

――佐良は葬儀に出席してくれ。

能馬から指示があった。

つい数週間前、六角は互助会による私刑が治安の乱れに繋がる事態を恐れ、憤りを覚えていた。実際、私刑賛美の声はＳＮＳで拡散している。こうした治安の乱れを受け、政権与党も個人の自由を大きく制限する国民生活向上法案を掲げ、今しがた更新されたネットニュースによると、ＮＨＫの世論調査で六割が法案に賛成という結果が出た。現状の警察では治安は守れないという民意が数字で示されたのだ。与党は追い風とみて年末年始に一気に法案を固め、一月の通常国会で議場に持ち出すかもしれない。

僧侶の読経中、遅れて葬儀会場に入ってきたのに最前列に座る細身の男がいた。一瞬、参列する警察幹部がざわついた。細身の男は遅れたことに悪びれる様子もない。男には佐良も見覚えがある。

焼香が始まった。遺族に続き警視総監が、そして二番手は途中に入ってきた細身の男が行った。細身の男は神妙な面持ちで焼香を行い、遺族に深々と一礼し、席に戻った。

焼香の列は進み、やがて佐良の番がきた。どうぞやすらかにお休みください。心の中でしっかりと語りかけ、合わせた手を解いた。

つつがなく葬儀が終わると、本堂の脇で能馬に呼び止められた。真崎と途中で会場に入ってきた細身の男がいる。

「さっさと挨拶をしないか。副総監の波多野《はたの》さんだ」

真崎が捲し立てるように言った。

どうりで見覚えがあったわけだ。六角亡き今、この男が警務部を直々に率いている。顔の造りは平板で、肌は不健康なくらいに青白く、体も運動経験がないのではないかと思えるほど細い。波多野が葬儀会場に入った時、警察幹部がざわついたのも理解できる。六角より波多野の方が年次は一つ上。立場上、二人は昇進レースを争う間柄だった。

佐良は名乗り、折り目正しく頭を下げた。

「長富課長の襲撃現場に居合わせたそうですね」

波多野は物柔らかな口調でいて、眼光は鋭い。佐良は目顔で能馬に尋ねた。どこまで話しているのだろう。

「行確中だったことは副総監に話してある」

能馬はいつもの口調に、ポーカーフェイスだ。行確中だったことは……つまりそれ以外は話していないという示唆か。

波多野は黒いネクタイの結び目に手をかけ、きゅっときつく締め直した。

「治安維持は警察の責務です。治安を乱す行いは許せません」

「はい」

「もう行っていいですよ。現場は色々と忙しいでしょう。私も現場に出た若い頃は寝る暇がなかった」

失礼します、と佐良は一礼し、葬儀がいとなまれた寺を出た。

地下鉄の東銀座《ひがしぎんざ》駅への道すがら、佐良は首筋に視線を感じた。長富が隅田川に携帯電話を投げ捨てた時の違和感とは質がまるで違う。今回は明らかに誰かに見られている。

そのまま銀座の繁華街まで歩いた。よいお年を。あちこちで挨拶の声が聞こえ、気の早い門松や正月の飾りもちらほら店先などに見受けられる。

古くて狭い大衆的な小料理店に入り、日本酒と簡単につまめる品を注文した。どうすべきかを頭の中で整理し、皆口にメールを送る。

――須賀さんがそちらに行きます。

了解、と返し、芳醇《ほうじゅん》な香りの日本酒とだし巻き卵、おでんを味わった。

三十分後、携帯にメッセージが届いた。

――準備はいいぞ。

佐良は勘定を払い、店を出た。のんびりと歩き、唐突に立ち止まり、慌てた様子で店に戻った。

「ちょっと忘れ物を」

言いつつ後ろ手で引き戸を締め、身分を明かして裏口から出た。表に回り、ビルの物陰で小料理店の方を見やる。酔客や家路を急ぐＯＬたちに混ざり、立ち止まったままの男がいる。トレンチコートのポケットに手を突っ込み、店の様子をさりげなく注視している。

――トレンチコートの男だ。慌ててお前を追った。

どこかにいる須賀からメッセージが携帯に入った。

十五分後、小料理店のドアが大きく開き、客が出てきた。男が客越しに中の様子を窺っている。あの店はカウンターだけだ。男がこちらに背を向け、歩き出した。失敗を悟ったのだろう。

男は銀座駅で銀座線に乗り、三越前《みつこしまえ》駅で降りた。特徴に乏しい顔つきだが、佐良は頭に叩き込んだ。

男は昭和《しょうわ》通りから小伝《こでん》馬町《まちょう》側の路地に入り、十階建てのインテリジェントビルに消えた。佐良は五分ほど路上で様子を見た。

新日本橋。偶然とは思えない。皆口にメールを送った。返信はすぐに来た。

──桜庭貿易はそのビルの五階に入っています。

中上夫人から所在地を聞き出している。須賀にメッセージを送ると、一分も経たないうちに『撤収するぞ』と返事があった。

ＪＲと地下鉄を乗り継ぎ、本庁に戻ると、須賀も佐良以外に誰もいないフロアに現れた。

「一人だった。あいつは公安捜査員だな」

「私を尾行したのは、公安も富樫を追っているからでしょうか」

「その場合、我々の標的が連中に漏れている──となるが、佐良を追ったのが一人という点が解せない。富樫に行き当たるべく佐良を追ったのなら、もっと人数をかけるはずだ。私とお前の二人が揃って他の連中を見落としたとも思えん」

須賀が腕を組んだ。

「能馬さんに報告しておこう」

＊

特殊塗料を塗った釣り糸を部屋の出入り口近くにある、コンクリートの柱にしっかりと結びつけた。富樫は片膝をついて屈んだまま、うっすらと滲んだ額の汗を袖口で拭う。面倒な作業は終了だ。口に咥《くわ》えたペンライトを消す。

専用のゴーグルをかけると、何本もの釣り糸が浮き上がって見えた。コンクリートと結びつけた釣り糸の先には――。

富樫はデジタル腕時計のボタンを押し、液晶を光らせた。午前一時。

鞄から小型のポータブル音楽再生装置を取り出し、部屋の奥に置いた。少し離れて携帯をいじる。予定通り、音楽再生装置は作動した。問題ない。携帯で音楽再生装置の作動を停止させる。

部屋の隅にある一粒の飴玉を数秒眺め、富樫は足を動かした。壁に埋め込まれた、隣の部屋に通じる金属製の扉を開ける。建物には電気が通っておらず、窓からは多少夜の街の灯りが入ってくるものの、かなり暗い。初めてこの部屋に足を踏み入れる者は、まず奥の扉の存在には気づけない。

優秀な者であればあるほど、いずれここに現れる公算が大きい。あとはひたすら待つだけだ。

人間は誰しも駒にすぎない。歩なのか、飛車なのか、ポーンなのか、クイーンなのかという違いはあるにせよ、駒は駒だ。目の前に邪魔な駒があれば取り除かないとならないし、目の前に取るべき駒があれば全力で奪えばいい。そしてゲームに勝つ。

今までもそうやって勝ち続けてきた。公安捜査員となって以来、何度も相手組織の潜入捜査に取り組み、壊滅させた。都度、公安部が用意した部屋に転居し、実家にも帰っていない。別に不満はない。いや、一つだけある。犬を飼えない点だ。父親の都合で韓国に転居した際は飼い犬に救われた。親友ができたとはいえ、もし飼い犬がいなければ、それまで心が持たなかった。

公安部が自分を探しているが、見つからないだろう。偶然発見されるとも思えない。東京は人の海だ。携帯電話や交通系ＩＣカード、クレジットカードを使わなければ、見つけ出される心配はまずない。いくら防犯カメラがあちこちにあろうと、膨大な映像群から当該人物をピンポイントで抽出するシステムはまだない。国民生活向上法が成立すれば、いずれすべての防犯カメラが紐づけされ、ほんの数秒で人の海から目当ての人物を見つけ出せるようになるのだろう。

ゴーグルを外し、鞄にしまった。携帯電話が震え、硬質な部屋の空気を揺らす。富樫は電話を耳に当てた。相手は名乗りもせず、挨拶もなく切り出してくる。

「駒の後始末は頼むぞ」

「心得てます。もう手は打ちました」

「駒が完落ちするのも時間の問題のようだ」

完落ちしても構わない。こちらまで辿られる糸口にはならない。単に一枚の駒を失うだけだ。

「あと一息だ。あれから約二十年だな。長いようで短かった」

「そうですね」

「グッドラック」

ぷつりと通話が切れ、富樫は唐突に空腹を覚えた。何か腹に入れておこう。固形の携帯栄養食と飲み物を用意してある。いつしか食事に興味がなくなった。食事は時間の無駄とさえ思う。もし一錠で一週間分の栄養が摂取できるサプリメントが開発されたら、喜んで飛びつくだろう。

半生を捧げた仕事が間もなく終わる。

富樫は立ち上がり、部屋の隅に積んだ栄養食をしまった段ボール箱に向かった。足音はしない。無意識にこんな歩き方になった。足を止め、目を瞑り、耳を澄ます。

今夜もあの絶叫が耳の奥で聞こえている。

この絶叫の主はもう空腹も感じられない。

富樫は目をゆっくりと開け、暗闇をじっと見据えた。先刻の会話には一点だけ誤りがある。富樫はあえて訂正しようとは思わなかった。

建物内も底冷えしている。外の冷気はさらに厳しいはずだ。富樫の爪先も靴の中で冷え切っている。

あの夜の寒さに比べれば、なんてことはない。

◆

午前九時、北澤に先導され、佐良と皆口は警視庁の二階にいた。取調室が並ぶフロアだ。朝一番で北澤から連絡が入った。

——非公式な頼みがある。

——監察の仕事に関わるのか。

——いや。皆口も連れてきてくれ。

こちらも非公式に長富の捜査資料を流してもらった。借りを早めに返しておきたいと思い、須賀の許可も得ている。今日は長富の通信通話履歴にあった警官の簡単な行確をしないとならなかった。ただ、リストに警視庁や警察庁幹部の名前はない。いずれも小者で互助会上層部に繋がりそうもないが、長富は依然として絶対安静の面会謝絶中で、富樫の行方も杳《よう》として知れない。毛利が引き続き正体不明の相手の素性を割る作業を進めており、警察幹部の名が出れば一気に行確に力を割く流れになるだろう。現今、上坂の通話履歴に怪しい点はないという。

小さな扉を開け、マジックミラー越しに取調室を真横から見られる、細い廊下のような小部屋に入った。最後に入った皆口が後ろ手で扉を閉めると、小部屋はしんとした。

捜査員と容疑者の男が向き合っていた。北澤が容疑者の方に親指を振る。

「あいつは榎本元警部補を撃った男か」

「その容疑で逮捕したのか」

「いや。長富課長の襲撃犯だ。指紋が榎本元警部補を撃った拳銃に残っていたものと一致した」

な……。以前互助会を探る中、ＹＫ団殺害に関わった元警官の榎本を追った。榎本は佐良の目の前で韓国マフィアに撃たれて死んだ。使用されたトカレフは皆口の活躍で押収できた。互助会案件は継続中だが、殺人犯が逃亡したとあり、捜査一課には話せる範囲で現場にいた事情を告げている。

北澤から一枚のメモ用紙とボールペンを渡された。

「互いに先入観を与えたくない。二人ともメモ用紙にマル印かバツ印を書いてくれ」

佐良はマジックミラー越しに容疑者を見据えた。一目瞭然だった。榎本を撃った男を追った際、相手の顔を見ている。

佐良と皆口は互いに別の方向を向いてメモ用紙に印を書いた。

「せっかくだ。同時に見せてくれ」

北澤に促され、佐良と皆口は目顔で頷き合い、同時に裏から表にひっくり返した。

二枚ともマル印だった。

「決まりだな」

北澤がぶっきらぼうに言った。佐良はマジックミラーに向け、顎を振る。

「榎本元警部補の件、げろってるのか」

「いや。まだ当ててない。長富課長襲撃の件もまだ固めきれてない段階だ」

「トク――韓国マフィアグループは全員パクれたのか」

「だいたいはな。お前が言ってた元工作員はまだだ」

「ところで、これは非公式な頼みじゃないよな」

面通しなら公式なルートで依頼してくればいい。

北澤がにやりと笑った。

「さすがだよ」

「本当の用事は？　指紋なんて昨日のうちに割れているはずだ」

北澤がポケットに手を突っ込み、一本の鍵を取り出した。

「長富課長の部屋の鍵だ」

「なぜ北澤が持ってる？」

「非公式の依頼のためだ。こいつを手に入れるのにちょっと手間取って、今日来てもらうことになった」

北澤が鍵を顔の前で掲げた。

「長富課長の家をガサしないか？　興味はあるはずだ。委細は知らんし、知りたくもないが、課長は監察対象だったんだよな」

願ってもない申し出だ。互助会と繋がる物的証拠があるかもしれないが——。

「一課は本当に長富課長が振り込め詐欺団と関係があったのかを探りたいんだろ。ガサしたいなら、自分たちでやれ。表沙汰になった場合、泥をかぶるのが嫌なだけじゃないのか」

「泥なんていくらでもかぶるさ。どぶ掃除が刑事の仕事だ。一課でガサする案は出たが、被害者の家をガサるケースは少ないし、そもそも長富課長はキャリアだ。刑事部長も踏み込めなかった。接点が見つからず、挙げ句に長富課長の警察人生を終わらせるような何かが見つかるケースもありうる。例えば、特殊な性癖にまつわる道具だとか」

警官には妙な性癖を持つ者も少なくない。いや、世間一般に言えるのか。

北澤が軽く首を振った。

「心配するな、鍵から指紋をとってお前らをパクったりしない。俺も直に触れた」

「振り込め詐欺団との接点が見つかったとしても、北澤には言わないかもしれない。俺は監察だ。秘密裡の処分に動くぞ」

ふん、と北澤は鼻先で嗤《わら》った。

「佐良も皆口も、俺にだけは言ってくるさ」

「ずいぶんな自信だな。上坂の通信通話履歴の借りがあるからか？」

「それだけじゃない。長富課長は斎藤の一件と関わる可能性があるんだろ。俺たち三人は、警視庁職員の誰よりもあの事件の真相を知りたい人間だ。斎藤の一件に関して、俺たち三人は絶対的な味方なんだよ。どんなに互いがむかつきあおうとな。だから今回、佐良を使いたい。お前が俺を使ったようにな。お前は俺には踏み出せない一歩を踏み出せる」

佐良はにわかに胸が熱くなった。北澤が会うたびに責めてくるのは、斎藤の死を悼んでいるがゆえだと認識してはいた。敵だと見なしたこともない。それでも自分と同じ方向を見て、歩みを進める人間がいる——そうはっきり突きつけられると気持ちが昂ぶる。自分は一人ではないのだ。皆口がいて、北澤もいる。

佐良は二人を等分に見て、深く息を吸った。

「互助会って名前に聞き憶えはあるか」

「なんだそりゃ」

嘘の気配のない返答だった。北澤が互助会メンバーだとすれば、斎藤の死後、皆口に参加を呼びかけたはずだ。斎藤は互助会だったと思しい。斎藤の遺志を継がないか、とでも言えばいい。

皆口、佐良、北澤。斎藤の近くにいた人間は誰も互助会ではない。なにゆえ斎藤だけが加入していたのか。誰に誘われたのか。

佐良は北澤に互助会の概要を説明した。話していいんですか？　皆口はもの問いたげな眼差しでこちらを窺っている。

北澤は眉根を寄せた。

「いけすかん連中だな。どんなに不満があっても、俺たちは法律の範囲内で罰するしかない。なんで今そんな連中の話を持ち出した」

「考えろよ」

前に北澤に言われた台詞《せりふ》を借りた。

「……なるほどな」北澤は納得した面持ちだったが、首を傾げた。「腑に落ちないな。斎藤は偏った正義感の持ち主じゃなかった」

「同感です」と皆口が言った。

人事一課のフロアに戻り、まず須賀の携帯にかけたが、のっけから留守番電話に繋がった。長富の通信通話相手の行確中なのかもしれない。能馬の内線にかけると、いつもの会議室に来るよう指示があった。

佐良は会議室で北澤からの非公式の申し出を伝えた。

「皆口と行ってこい。何か発見できれば一報をくれ。須賀には伝えておく。一応、尾行に気をつけろ。公安に探りを入れた。須賀の読み通り、連中が仕事で佐良を行確した節はない」

4

須賀はポケットに冷たい手を突っ込んだ。午前十一時を過ぎた。御茶ノ水のビルを二時間近く観察しても、人の出入りは一度もない。

昨日は現実にはありもしない影を見たのか、そうでないのか。昨日は引き下がるしかなかった。佐良は富樫に簡単にあしらわれた。皆口の腕が立つからといって、彼女を気にしつつ富樫と相対するのは厳しい。

久しぶりに前から人が歩いてきた。須賀は携帯をポケットから取り出して電源を入れ、電柱の脇に移動して液晶画面を眺めた。誰かが立ち止まって携帯をいじる光景は街中にありふれている。こうしておけば通りかかった人物の印象にも残らない。なにしろ相手は富樫だ。張り込み中、振動音をさせないために使用時以外は電源を切っていた。些細《ささい》な事柄でも富樫のアンテナに触れかねない。

ビルを視界に入れながら最新のニュースをチェックしていると、一本の記事に目が留まった。都内で会社員女性が殺害されている。犯人は同じ会社に勤める同僚の男で、恋人の心変わりが犯行の動機だった。よくある話で、普段なら須賀も読み流して終わる。問題はここからだ。

男は被害者の女性が会社の金を横領し、同僚に片っ端からモーションをかけているという噂をＳＮＳで流していた。「悪い噂を流せば自分の犯行も世間に認められると思った」と供述している。振り込め詐欺犯が殺害されるさまに喝采《かっさい》を送る声を参考にした、とも。

悪人とされる者への私刑を肯定する意見がＳＮＳに溢れかえる現状の余波だ。ついにそこにもたれかかって犯罪に走る民間人が出た。今後も尻馬に乗る者が出るだろう。表に浮かび上がっていないだけで、頻発しているのかもしれない。何の罪もない人が私刑の餌食《えじき》に……。

従来、犯罪の下準備といえば凶器の用意や犯行場所の下見だった。その項目に、犯行に及ぶのも無理はないとの同情をＳＮＳで買う状況を整える時代がやってきたのか。私刑が溢れかえる社会がもう目前に迫っている。

須賀は瞬きを止めた。

そういうことか、いま自分にできることは何か――。

携帯の電源を切ってポケットにしまい、左右を見回した。先ほど須賀の前を通り過ぎた男性の姿もすでに見えない。

五階建ての建物を真っ直ぐに見据えた。監視を続けても、動きがありそうもない。

全身に震えが走った。武者震い。久しぶりの感覚だ。まだ腕は衰えていないはずだ。監察も公安同様に神経を使う。むしろ腕は上がっているかもしれない。須賀はトレンチコートの右手首に触れ、取れかかっているボタンがまだついているのを確認した。

半身になって建物と建物の隙間に体をねじ込ませ、ビルの裏手に回った。頭上には隣接するビルのダクトが連なり、薄暗い。

裏口と思しき硬質なドアがあった。手袋をはめ、金属製のドアノブを握る。ひんやりとした。表のドアでは開錠している姿を誰かに見られかねない。裏口でなら、ひと目につくリスクはかなり減る。

回った。鍵が開いている。ドアを薄く開け、身を滑り込ませる。電気はついておらず、非常灯もない。薄闇にしばし身を置き、目を慣らしていく。これでは泥棒さながらだ。

十三年前も同じ感覚になったな、と須賀は思った。

＊＊

「オマエの素性が割れたただと？」

「まだ完全に割れたわけではありません。疑われている段階です」

電話の向こうの富樫は落ち着いた口調だった。

須賀は夜の街に目をやった。うまく咀嚼《そしゃく》できなかった。自分たちは徹底的な訓練を受けており、素人に潜入捜査だと見破られるはずはないが、富樫が嘘を述べる必要もない。

「三日後、また連絡します」

二人は三日に一度の定期連絡を決めていた。富樫からかけてくる取り決めだ。須賀からかけた時、内偵の真っ只中かもしれない。

三日後、定期連絡はこなかった。須賀はどうすべきかを思案した。太陽鳳凰会への潜入捜査は二人に与えられたミッションだ。特殊公安捜査員プロジェクトの最終テストでもある。太陽鳳凰会は爆薬の原料にもなる硝酸アンモニウムを定期的に購入しており、農業に使用する名目だったが、本音を探り出し、もし爆薬用なら六ヵ月以内に組織を壊滅させるよう指示されていた。

富樫が潜入し、須賀は外で支援する役割分担となって三ヵ月が過ぎた頃、太陽鳳凰会はカルト教団色を急速に帯び始めた。これまで以上の勢いで信者に土地や財産を寄付させたり、上層部の一部が激しい終末論を唱えたり、外国との接触が増えたり。ついには追肥として消費できない量の硝酸アンモニウムを購入し始めた。カルト教団、終末論、爆薬と揃えば公安捜査員なら誰もが良かれ悪しかれ反射的にテロを想起する。

富樫の素性が割れた節があるという一報から六日後も、定期連絡はなかった。プロジェクトチームにも相談できなかった。公安が組織として動くわけがない。公安が動けば富樫が警官だと認定するも同然で、確実に富樫の身に危険が迫る。

須賀は腹を固めた。自分がやる以外にない——。

半日ビルを監視した。その夜の十時過ぎ、太陽鳳凰会品川支部のビルの裏口からそっと侵入した。体を滑り込ませた瞬間、空き巣常習犯の気持ちが理解できた。緊張感と昂揚感に包まれるのだ。須賀は感情を即座に切り捨てた。富樫が今まで流してきた内部情報によると、ビルには常時三十名がいる。相手が格闘技のプロでなくとも、さすがに三十人を相手にするのは難しい。

ビル内には土のニオイがした。あちこちにプランターがあり、大根や人参の葉が見える。

須賀は非常階段を上り、最上階に到達した。すぐさま持参したポケットティッシュにライターで火をつけ、廊下のカーペットに投げ捨てた。火は徐々に横へ広がっていき、ある瞬間に一気に燃え上がり、警報がけたたましく鳴った。硝酸アンモニウムはどのフロアにあるのだろうか。富樫の報告だと、保管場所は一ヵ月に一度変わっている。理由はわからない。硝酸アンモニウムに引火して爆発すれば、自分も吹き飛びかねない。だが、一人で多数を相手にし、富樫を救出できる混乱を生むには他に方法はない。

ほどなく信者たちが最上階に集まってきた。須賀は物陰でその様子を見届けると、非常階段で九階、八階、七階、と同じ方法で火をつけていった。

七階を出ようとした時、非常階段を駆け上がる足音がドア越しにした。須賀は廊下に引っ込み、トイレの個室に身を潜めた。

消火器はどこだッ。火を消せッ。もう間に合わないッ。

怒号が聞こえる。火が爆《は》ぜる音もする。トイレの温度が徐々に上がり、冬だというのに汗ばんできた。

足音や声が消えたのでトイレを出ると、廊下は炎に包まれていた。トイレに戻り、蛇口をひねって全身に水をかぶった。鏡に映った水浸しの自分に大きく頷きかける。

須賀はトイレを出ると目を瞑り、身をかがめて炎に突っ込んだ。

顔が熱い、首筋が痛い、背中から腕にかけて衣服がバリバリと音を立てている。呼吸も苦しく、肺に煙と熱が絶えず入ってくる。須賀は奥歯を嚙み締め、むせそうになる自分を律した。

非常階段に続くドアまで駆け込む数秒が、一時間以上にも感じられた。ドアノブを握るなり、じゅうっと手の平が焼ける音がし、激痛が走った。ドアを開け、向こう側に転がり込む。

自分の影に炎のゆらめきが重なっている。須賀は慌てて背中を壁に押しつけ、体を横向きに回転させ、衣服の火を消した。

壁には衣類の残骸と血がこびりついた。腕をみると袖が焼け落ち、皮膚が焼け爛《ただ》れ、赤い肉が見えている。痛みも激しい。かなりの火傷を負ったのか。

須賀は痛みを脳から追い出し、六階の扉を開けた。

扉の近くに三人の信者がいた。三人は須賀を見ると、ぎょっとしたように言葉を呑んでいる。血まみれの容貌に驚いたのだろう。好都合だった。

誰何される前に飛び掛かり、三人をたちまち気絶させた。いくら須賀が手負いでも造作なかった。

火は上に立ち昇る。大火傷を負っていても、体は勝手に動いてくれる。上階の火は下に落ちてくるまでにかなり時間がある。それまでには三人も意識を取り戻すはずだ。須賀は六階には火をつけず、目的の五階に駆け下りた。

廊下は無人だった。

——リンチ部屋のようなものが五階にあります。信者間ではコミュニケーションルームと呼んでいます。赤色の扉が目印です。血をイメージしてるんでしょう。鍵はシリンダー錠で、常にかかってます。

富樫に聞いていたコミュニケーションルームは早々に見つかった。須賀は左右に目を配り、素早くドアに耳を当てた。人の声はしない。

シリンダー錠の鍵穴に針金を突っ込み、ドアを開けた。目を凝らすまでもなかった。

部屋の中央で、富樫がごろりと床に置かれていた。唇の端や鼻から血を流し、目の周りは黒い痣《あざ》となっている。ついさっきまでリンチを受けていたのか。

富樫が腫れた目蓋《まぶた》を持ち上げ、薄目でこちらを見た。

「須賀さん……？」

「助けにきた」

「なぜ……上の判断ですか？」

「独断だ」

「そうですか。お互い、ひどいザマですね」

須賀は歩み寄り、富樫の脇に自分の首を入れ、一気にその体を持ち上げた。富樫は呻き声をあげるも、まだ踏ん張りがきいた。さすがにタフだ。

「脚は動かせるよな」

「平気です。へなちょこな暴行でした。我々がした訓練に比べれば、屁みたいなもんです」

「素人は加減ができない。下手をすれば殺される」

「今晩の騒ぎ、公安が全力で太陽鳳凰会壊滅に取り組む口実になりますね」富樫は無造作な口調だった。「部屋にいた奴も慌てて出ていきました。何をしたんです？」

「あちこちに火を点けた」

「もう少しだったんですがね」

コミュニケーションルームを速やかに出た。

「先に倒れないで下さいよ。置いていきますからね」

ひどくやられながらも、減らず口は叩けるようだ。案外、本当に自分の方が先に倒れるかもしれない。富樫の足取りは存外しっかりしている。

「硝酸アンモニウムはどこだ？」

「わかりません。数日、五階から出ていないので」

五階、四階と足早に降り、一階に辿り着いた時、裏口から飛び込んでくる男がいた。

男は須賀と同じ歳くらいで、どこにでもいる顔つき、スマートな体型だった。須賀と富樫を見るなり、男は呟いた。

「田中……」

「木下さん、この組織は終わりです。さっさと消火しないと、ビル全体が燃えますよ」

木下と呼ばれた男は言葉を継がず、真顔のままだった。すぐ脇を通り抜ける時も、須賀と富樫を呼び止めようともしなかった。裏口のドアを閉める際、須賀は木下の姿をちらりと見た。木下は携帯を耳に当てていた。消防に通報でもしたのだろう。男の衣服や手には血がこびりついている。

「さっきの男がオマエに暴行を加えた一人か」

「ほぼ奴だけですね」

須賀は得心がいった。木下は冷たい目をしていた。

＊＊

須賀はコンクリートむき出しの壁に背を預け、柱と壁だけの空間を先に進んでいく。エントランスというより、広いだけの空間だ。壁際に受付カウンターがあるが、かなり長い間使われた形跡がなく、空気はこもっている。建物内にひと気はなく、物もない。昼間だというのに薄暗く、本当に廃墟のようだ。

――もう少しだったんですがね。

十三年前、富樫が吐いた一言。これまで、もう少しで危険な橋を渡らずに組織を壊滅させられた――という意味だと捉えていた。今回の捜査で中上も同時期に太陽鳳凰会にいた事実を知り、別の解釈が生まれた。

もう少しで中上と富樫がやり遂げようとした何かが達成できたのではないのか。はからずも自分は富樫の救出で、二人の狙いを阻んだのではないのか。

それが互助会と関係するのかはわからない。わからないからこそ、確かめるべきだ。なにしろ中上が太陽鳳凰会の金を使って購入したと思しいビルだ。しかも現在の持ち主はどこにいるのか定かでない。普通、御茶ノ水という一等地で物件を遊ばせておくはずがない。

十三年前に須賀がはからずも頓挫させた計画のために、現在も使用されている可能性もある。このビルだけ売買の経緯が異質なのだ。何か意図がある。富樫が現れても不思議ではないし、消息に繋がる手がかりが残されているかもしれない。

一階には何もなく、階段に足をかけた。隅には小さな虫の死体が転がっているが、埃は積もっていない。足跡が残らぬよう、誰かが定期的に掃除しているのか。

二階。狭い廊下の両脇に錆びた金属製のドアが並んでいる。物音はしない。フロアには誰もいないらしい。

次々に小部屋を開けていった。どこも三十平方メートルほどの広さで何もなく、がらんとしていた。窓ガラスも風雨に長年さらされ続けて濁っており、どの部屋も階段や廊下同様、埃がない。

しかし最も奥の部屋では、壁際に危険物のマークが張られたドラム缶が並んでいた。隣には段ボール箱が積まれている。須賀はまず一番上の段ボール箱を開けた。

封書サイズの封筒が五通入っている。段ボール箱に封筒が五通だけ……。須賀は段ボール箱をそっと床に置き、次の箱を開けた。

信管、封筒、リード線、電池式の安い腕時計が相当量入っている。何に使用される予定なのかは想像するまでもない。危険物のマークが張られたドラム缶を一瞥した。あれも原料だろう。

須賀は最初の段ボール箱から一通の封筒を取り出し、コートの前を開いて内ポケットにしまった。ある程度の重さがある。

次に二段目の段ボール箱から空の封筒をとり、そこに信管と丸めたリード線、腕時計を入れ、最初の段ボール箱にそっと置いた。見た目には何も変わらないが、内ポケットに入れた封筒とは重さが若干違う。

部屋を出た時、かすかな物音が聞こえた。須賀は動きを止め、耳を澄ます。話し声か。どこから聞こえる？

上だ。

顎を引き、須賀は足音だけでなく、衣擦《きぬず》れの音もたてぬよう細心の注意を払って廊下を進み、階段に至った。話し声は先ほどより大きく聞こえる。声は一人。ぼそぼそと話している。実際に何人いるのかは判然としない。

須賀はゆっくりと、静かに深呼吸をした。

三階の廊下を進み、話し声が漏れるドアの前で足を止めた。聞こえるのは、依然としてぼそぼそとした一人の声。

男だ。富樫の声のようでもあり、他人のようでもある。少なくとも身元を問い質すべきだろう。いくか。右手でドアノブを慎重に握った。ドアをしずしずと引き開け、隙間から中を覗き込んだ瞬間だった。

破裂音がし、目の前に火柱が現れた。咄嗟に引っ込めた右手に激痛が走った。何かが右手から弾け飛んでいく。

火柱の合間から黒い影が現れ、頭に棒状の何かが振り下ろされてきた。反射的に身を引くものの、須賀は側頭部に一撃を食らった。

5

「ほんと、きれいに片付いた部屋ですよね。ガサのやり甲斐がありません」

皆口が手を止めた。

佐良と皆口は、長富の自宅マンションを非公式に家宅捜索していた。皆口はオブラートに包んだが、端的に言えば生活感のない殺風景な部屋だ。警視庁を出てここにくるまで、尾行の気配はなかった。昨晩の桜庭貿易の公安捜査員は一体、何だったのか。

佐良は改めて部屋を見回す。

七十平方メートルはある2LDKの部屋。置かれた家具や物は少ない。キッチンには冷蔵庫と、いくつかのグラスと数枚の皿が入った食器棚だけで、鍋や薬缶《やかん》もない。リビングにはソファー、ガラストップのテーブル、ノートパソコン、テレビとDVDデッキのみ。寝室もベッドと高さ一メートルほどの棚以外にない。クローゼットもがらがらで、階級章がついた制服上下、スーツが数着と私服のセーターやポロシャツ、ジーンズが三本。各部屋の窓を覆うカーテンも黒色で殺風景さに拍車をかけている。

佐良は腕時計を見た。リビングに続き、寝室に至って間もなく一時間が経つ。いまのところ、互助会やYK団に結びつくような物証は発見されていない。

「泥棒も拍子抜けする部屋だな」

佐良は肩をすくめた。

壁際の一辺にベッドが置かれ、もう一辺の壁際に木製チェストと本棚がある。佐良はまず本棚に歩み寄った。警察や経済事件にまつわるノンフィクションや小説、法律書が並んでいる。ノートも数十冊ある。

まず本を片っ端から手に取り、書き込みがないかを見ていく。特に何もないのを確認するだけで、一時間以上かかった。

「ざっと見る限り、ノートはすべて日記みたいです。小学校の頃のまでありますよ」

「ノートは持ち帰って分析しよう」

佐良と皆口は二十冊以上のノートを段ボール箱に入れた。

続いてチェストに向かい、一段目を開けた。右側に下着類、左側に靴下が整然と折り畳まれている。一枚一枚手に取るも、間には特に何も挟まっていない。二段目、三段目もきちんと折り畳まれた衣類があるだけだった。銀行の通帳すらない。電子でまとめているのか。

屈みこみ、最後の段を開けた。佐良は一瞬、首を捻った。高さ十センチほどの小さな置物が五体ある。隣に皆口がしゃがみこんできた。

「なんですかそれ」

さあ、と佐良は左端の一体を手に取ってみる。大黒天の置物だった。今度は皆口が右端の一体を手に取る。

「こっちは弁財天ですね」

佐良は大黒天を戻し、もう一体も手に取った。

「毘沙門天」

「残り二体は、恵比寿さまと布袋さんですよ」

「七福神か」

警官は案外縁起を担ぐ。靴は左から履く、玄関を出る時は右足から、取り調べで容疑者と向き合う時は新しい下着にする、帳場の最寄りの寺社に必ず参る、ミスをした翌日はいつもと違う道で出勤する——など。捜査一課のフロアには神棚もある。そういう面から見れば、長富の自宅に七福神の置物があっても不思議ではない。けれど、ありていに言って殺風景な部屋との落差が大きすぎる。

「二体足りませんね。福禄寿と寿老人が。どうしたんでしょう」

部屋を見る限り、長富はかなり几帳面だ。小学生の頃からの日記を保存し、きっちり折り畳まれた衣類などは神経質にも思えるほどだ。こんな人物が二体足りない七福神をそのままにしておくだろうか。買いそびれや紛失とも思えない。最初から二体が抜けた七福神のセットを店で販売するはずもない。

「こういう置物、どこで買えるんだ？」

「東京なら浅草でしょうか。あとは今ならネットとか」皆口はハッとした面持ちになった。「同じような会話をウチでした憶えがあります」

「斎藤と？」

「ええ。一緒に住み始めた時、七福神の二体だけがあるのに気づいたんです。大黒さまと毘沙門天だったと思います。七福神の置物を集めているのかと訊ねました」

——そんなとこかな。

斎藤はさらりと答えたのだという。

「私も今の佐良さんのように、どこで買うのかを聞きました。だって人生で七福神の置物を買おうなんて思ったこともありませんし、買った人も身近にいませんでしたので」

——浅草かな。実は知らないんだ。もらいもんでさ。

斎藤は眉を上下させたらしい。

「わざわざ二体だけ？　誰からもらったんだ」

「そこまで突っ込んで尋ねませんでした」

「斎藤は置物を飾ってたのか」

「飾るというより、机の隅に無造作に転がしていたと言った方が正しいですね」

互助会と関係あるのだろうか。

「七体揃ってる方がやっぱりご利益があるんでしょうね」

皆口の言う通り、七体揃ってこそ価値があるはずだ。足りない状態に意味がある
……？

脳裏に光が走った。佐良はポケットから携帯を取り出し、耳に当てた。呼び出し音が途切れるなり用件を述べた。

「毛利、直ちに転戦してくれ」


長富の部屋の斜め向かいにある監視部屋に戻り、佐良と皆口はガサで押収したノートを広げた。

「直近のノートから遡《さかのぼ》っていこう」

長富は襲われる前日まで一日も欠かさず、几帳面に日記をつけていた。三十分、一時間と時間が過ぎた。互助会はおろか捜査に関する記述もなく、映画や小説の感想、

食事の献立などが記されているだけだった。

特に手がかりのないまま二時間が経過した時、毛利から連絡が入った。

「二人とも持っているのを認めました。どちらも大黒天を一体ずつ。最初の任務後、連絡役から送られてきたと言ってます」

佐良は通話を切った。これまで互助会メンバーだと明らかにした警官に当たってもらったのだ。

七福神の人形は互助会メンバーの証だろう。数が違うのは勲章として渡されるからなのか、階級章としてなのか。

また電話が震えた。能馬から長富が意識を取り戻したとの一報だった。

◆

不意に喉の渇きを覚えた。須賀は暗闇にいた。違う。目を瞑っているだけだ。意識が次第にはっきりしてくると、右手に激痛が走った。右腕を動かそうとしても、金属音が鳴るだけで動かない。

薄目を開けた。そうだ。御茶ノ水の建物に侵入し、話し声の聞こえるドアを開けた。火柱。人影。頭に振り下ろされた何か。記憶が次々に蘇ってくる。

須賀は背を壁に預けるように座り込んでいた。目玉だけで部屋の現況を急ぎ把握した。がらんとした空間だ。頭上にはコンクリートの梁《はり》、左右にも同様のコンクリートの柱、どれもひびが幾筋も入り、壁は薄汚れ、蛍光灯は明らかに死んでいる。錆びたドアだけ妙に存在感があり、大粒の砂がドア付近に撒かれている。

右腕は水平に持ち上げられ、手首と金属の排水管とが鎖で固定されていた。右手の小指と薬指が根こそぎ消えている。目前で爆発が起きた時、右手から何かが弾け飛ぶのが見えた。あれだ。須賀は指先をじっと見た。指があった場所から血が滴り落ちている。傷があまりにも深いため、血が凝固できないようだ。心臓が動く限り、血はこのまま滴り落ち続ける。十三年前に大火傷を負った時も、咽喉がやけに渇いた。

足音が近づいてきて、薄闇にその顔が浮かび上がる。

富樫だった。足音を殺して歩ける男だ。わざと足音をたてたらしい。

「何の真似だ」と須賀が右腕を動かすと、手首の鎖が鳴った。

「もう邪魔されたくないんです。須賀さんは厄介ですので」

「ドアに仕掛けてたのは爆薬か」

「表からはどうやっても見抜けないように仕掛けました」

「どこかで見ていたのか」

富樫が頭上を指さした。

「上の階で寝泊まりしていました」

　昨日窓から見えたのは富樫の影だったのか。警戒していたとはいえ、爆弾までは予想していなかった。想定しておくべきだったのに。

「下の階にあった段ボール箱は爆弾の材料と封筒爆弾だろ。私はどじを踏んだらしいな」

　須賀が溜め息混じりに言うと、富樫は心持ち顎を引いた。

「ここには誰も来ません。保管場所にはもってこいです」

「太陽鳳凰会から消えた硝酸アンモニウムの保管場所か」

「ええ」と富樫は簡潔に言った。

「硝酸アンモニウムの保管、封筒爆弾の製造——それだけのために太陽鳳凰会の金を使ってここを買ったんじゃないよな」

「今みたいな時のためです。須賀さんのような手練れを退けるには、誘い込んだり戦力を削いだりできる場が必要です。各国からも手強い相手が来ますし、密会場所にも使えます」

　富樫は呆気ないほどあっさりと明かした。

「布施純一という個人の持ち物を、なんでお前たちが自由に使える」

「予想はできますよね」

「お前の別名だな」

「身分証も公安が作成したホンモノがあります」

「誰かから購入の指示があったのか」

「ご想像にお任せします」

言葉が引くとビル内はしんとし、須賀の右手から血が滴り落ちる音がした。

「どうして、ひと思いに私を吹き飛ばさなかった」

「保管中の硝酸アンモニウムまで誤爆したら危ないでしょう」富樫は首をすくめた。

「敬服しますよ。指二本を失うだけで済むなんて。まともに食らえば、腕の一本は消える威力だったのに」

「頭が吹き飛ばされなくて良かったよ」

「石頭ですね。角材で殴りつけたのにこうして目を覚ますんだ。普通ならもうしばらく意識を失ったままですよ。反射的にダメージを最小限にする身のこなしもさすがでした」

富樫は真顔のままで悪びれもしなかった。

「さっき、『もう邪魔されたくない』と言ったよな。十三年前の意趣返しか?」

「むしろ恩返しです。あの時、どんな計画もすべて順調には進まないと身に染みました。中上さんの墓に須賀さんが現れた時、しっかり恩返しすべきだと感じた次第で」

「さっきの話し声は？」

「あれは録音機です。携帯で作動させられます。便利な世の中ですよ。そうそう、携帯電話は預かりました」

「預かる？　返す気もないくせによく言うな」

須賀は目を凝らした。細い線が見える。

「他にも仕掛けがあるようだな。何人殺す気だ」

「私は誰も殺してません」

須賀は眼光を鋭くした。

「六角部長や元警官の榎本は殺された。富樫がけしかけたんだろ。お前は人の心を操る術《すべ》を知ってる。太陽鳳凰会の時だって、もう一人の潜入捜査官――中上と謀り、時期を見て自分の素性を流し、信者に暴行させた。頃合いを見て中上がお前を逃がし、太陽鳳凰会での状況を私に報告し、その後、叩き潰す算段だったんだ。お前はあの時、普通に歩けた。むしろ私よりしっかりとな。あれはリンチを受けた人間の歩き方じゃない。中上がうまい演技で暴行を加えたんだろ」

計画の失敗を見て取り、中上は須賀たちが出ていくのを止めなかったのだ。

富樫が低く口笛を吹いた。

「ご名答です。まさか須賀さんが助けに来るとは予想していませんでした」

「お前は特殊公安捜査員プロジェクト以外にも、別の役目を背負ってたんだな」

「さあ、どうなんでしょう。なんでそうお思いに？」

「私が助けた時、お前は『もう少しだった』と言った。中上の存在も伝えてこなかった。プロジェクトを実行する上層部は、中上が太陽鳳凰会に潜入捜査中だと知らないはずはない。当時の政治情勢と結びつければ、答えは出る。上層部の何者かが国民を強く監視できる法案整備の気運を高めたかった。日本にはいまだに凶悪なカルト教団が存在し、連中を日々監視するための法整備が不可欠だ——という世論を巻き起こそうとした。中上は下準備役で先に送り込まれてたんだ」

このビルに入る直前に見たニュースで、私刑の溢れる社会が迫っている——と危機感を抱いたことが、中上や富樫の思惑を類推するきっかけになった。

公安が組織として行った計画ではあるまい。いくらなんでも、上層部全員が賛同するはずがない。計画が表沙汰になれば、公安はもとより警察組織として大きなダメージを負う。となると、一部の暴走だと踏める。

中上を太陽鳳凰会に送り込んだ者と特殊公安捜査員プロジェクトの実行責任者が同一人なら可能だ。中上の存在を他のプロジェクトメンバーに伝えなければいい。警察も大きな官僚機構だ。上の人間は下の人間が用意した資料で物事を確認する。すべての潜入捜査先をつぶさに把握している幹部などいない。

「いま、同じように国民の監視を強める法案の気運が高まっている。私刑という法治国家としてあるまじき行為に賛同が集まる現状によってな。首謀者は誰だ？　何人の仲間がいる？　互助会や韓国マフィアも利用してるんだろ」

もう問題は互助会の全容解明程度では済まない。

「さて」富樫は目を細くした。「私に言えるのは、すべての人間は駒だという事実です」

「駒に六角部長を襲わせたのか？　上坂とお前の接点は中上だよな」

六角の襲撃で治安への不安はより高まった。

「ええ。中上さんは取引先の武蔵野精機で上坂を見出し、たびたび飲みに連れ出したんです。私も中上さんの知り合いの警官として、何度か会いました。上坂は人生を狂わせた暴力団を懲らしめたいと考えていた。表向き、中上さんは奴を止める役を私にさせた。実際は手駒として確保しておくためです。単細胞なので、ウチのカイシャだったら間違いなく互助会に入ったでしょう。中上さんも私もいずれ上坂が何かに使えると踏んでいました。今がその時だったんです」

富樫は朗らかにも聞こえる口調だった。

「どうやって動かした？　何を吹き込んだ？」

「簡単ですよ。電話一本です。『あんたの人生を滅茶苦茶にした暴力団の組長が一人になる時があるぞ。少々痛めつけてやれ』と」

「警官が法を無視するような発言をして、上坂は驚いただろうな」

「人間、思い切った行動に出るときは案外簡単な要因で動きます。組長を逮捕する容疑はないが、少々痛い目に遭うべきだと背中を押してやりました」

まさに互助会の理屈だ。

「今頃、お前の顔が面通しで割れているかもな」

「無理ですよ」富樫は鼻先で嗤った。「上坂と会ったのは何年も前で、憶えていないでしょう。記憶にあったとしても、私は偽名を使っていました。潜入捜査中の私は警視庁のデータからも消えてます。捜査一課と公安が協力したら私の存在も浮かぶかもしれませんが、両者が真に手を組むなんてありえません」

「六角部長を殺させる気だったのか。だから互助会を使わなかったのか」

「互助会だろうと誰だろうと、時々に適した駒を使うだけです。互助会だと六角部長の顔を見知っていて、躊躇《ちゅうちょ》する可能性もあります。六角部長を殺す気はなかったですよ。痛めつけるだけで良かった。『悪者狩りを止めようとする警官が襲われた、天の報いだ』という情報をSNSやネットにあげるつもりだったので」

「バカな論法のバカな理屈だな」

富樫は外国人のように両手を広げ、肩を上下させた。

「まったくです。でもSNSでは真偽やもっともらしさではなく、感情をいかにくすぐるかが重要でしてね。不安を煽《あお》る一因になる」

「長富課長も襲わせたのか」

「ダメ押しです。彼は振り込め詐欺団幹部として襲われました。噂が独り歩きすれば、警察の信用は落ちます。フェイクニュースごときで大騒ぎする連中が溢れかえる世の中です。ますます私刑擁護の声が上がり、それに対抗するためにも、国民生活向上法が成立しやすくなる。私刑なんて認められませんから」

須賀は不意に強烈なさむけを感じた。特に右手の指先が異常に冷える。

「公安の任務はサボってるのか」

「きちんと果たしてます。任務はもうじき終了です。マルタイを駒にできました」

須賀はぴんときた。

「韓国マフィアの動向を探る任務だな。ついでに自分の目的とYK団壊滅を一気に成し遂げようとしたのか。YK団を殺害させたトクも、トクを動かした元警官も駒だったんだ」

「順序が逆です。私には確固たる目的がある。そこに新興の韓国マフィアの動向を探る任務が与えられた。連中は振り込め詐欺のシノギを欲していたので、ついでにYK団と争わせ、どちらも壊滅させた」

「ようまく事が運んだな。裏社会には弱った組織に横から飛びつき、シノギを食っちまうハイエナもどきもいるだろうに」

「ハイエナも傍観するしかない手を打ちましたので」

「トクに元工作員がいるという話だろ。疑う輩がいれば、富樫自身が動いて痛い目に遭わせてやればいい。情報工作はお前の十八番だ。……なるほど、いま気づいたよ。今回のために、もう一つ情報工作を仕掛けていたんだな」

ほう、と富樫は興味深げにいくらか目を細め、須賀は目を見開いた。

「数年前に外事の一部で噂になった、大きな韓国マフィアに関する極秘文書についてだ。そもそも存在しないんだろ。文書はマフィアの幹部だけでなく、韓国の要人にも余波が及ぶ内容だと言われた。トクのような新興勢力にとっては邪魔な大組織を潰す武器になるため、ちらつかせればほぼ確実に食いついてくる。公安内部での勢力争いや政治家を引き込むエサにもなる。まことしやかな話を広げるだけなので、工作に元手もかからない上、確かめるすべもない」

「見事な筋読みです」と富樫が胸の前で音のない拍手をした。「外事案件という点がみそでしてね。得体のしれない領域ではもっともらしいエピソードをちりばめるだけで、大きな話をでっちあげられます」

「韓国マフィアと通じた榎本も駒で、奴が廃工場を購入した資金も富樫が都合したのか」

「近からず遠からずでしょうか。私はあえて彼と接触しないようにしていましたので」

榎本を動かしたのは別人か。

「何がお前をここまで動かしているんだ」

富樫の眉間に力が入った。

「私の行動如何《いかん》で生きられる人間が増えるからです。目を閉じると、私には絶叫が聞こえてくるんですよ」

「誰の絶叫だ」

「個人的なことですので、回答は差し控えます」

「いつまで続けるつもりだ。お前は多くの人間を傷つけた。死んだ者だっている」

「いつまで？　須賀さんもやわになりましたね。本懐を遂げるまでに決まってるでしょう。だいたい韓国マフィアや犯罪者が死んでも、社会のゴミが減るだけで誰も困りません。すべてを駒にする手法が駄目だというなら、警察も否定されますよ。これまで捜査中に何人も殉職した。一般企業も社員を駒として扱って、過労死や心身の病といった問題を引き起こしています」

「お前と社会問題を議論する気はない。私は自分の仕事をするだけだ。暴力を伴う手段を防ぐのが警察の仕事だ。殊にお前は警官だ。お前を止めるのは監察の――私の役目だ」

須賀は知らず右拳をきつく握った。欠けた指の部分からさらに血が滴り落ちていく。

「次は何をする気だ」

「さて。平和ボケの国民にショックを与えるのに、正月はちょうどいいので何かしようとは思います。平和ボケ度合いが増していて、衝撃もいっそう大きくなる」

富樫が口元だけでうっすらと笑った。須賀は目を見開いた。

「聞き流せないな。私が止める」

「まずどうやって脱出する気ですか」

「さっきの爆発騒ぎで消防が駆けつけてくるさ」

「それはお節介な市民が近くにいる場合でしょう。ご自身の目で見たはずです。建物周辺はひとけがない環境だと。この辺は年明けの仕事始めの頃までほぼ誰も通りません。参考までに申し上げると、須賀さんは三十分以上気を失っていた。消防が来るならとっくに到着してますよ」

その通りだ。

「今日は二十七日です。須賀さんなら大晦日を迎えられるでしょう。なんせ我々三人はゴキブリ並みの生命力です。ああ、もちろんもう一人は中西さんです」

「とどめを刺せ」

「慈悲です。言ったでしょう、私は人殺しではないって」

「こっちまで来い。左手でぶん殴ってやる」

「まだお元気ですね」富樫が頬を緩めた。「私は失礼します。お世話になりました」

富樫が滑らかな身ごなしで部屋を出ていき、ゆるやかにドアが閉まると、室内は静寂に包まれた。外の物音も一切聞こえてこない。須賀は奥歯を噛み締めた。

大晦日を迎える頃、自分はくたばる寸前だろう。意識がもつのも三日が限度だ。下手をすると明日には意識を失い、ただ心臓が動いているだけの状態になる。

須賀は思考を巡らせていく。動けなくても頭は使える。富樫がとどめを刺さないのは、かつての仲ゆえ？　自らの手を汚したくないから？　富樫の次の標的は誰だ？　誰を痛めつければ、国民生活向上法案を支持する世論がますます燃え上がる？

須賀は右腕を動かした。手首の鎖がパイプと擦れ、無慈悲な金属音が鳴った。パイプはびくともせず、鎖も外れそうにない。

四章　駒

1

「あれは両親からの土産物だ。一体ない？　最初からなかった。理由は何か言っていたな。すまん、忘れてしまった。聞こうにも、どちらも亡くなってるんだ」

長富はベッドに横になったまま、ぼそぼそと話した。飾り気のない白い壁にスチール製のベッド、木製棚という簡素な設え《しつら》の個室だ。

互助会の末端メンバーも七福神の置物を所有する――と毛利が報告してきた後、佐良と皆口は中野の警察病院に転戦した。電車内では尾行されていないか注意を払い、特にマークされていないのを確かめている。

長富の自宅で押収したノートすべてには目を通せていないものの、七福神の人形について問い質すよう能馬に指示を受けた。表向きの訪問事由は、韓国マフィアの『トク』が長富をＹＫ団の幹部だと言っているので、その確認のためとした。結局、一時間ほど病院の廊下で長椅子に座って待機する羽目になった。刑事部長と人事一課長の間で捜査一課が先に長富から事情を聴く合意がなされたためだ。捜査一課の聴取が長引き、佐良は医師に三十分限定での聴取しか許可されていない。そこで長富の自宅をガサした次第と、七福神の人形について端的に尋ねたのだった。

佐良はベッド脇のパイプ椅子に座り直した。皆口はドア付近に待機させている。

「どこのお土産でしょうか」

「京都か奈良だった。鎌倉《かまくら》だったかもしれん。我が両親ながら奇妙な土産だよ。人形とＹＫ団とに関係があるのか」

「わかりません。ただ課長の部屋に、置物はそぐわない感じでしたので」

「だろ？　なので、ああやって隠しているんだ。縁起物だ。捨てるのもちょっとな」

「私たちが勝手に部屋に入った点に怒りを感じますか」

長富は眉を上下させた。

「いや。私を襲った男の発言を洗うのは監察として当然だろう。普通なら警察庁の監察が出るとこだが、ＹＫ団は警視庁が仕切る事件だ。繋がりができた佐良君が行うのも理解できる」

「恐れ入ります」

佐良君、と長富は部屋に誰もいないのに声を潜めた。部屋の外には二十四時間体制で一課の人間がいる。トクの残り一人――元工作員が逮捕されていない。

「互助会の件はどうだ？　なにか進展はあったか」

「いえ。何も。課長ご自身は、今回の襲撃をどう分析されていますか」

数秒の間があった。

「おそらく逆恨みだな。ＹＫ団を潰し、後釜に座ろうとした連中だ。ＹＫ団から奪おうとしたデータが見つからず、警察がすでに押収した――と頭に血が上ったのかもしれん」

「無鉄砲な連中でも、警察の人間を狙うでしょうか。警察と真正面から争い、勝てる裏組織はいません。長富課長の推測通りなら、長富課長が警察幹部、殊にＹＫ団捜査の責任者だったと連中は知っていたことになります。新聞記事などで捜査二課長の名前などは誰でも調べられますが、人着《にんちゃく》や住所までは無理です。警察内部の者が教えたと解釈するしかなくなる」

「まだ私の頭は正常に機能してないようだな」

長富は小首を傾げた。

本当は正常に働いていて、ケガを利用し、まともな返答をしないだけではないのか。

長富はキャリアだ。頭は切れる。

互助会幹部と思しき長富がなぜ襲われたのか。隅田川に捨てた携帯では誰と連絡を取り合っていた？　質問が出かけたが、咽喉の奥で呑み込んだ。言い逃れできないような物証がない。

窓の外の陽射しは翳《かげ》り、急速に夕暮れに向かっている。

それからいくつか質問を投げたが、互助会に繋がる話はなかった。短いノックの後、医師がやってきて次の検査に入ると言った。佐良は話を切り上げ、ベッド脇のパイプ椅子から腰をあげた。

「ありがとうございました。お大事に」

「ご苦労だったな。グッドラック」

長富は起伏に乏しい口調で言った。

◆

咽喉の渇きを誤魔化そうとしても、唾液すらもう出てこない。須賀は静かな呼吸を繰り返していた。欠けた指先から血が滴り落ちる音を聞きながら。

首をゆっくりと動かし、左手首の腕時計を見る。午後四時。指を失って約三時間が経った。首をもう一度ゆっくり動かし、正面に戻す。首を少し動かすだけでもひどく息が切れ、疲労を感じる。体のてっぺんから爪先まで冷え切っていた。

ゴキブリ並みの生命力だと富樫は言った。ゴキブリも叩き潰されれば死ぬ。寒冷地でも生きていけない。

さすが富樫だ。この建物は監禁場所に適している。都心部にして、誰の目も届かない。須賀は頭を壁に預けた。吐く息は白い。鼻から吐いても白いので、気温は相当低い。そろそろ日は沈み、ますます冷え込みが厳しくなる。

右腕の感覚はもうない。まず腕がしびれ、棒のようになり、何も感じなくなった。肩の辺りは硬く強張っている。左腕は自由に動かせるが、右手首を固定する鎖や排水管を揺さぶってもびくともしない。

眠りに落ち、寒さで目覚めることが続いている。すとんと意識を失う、気絶のような眠りだ。次に目覚められる保証はない。気絶のような眠りは唐突にやってくる。失った血の量が多いためだろう。

どうすれば状況を打破でき、なおかつ富樫を確保できるのか。時間だけはあるので頭は巡らせ続けた。天井をぼんやりと眺め、宙を睨むように視線を這わせていく。

賭けを続けるしかない――。

須賀はトレンチコートの右袖を見た。ボタンのとれた右袖を。

突如、猛烈なさむけを覚えた。むきだしのコンクリートから這い上がる冷気が強まり、体の芯まで浸透してくる。体が震え、奥歯が鳴る。震えは激しくなり、やがて止まった。もう何度目だろう。震えの発生頻度は短くなっている。こうやって人は死んでいくのか。

殉職。この三時間、須賀の頭に何度も去来した言葉が存在感を増した。殉職した警官の顔を知らないわけではない。自分が仲間入りするのだとしても、まだ現実味はない。

壁際では一匹の蛾《が》がひっくり返って死んでいた。蛾はいつからここで死んでいるのだろう。土にも還れず、指先で少し触れただけで粉々になりそうだ。建物内は冬らしく、ひどく乾燥している。自分もこんな場所で死ぬのか。誰にも感謝されない役目の人間には、お似合いの死に場所か。

腕と排水管を結ぶ鎖が鳴った。須賀は無意識に右腕を動かしていた。我知らず、富樫を確保する手順を頭の中で反芻したようだ。

自分は死の寸前まで、仕事についてああだこうだ思案しているに違いない。あと数分で間違いなく死ぬと自覚しても。家族もおらず、趣味もないので他に考えることもない。こういう人生もある。

もう一度、鎖を揺さぶった。

◆

佐良は長富のノートから目を上げ、腕時計を見る。午後七時。七福神の置物の製造者と販売者のルートを洗い、あわよくば購入者から互助会幹部を導き出せないかと、長富の自宅ガサの首尾について北澤に報告する際に一つ頼みごとをしたが、梨のつぶてだ。

――七福神の置物？

――ああ。互助会に関係あるかもしれない。他に収穫はなかった。

――置物の出処《でどころ》を割り出すのは時間がかかるぞ。非公式のガサでの首尾なんだ。長富課長の襲撃とも無関係なんだろ。俺が個人的にやるしかない。

毛利には長富と上坂の通信通話相手の身上調査をさせねばならず、人形の出処を探る作業には回せない。

佐良は長富のノートに向き直った。見落としがないよう、長富が警官になってからの日記については、自分が目を通した分と皆口が読んだ分とを交換して互いに見直した。大学、高校、中学生の頃の日記にまで遡っている。学生時代の長富が互助会について何か記せるはずもないが、警官となってから当時のノートに何らかの情報をメモした可能性はゼロではない。そもそもガサでは文字が書いてあれば、傍目には対象事件と遠いものでもすべてを読む。知能犯であればあるほど、証拠は簡単に見つからない部分にしか残さない。

大学時代のノートにはアルバイトの様子、高校時代のノートには数式や英文、物理の懐かしい定理なども記されていた。

午後七時半、窓の外は暗い。皆口と手分けし、次々にページをめくっていく。

何冊目かのノートの後半で手を止めた。小学四年生のクリスマス当日の日記だ。素人目には、そんな時期のノートを読むのは時間の無駄だと思うだろうが、佐良は捜査一課時代からこうした点も疎《おろそ》かにしなかった。ゆえに他人より抜きんでた捜査力を身に付けられた自負がある。

ノートには拙《つたな》い文字がつづられている。


今日、年に一回だけ買ってもらえるケーキを食べた。生クリームのケーキより、僕はお父さんとお母さんが好きだったバタークリームケーキの方がいい。僕はケーキが余り好きではないけど、クリスマスの時だけはお父さんとお母さんのために毎年食べ続けようと思う。

お父さんはなにも悪くない。なのにどうして死んじゃったのだろう。会社の上司が悪さ（おじいちゃんは横領と言っていた）をしていたから、それを止めようと別の上司に言っただけじゃないか。お父さんは日に日に様子がおかしくなった。そして幼馴染にもダマされ（おじいちゃんは詐欺だと言っていた）、お母さんとビルの屋上から飛び降りた。「会社で逆に窓際に追いやられて精神が参ってしまい、判断力がなくなってたんだよ」とおじいちゃんは言っている。

お父さんお母さんを奪った悪者は誰なのだろう。どうして悪さをした人は死なずに生きているのだろう。どうして悪さを止めようとしたお父さんと、優しかったお母さんが死んじゃったのだろう。僕は悪者を許さない。

「皆口、ちょっと読んでみてくれ」

佐良は日記帳を渡した。皆口は目を落とし、読み終えると顔を上げた。

「長富課長が警官になった背景であり、互助会に加わった動機の根本なんでしょうね。ページには水滴が落ちた痕が何ヵ所かあります」

涙だろう。横領の告発だけでなく、詐欺被害に遭ったことも長富の両親が自殺した一因だったのか。どちらも警視庁のデータベースに記録はなく、いわば見えない犯罪だ。

あっ、と皆口が声を発した。

「数年前、女性誌で『懐かしの味特集』があった時、長富課長がケーキを買った新橋の店が紹介されてました。創業九十年、伝統のバタークリームケーキが買える店だって」

長富は両親を弔うために新橋に出てバタークリームケーキを買ったのか。普段は食生活に気を配る男もクリスマスだけは毎年買い続けていたのだろう。犯罪を憎む心情が続いている証左なのかもしれない。

電話が震え、能馬からだった。

「ノートには何か書かれていたか？」

佐良は長富が互助会に与《くみ》する根本らしき記述について伝えた。

了解、と能馬はいつも通りの平板な声音だった。

「須賀から連絡はあったか？」

「いえ。まだ通じないんですか」

「ああ。誰かを行確しているのか、どこかに張り込んでいるのか。留守番電話にこちらのメッセージを吹き込んでいる。いずれ折り返しがあるだろう」能馬が続ける。「毛利の方は芳しくない。長富課長も入院中で今晩行確をすべき者もいない。今日は体を休めておけ」

富樫は薄闇で息を潜めていた。階下からは須賀が腕を動かし、排水管と鎖とがこすれ合う音が定期的にしている。無駄なあがきだ。外れはしない。

——どじを踏んだらしいな。

須賀がそう言った瞬間、懐かしい顔が脳裏をよぎった。韓国のソウルで出会った親友——パク・ミョンボ。

*

富樫は渡韓すると日本人学校ではなく、現地の学校に通った。韓国語はちんぷんかんぷんで、ハングルも読めず途方に暮れた。最初は興味津々な様子で近寄ってきた同級生も富樫が言葉を理解できないとわかると、離れていった。一ヵ月経っても二ヵ月が経っても友人はできず、慰めは飼い犬のロングコートチワワだけだった。

ある日、富樫は犬の散歩で街外れの公園に出かけ、フェンスで囲まれた小さなグラウンドに入った。すると五匹の野犬が牙を剝《む》いて唸ってきた。公園から立ち去ろうにも、野犬が立ち塞がっているので動けない。周囲を見回したが、大人はおろか子どももいなかった。どうしよう……どうしよう……。富樫は咄嗟に飼い犬を抱えた。ロングコートチワワは野犬に吠えつつも、ぶるぶる震えていた。

そこにいきなり飛び込んできたのがミョンボだった。ミョンボは五つ歳上で同じマンションに住んでおり、顔は見知っていた。ミョンボは躊躇なく一匹の犬の腹を蹴ると、別の犬に飛び掛かられ、右耳の一部を食いちぎられた。鮮血が飛び散り、富樫は飼い犬を強く抱きしめた。野犬が唸り、なおもミョンボは足を振り回す。野犬の群れがミョンボから距離を取った瞬間、彼は富樫の手を引いてきた。

公園を出てしばらく走ると道端で立ち止まり、二人揃って膝に手をついて呼吸を整えていき、ミョンボがこちらを向いた。

——大丈夫ですか。

唐突な日本語に驚き、富樫は目を見開いた。

——日本語が話せるんだね。

——ちょっとだけ。オンマに習いました。君と話してみたかった。家で君の話をしたら、アッパもぜひ仲良くしなさいと言ってる。

——病院に行かないと、耳が……。

——どじを踏みました。よく練った小麦粉でもはりつけておきましょう。

冗談めかしたのは、心配させまいとしてくれている心遣いだろう。

——助けてくれてありがとう。

——困った人を助けるのは当たり前です。

ミョンボはにっこりと笑い、右腕で力こぶをつくった。

以来、ミョンボと四六時中一緒にいるようになり、ミョン兄、オサムと呼び合う仲になった。富樫は韓国語を習い、日本語を教えた。ともに語学の才能があったのだろう。二人はみるみる上達し、三ヵ月もしないうちに富樫は韓国語が話せるようになり、ミョンボも日本語がぺらぺらになった。特にミョンボは日本の文化に深い興味を示し、富樫の父親が日本から持ってきた古い絵画、漫画などを見せると食い入るように眺めていた。韓国での時間は富樫の根本を作り、あっという間に三年が過ぎていった。

──オサム、さようなら。グッドラック。

帰国する際、空港でミョンボは別れの言葉をくれた。

日本に戻ってからも、富樫はミョンボの生きざまに強い影響を受けていた。川に放り込まれたいじめられっ子を助けようと、泳げもしないのに自分も川に飛び込んだのだ。なんとか二人して岸に辿り着けたが、水をかなり飲み、危うく自分が死ぬところだった。

助けた同級生に礼を言われ、富樫は微笑んだ。

──困った人を助けるのは当たり前だろ。

階下からまた排水管と鎖とがこすれ合う音がする。

富樫は薄闇に目を凝らした。困った人。その対象が目の前の人たちから広がって、もう九十八年になろうとしている。

2

「結局、須賀さんから連絡はありませんでしたね。電話も繋がらないですし」

午後九時半、佐良と皆口は山積みの報告書作成などの作業を終え、警視庁を出て地下鉄の駅に向かっていた。これほど早く帰宅するのはいつぶりか。

「太陽鳳凰会——富樫絡みだろうな」

皆口が立ち止まった。眉間に皺を寄せている。どうした、と佐良が声をかけると皆口は眉間の皺をさらに深くした。

「例の御茶ノ水のビルを見に行った時、ほんの少しだけ表情を変えていました。何かに気づいたというか何というか。本人は何でもないと仰っていましたけど」

今日は朝から忙しかったため、須賀についてまで頭が回らなかった。皆口もそうだったのだろう。

「皆口は何も気づかなかったのか」

「ええ、特に」

「様子を見に行ってみるか。手伝うことがあるかもしれない」

丸ノ内線の霞ケ関駅に向かった。各省庁から煌々《こうこう》と灯りが漏れている。佐良もとやかく言える立場ではないが、官僚も早く帰宅できる職業ではない。

ホームは空いていたが、皆口は聞かせたい相手だけに聞かせられる発声方法で話しかけてきた。

「例のノートの記述、いつマルタイにぶつけるんでしょう」

「能馬さんと須賀さんの判断によるが、明日でも不思議じゃないな」

「どこまで辿っていけますかね」

「須賀さんの言う通り、頭を叩き潰さないと。末端を突き止めてもトカゲの尻尾切りだ」

「ですね。それにしても、なんで七福神の人形なんでしょうね」

「何とも言えないな」

十分ほどで御茶ノ水駅に到着し、地上に出ると佐良と皆口は並んで歩き出した。楽器店が連なる坂を下っていく。街灯の光が二人を照らし、二つの長い影が路上に伸びた。

淡路町にも近い裏通り沿いに件の五階建ての建物はあった。夜でもコンクリートの質感が古いのがわかる。須賀の姿はない。

本当にひとけのない場所だ。生活音すらしない。都心部には年末年始に完全に人が消える一画が結構ある。この周辺にはマンションやアパートなど住居となる建物がない。表の大通りにはコンビニや飲食店があるが、利用者も裏通りにはやってこない。どこかに通り抜けできる道でもなく、車もまったく走っていない。

「入ったのか」と佐良は建物に向けて親指を振った。

「いえ」と皆口が胸の前で軽く手を振る。

「せっかく来たんだ、行ってみるか」

佐良は正面玄関まで進んだ。ドアは鎖で閉じられている。皆口を連れ、ひとまず敷地を一周した。やはり須賀の姿はなかったが、隣との間に体を半身にしてようやく通れるような隙間があった。携帯電話の灯りで隙間を照らしてみる。先に続いているのだろうか。

ふっと目が吸い寄せられた。

隙間の入り口にボタンが落ちている。見覚えがある。佐良は記憶をまさぐり、眉間に力が入った。

須賀のトレンチコートでとれかかっていたボタンだ。

「どうかしました」

「須賀さんが来てるな」

佐良は根拠を説明した。皆口が建物を見上げる。

「富樫が現れる見込みがあるんですね。中で待ち伏せしているんでしょうか」

「どうなんだろうな。だとすると応援が必要か聞いてみないとな」

佐良は隙間の先に携帯をかざす。進めそうだ。

「行ってみるよ。皆口は誰か来ないかを近くで見ててほしい。現れたら一報をくれ」

「承知しました」

佐良は体を半身にして、カニ歩きの要領で隙間を進んだ。頭上には隣接するビルのダクトが連なっている。

裏口と思しき硬質なドアがあった。表とは異なって鎖もない。金属製の冷たいドアノブを握り、試しに回してみる。開いた。携帯電話を取り出し、入る旨を皆口にメールで伝えた。

――気をつけてください。

即座に返信があった。

佐良は速やかにドアを潜り抜けた。広い空間で物音もない。目を慣らすため、しばらくその場に留まった。次第に薄闇に目が慣れ、素早く視線を巡らせた。人影はない。

佐良は足音を殺し、進んだ。二階へ続く階段に足をかける。やはり物音すらない。二階では狭い廊下を挟んでいくつもの部屋が並んでいた。各部屋の金属製のドアノブに手をかけ、音を立てないように開け、中を検める作業を繰り返した。

二階には誰もいなかった。だが、段ボール箱が積まれた部屋があり、箱には膨らんだ封筒や、爆弾製造に使用できる信管などが詰まっていた。危険物のマークが張られたドラム缶もある。誰がこんな場所にこんなものを……。布施？　佐良は一層気を引き締めた。

三階に上がった。二階と同じように錆びた金属製のドアが並んでいる。幾分、ドアは下のフロアより数は少ない。

不意に水滴が垂れるような音が聞こえた。ビルは五階建てだ。頭上から雨水が漏れるなら五階だろう。数週間、東京では雨が降っていない。水道の蛇口から漏れているとも思えない。とっくに水は止まっているはずだ。

三階に誰かがいる？　須賀だろうか。もっとも須賀なら下の階の危険物について、急報を入れてくるだろう。緊張感が一段と増した。息を止め、耳を澄ます。どの部屋から水滴が垂れるような音が聞こえたのか。

奥だ。五感を研ぎ澄ませ、足を進める。このドアの向こうじゃない。ここでもない。確かめつつ、足を送っていく。

最深部の部屋の前に辿り着いた。金属製のドア越しに水滴が垂れるような音が漏れ聞こえている。建物内も外も余りにも静かなので、些細な音も聞こえたか。皆口を呼ぶべきだろうか。いや。万一に備え、援護は外にいた方がいい。

ドアノブを握る。ノブに染みた冷気が手の平に張りついた。佐良はそっとひねり、引き開けた。思わず目を大きく広げた。

須賀がいた。右手を鎖で排水管に繋がれ、首はがっくりと垂れている。意識はあるのだろうか。

窓から街の灯りが入り、廊下や他の部屋よりも闇が薄い。佐良は視線を飛ばし、室内を確認した。他には誰もいない。

「須賀さん」

返事もなければ、ぴくりとも動かない。一歩踏み込んだ。ジャリ。足元から音がした。ビル内は森閑《しんかん》としているので音は大きく響いた。どうして建物の中に砂が？

須賀がしずしずと顔を上げた。

「……佐良、か」

声も弱々しい。暗くても、目の焦点が合っていないのがわかる。

「いま、そっちに行きます」

「待て」数秒前とは一転、力強い声だ。「五感を研ぎ澄ませろ。目が見えなくなれば、耳を澄ませろ。耳も聞こえなくなれば、肌で感じろ。何があっても驚くな。ここからの脱出に専念しろ」

「どういう意味です？」

　意識が錯乱しているのだろうか。須賀の指先からは血が垂れている。あの音が聞こえてきたのか。血が足りない？　須賀の腕の下には何かが落ちているような……。距離もあって、それが何かは判然としない。佐良が須賀の言葉を無視して、さらに一歩踏み込もうとした時だった。

　背後に気配を感じて、すかさず身を屈めた。頭上を何かが通り抜ける。視線を上に振る。角材だ。二発目が来る前に身体を右側に転がせた。

「富樫ッ」

　須賀が叫んだ。佐良は慌てて立ち上がり、身構えた。

「まだ意識がありましたか。やっぱりゴキブリ並みに丈夫ですね」

　富樫が無機質な声で言うと、須賀は鼻先で笑い飛ばした。

「お前の狙い通りだな。私を餌にしたんだろ」

「ええ。最初から須賀さんがケガを最小限に止めると予想してました。それをどう利用しようかと思いましてね。彼ですよ、私の尾行に一瞬注意を払ったのは。お墓にも来ていましたね。念には念を入れ、邪魔される前に芽を摘んでおかないと」

「上で出入りを見てたんだろ」

「もちろんです」

　富樫は簡潔に応じた。

須賀が右腕を思い切り動かした。排水管と鎖との摩擦で大きな音が鳴り、火花まで散っている。

「何もできないのは悔しいでしょうね。せいぜい声援でも送って下さい」

須賀はまた右腕を動かした。

「一瞬の油断は致命傷に繋がるぞ」

「ご忠告どうも」富樫が角材の先を佐良に突きつけた。「せいぜい気張れ」

須賀がなおも鎖を外そうともがく姿を、佐良は横目で捉えていた。

「なぜ警官や市民を傷つける。お前も警官だろ」

「私は市民を傷つけてはいない。警官は市民のために傷つく職業だ。だったら大いに傷つけてやればいい」

「何を……」

ドンッ。佐良の疑問は爆発音にかき消され、咄嗟に顔を腕で覆った。左側から衝撃波がきた。佐良は顔の前に腕を掲げてふんばり、なんとかこらえた。腕に小さな石が次々に当たる。爆風が収まると、薄目を開けた。

須賀がいた辺りで、真っ白い煙が立ち上っている。

「須賀さんッ」

佐良は声を張り上げた。自分の声が聞こえない。今しがたの爆発で耳が圧せられ、一時的に何も聞こえない状態になっているらしい。

煙の合間に須賀の姿がおぼろげに見え始めた。佐良は目を凝らした。須賀の足元には爆発前よりも大きな血だまりが広がっている。何があった？

煙が薄れていく。正面から角材がきた。佐良は飛びのいた。視界の片隅で須賀が左手で何かを摑み、正面に投げ、口を動かすのが見えた。

伏せろ――。

即座に佐良は前方へ飛び込み、正面の富樫に注意を払った。富樫まで一メートルほど手前の場所で、須賀が投げた何かが見えない壁にでも当たったかのように跳ね返った。

一度目よりも大きな爆発音がした。今の佐良の耳でも聞こえるほどの爆発音の大きさだった。天井から火柱がドアの方向に一気に延び、あっという間に富樫を呑み込んでいく。火柱は膨れ上がり、こちらにも押し寄せてくる。慌てて顔を伏せたが、佐良もたちまち炎に呑み込まれた。

空気を燃焼させる轟音が間近でし、何かが燃えている。コートの表面が焦げ臭い。佐良は息を止めた。背中から熱風に包まれる。俺は燃えるのか？　三十秒ほど数える間に轟音は消え、炎の熱も感じなくなった。吸う息が熱く、咽喉の奥まで一気に乾き、ひりひりと痛みを感じるほどだった。

薄目を開け、腕で顔を隠し、周囲の様子を確認した。床に何かが転がっている。拳を握った右手だ。小指と薬指が欠損している。須賀が先刻投げたものか。

黒煙の中からゆらりと人影が現れた。須賀だった。覚束《おぼつか》ない足取りで歩いてくる。右手首にはまだ鎖が結ばれていて、コンクリートの床をひきずっている。佐良は直ちに立ち上がり、須賀の左脇に首を速やかに入れ、肩を貸した。

「富樫は佐良をここに誘い込んだ。私に近づかせ、先ほどの起爆装置を作動させる腹積もりだったんだ。富樫はドアに火柱が延びるように爆薬を仕掛け、ピアノ線に引っかかると作動するようにした。佐良が私に駆け寄り、ピアノ線に触れる計算だ」

力のない声だったが、大爆発の大音量が呼び水になったのか、佐良の聴力は回復してきており、かろうじて聞き取れた。

佐良は身震いした。あの爆発を自分はまともに食らうかもしれなかった。もし須賀が意識を失ったままなら、確実に自分は炎に呑み込まれた。ピアノ線の仕掛けなど頭をかすめもしなかった。

「火を操るだなんて可能なんですか」

「風もない室内だ。爆発の向きさえ計算すればいい。富樫なら正確に火柱の延びる方向を計算する。こっちはかえって命拾いした」

「須賀さんはどうやって鎖を外したんです?」

「二階に封筒があったろ。一通失敬したんだ。封筒爆弾だ。鎖に強烈な爆風があたるよう床に置いた。右手一本差し出す覚悟でな」

だから排水管と鎖とを擦れさせ、火花を散らしていたのか。無理矢理にでも爆薬に火をつけるために。腕の影にあったのは封筒……。失うのは右手だけでは済まなかったかもしれない。

「一か八かだった。右手首から先で済んだのは僥倖《ぎょうこう》だな。しかも拳が肉片にならずに済んだ。うまい具合に手首に爆風をあてられたらしい」

須賀はこともなげに嘯いた。

「それほどの覚悟なら、私が来る前に脱出できたのでは？」

「右腕を失った私では富樫に勝てない。佐良も一度富樫にあっさりやられたが、いないよりはましだ。勝機を見出せるかもしれない。佐良が現れる方に賭けたんだ。お前なら来ると思っていたが、あと数時間が限界だった」

「ぎりぎりセーフでしたね」

「その方がありがたみは増す」

まだ炎が燻《くすぶ》る部屋を出た。廊下には誰もおらず、大量の煙が漂っている。

「富樫はさっきの爆発で燃え尽きたのでしょうか」

「まさか。人が跡形もなく燃えるほどの炎じゃない。あれくらいの火で人間が燃え尽きるなら、私は十三年前に灰になった。富樫もかなりの怪我を負っただろうがな」

佐良のコートは焦げ臭く、所々が毛羽立っていた。斎藤に唆されて購入したマッキントッシュのゴム引きコートでなく、一般的なウールのコートなら、炎を浴びて火だるまになったかもしれない。斎藤に助けられた……。

佐良は須賀の足どりと辺りに注意を払い、廊下を進んだ。どこに富樫がいるのか予想できない。いま角材で殴りつけられれば、よけきれずに須賀もろともやられる。

「右手を引き換えにするなんて、私には発想すらできません」

「私と富樫くらいだな。こんな無謀な手段を思いつくのは」

「早くここを出て病院に行きましょう」

右手首から先がちぎれたのだ。手首には動脈も静脈も通っている。致命的な量の血が流れ出てしまいかねない。

「心配するな」須賀は佐良の内心を見通したかのような口調だった。「たいした量の血はもう残ってない。今さら騒いでもどうにもならん」

青白い顔の須賀は、達観した様子だった。今は一瞬の興奮で意識がはっきりしているだけなのか。佐良は須賀の意識が途絶えないために話しかけた。

「須賀さんが私をそこまで評価しているだなんて信じ難いです」

「お前は私のトレンチコートのボタンが取れかかっているのに気づいた。ボタンを落としておけば、見つけるだろうと踏んだんだ。尾行の技術も上達している。富樫の尾行に気づくのは、自分の尾行レベルが上がったからこそだ」

何かに躓《つまず》いたわけでないのに須賀が不意によろけ、佐良は全身に力をこめ、支えた。限界が近いのか。

階段をゆっくりと下り、ようやく二階に至った。その間、須賀が富樫とのやり取りを嚙んで含めるように伝えてきた。佐良は内容を頭に叩き込んだ。

「YK団を韓国マフィアに殺させたのは富樫だ。奴は公安の任務として韓国マフィアに潜入した。外からハイエナに食われない手も打ったらしい」

チャンが耳にした噂だろう。トクが呼んだ元工作員とは富樫が流した噂か。富樫自身が演じればいい。元工作員に見せかけるだけの技術も力もある。

須賀の体がまた崩れかけ、咄嗟に支えた。須賀の呼吸はどんどん浅く、荒くなっている。普通なら意識を失い、歩ける状態ではないだろう。

なんとか一階まで戻ると、広いスペースで影と影が対峙《たいじ》していた。佐良と須賀の足音が合図だったかのように、二つの人影がほぼ同時に蹴りを放ち、拳を放ち、立ち位置がパッと入れ替わる。

富樫と皆口だ。

「助太刀しろ。いくら富樫が手負いでも、一人では皆口がやられる」

須賀が急に荒い語気で言い、佐良はコンクリートの床に須賀をそっと座らせた。富樫の実力を知る須賀が弱りきった体で発した一言だ。従った方がいい。皆口まで手負いになれば、須賀の救出がその分遅れる。

佐良は皆口と富樫の側面に駆け込むと、富樫がこちらに一瞥をくれた。顔が黒ずみ、服も燃えてぼろぼろだ。

皆口が素早い前蹴りを放った。富樫は一歩後退してかわし、拳を鋭く突き出した。皆口の体が吹っ飛ぶ。佐良は富樫の背中に飛びかかった。触れた瞬間、弾き飛ばされた。慌てて立ち上がると、富樫の背後で影が動いた。

皆口の回し蹴り——。富樫は体を反らせて一撃をよけ、裏拳を皆口に叩きつけた。皆口が勢いよくコンクリートに転がる。

富樫はこちらにくるりと背を向け、裏口の方に駆け出した。佐良は追った。相手の脚力は斎藤を彷彿とさせるほどで、みるみる差をつけられ、ドアが荒っぽく閉まる音が先の方でした。

背後から足音がし、佐良は振り返った。

「さっきの男は?」と皆口が息を切らしながら言う。

「すまん。逃げられた」

「ハードな一日になりましたね」

皆口が肩で息をつき、手で唇の端をぬぐった。唇の端が切れ、血が出ている。

3

皆口がぼそりと言った。警視庁のいつもの会議室に佐良と皆口はいた。正面には能馬が端然と座っている。

「駒にする……」

数時間前、須賀を連れて御茶ノ水のビルを出ると、都心部とは思えないほどの星が夜空に見えた。須賀は最寄りの緊急病院に搬送され、すぐさま手術室に運ばれ、絶対安静の面会謝絶となった。医師によると出血がひどく、極度の脱水症状で、生きているのが不思議な状況だったという。救急隊員には『捜査中の事故だ』と報告し、自分たちが警官なので所轄への通報はしなくていいと因果を含めた。能馬への急報は皆口が入れた。その後、警視庁に戻り、佐良が須賀に聞いた富樫とのやり取りを報告したところだった。

皆口が眉間に皺を寄せる。

「富樫はまた必ず事件を起こすはずです。次は一体何をする気でしょう」

「わからない」と佐良は唸った。「けど、俺たちの任務は明白だ」

皆口の瞳に力が宿った。

「ですね」

能馬がスーツの内ポケットから銀柄のタクトを取り出し、手の平を叩いた。

「我々は監察の仕事をまっとうする。富樫たちを止めるぞ。富樫は容易に姿を消せ、見つけきれないかもしれない。が、富樫と結びつく警察上層部は姿を消せない。そっちを明確にしたい。互助会を駒にできる以上、幹部は連中とも通じている」

「駒にする……」

皆口がまた先ほどと同じことをぼそりと言った。

「何か言いたそうな顔だな、皆口」と能馬が水を向けた。

皆口が深く息を吸った。

「組織を営む上で、人間が駒になる現実は理解できます。常に代わりの人員がいないと、存続できませんので。でも、組織のために駒は死なないといけないんでしょうか。その理屈を進めれば、個人は組織に命を差し出さないといけなくなる。結果的に仕事中に死ぬケースがあるとしても、命を差し出すのが前提なのは間違ってます。誤った考えを持っているから、今回も国民の不安を煽れる、心を簡単に踏みにじれるんです。国民の心も一つの駒なんですよ。まるで戦争中の日本の指導部です」

能馬がタクトを持ったまま腕を組み、衣擦れの音がした。

「経済的に発展し、最新技術を享受できる環境になっても、国の上層部の発想は根本的に変わらない。いや、上層部だけじゃなく、人の心の有り様と言うべきなのかな。自分が利益を得るために他人という駒を、いかに上手に扱うかが問われる世の中だ」

富樫と組む警察幹部も、他人は駒という認識なのだろう。十三年前の太陽鳳凰会も、YK団メンバー連続殺害事件も、実行犯の韓国マフィアもすべては国民の監視を強める法案を通すための駒で、いわばマッチポンプ式の事件なのだ。社会を守るための力を託される警察の一部が、その力を使って治安を揺るがし、自らの権力をさらに強めようとしている。あってはならない事態だ。富樫と繋がる警察幹部は一体、誰なのか。

佐良は心持ち手を挙げ、口を開いた。

「国民生活向上法案が通れば、公安は力を増します。ですが、この程度の利点——言い換えれば組織のために、警察幹部が富樫に爆薬を使用させるでしょうか。サッチョウが揉み消すかもしれませんが、経歴に傷がつく行為です。それを肯ずるでしょうか」

「他にも動機があると？」と能馬が腕組みを解いた。

「おそらく。その目論見の実現に近づくためと同時に、須賀さんも潰しておきたかった。なので、富樫の行為を認めた」

「待って下さい」皆口が割って入った。「御茶ノ水の爆発が大騒ぎに発展すれば、国民生活向上法成立の追い風になるからでは？　世論喚起の一要素にはなります」

佐良が軽く首を振る。

「いや。大騒ぎにならないような、ひとけのない場所を選んでいる。実際、誰も爆発の件を通報してないだろ」

富樫が爆薬を取りに戻るかもしれず、御茶ノ水のビルには毛利が張っている。むしろ毛利一人では富樫に歯が立たない。任務は『来た』と現認する一点だ。いくら富樫でも今日、明日はビルに侵入すると思えない。周囲に誰もいなければ逆に罠を疑うはずだ。

「長富課長にもう一度ぶつかりましょう。皆口と行きます」

「よし。時間は遅いが、こちらの知ったことではない。御茶ノ水のビルにあった爆薬などは公安を動かして回収しておく」

能馬がタクトを会議室のドアに向けた。佐良と皆口は一礼し、会議室を後にした。


中野の警察病院は静かだった。裏口から入り、緊急事態だと職員に説明して、佐良と皆口は長富の個室に向かった。

三階。強いノックをしてドアを開けるなり、眠っていた長富が跳び起きた。佐良は電気をつけ、目礼をしてベッド脇に歩み寄った。今回も皆口をドア付近に待機させた。

「佐良君？　どうした」

長富は目を丸くしている。

「単刀直入に申し上げます。課長は互助会の幹部ですね」

「私が？」

長富は眩《まぶ》しそうに目を何度か瞬かせる。

「ご自宅にあった、七福神の人形が証でしょう。あなたが作った組織ですか、あるいはすでにあった組織に入ったのですか」

「七福神の人形は土産だと言っただろ。人を叩き起こした上、言いがかりはやめてくれ。互助会に迫る熱意は買うが、ここにいても無駄だぞ」

長富は手の甲を見せて邪険に振った。反応は想定内で、焦りはなかった。最初から簡単に落とせるはずもない。佐良は長富の目を真っ直ぐに見据えた。

「こんな時間に参った事情をお察し下さい。我々には時間がない。課長の証言次第で何人もの人が死ぬかもしれない瀬戸際です。警官としての責務をまっとうしてください」

長富は無言だ。佐良は些細な反応も見逃すまいとした。

「私は互助会の気持ちが理解できます。私は警官人生で何度も無力感を覚えました。警察は起きた事件事故にしか対処できないからです。最たる例は、同僚を目の前で死なせた時です」

背後で皆口の体が強張った気配を感じた。

もしあの時、斎藤の真意を知っていたら自分はどうしただろう。止めたのか、同行したのか。考えるまでもない。

一人の捜査員として、一人の友として同行した——。佐良は拳を軽く握った。

「今でも同僚の命を奪った者が許せません。自らの手で八つ裂きにしたいと思った夜も何度もあります。人間の自然な感情でしょう」

長富は目元を引き締めるだけで、なおも言葉を発しない。佐良はまた口を開いた。

「ただ、八つ裂きにする機会が目の前に転がってきても私は実行しません。私刑によって治安が揺らぐからです。現在、すでに揺らぎの兆候があります。それを食い止めるのが我々の仕事です。私刑は——互助会の行為は治安を守るプロフェッショナルとしての警官を踏みにじる行為です」

長富はなおも何も言わない。佐良は顎を引いた。

「法律では対処できない悪党がいるのも現実です。しかし、実力行使で連中を排除するのは間違っています。法に基づき、手錠をかけるのが警察の仕事でしょう」

佐良は身を乗り出した。佐良の影が長富を覆う。

「小学校四年生の頃の日記も読みました。あそこに書かれていたお気持ちが、あなたを警官にさせた。互助会に走った根っこにも、あの経験があるはずです。自分と同じような気持ちになる人を減らしたいという理想があったのではないですか」

長富の目の奥がかすかに揺れた。

「横領犯や詐欺犯がいなければ課長のご両親は今もご健在だったかもしれませんが、それと互助会の行いとは別問題です。あなたに警官としての誇りはないんですか」

長富が瞬きを止めた。佐良は深く息を吸った。

「今のあなたの行いをみて、亡くなったご両親が喜ぶでしょうか。あなたは何のために警官になったのですか。悪党を逮捕するために、ご両親のために警官になったのではないんですか。犯罪が憎かったのではないのですか。これではあなた自身が犯罪者ではないですか」

佐良が捲し立てると、長富が目を大きく見開いた。部屋はしんとし、誰も身じろぎもしない時間が続いた。佐良は待った。取調室で何度も経験した空気だ。硬直している。ただし波打つ気配を内包した硬直だ。

長富が目を瞑り、やおら開いた。

「……私は互助会だ」

「どなたに誘われたんですか。もしくはあなたが作ったのですか」

数秒の間があり、長富が肩で息を吐いた。

「波多野さんに誘われた」

佐良は首筋に力が入った。とんでもない名前が出てきた。警視庁ナンバーツーが互助会――。

「副総監がトップなんですか」

「私はそう聞いている」

「では、副総監が作った組織だと？」

「知らない」

「副総監がマッチポンプ式に治安を乱し、国民生活向上法を成立させようとしているんですね。互助会のルートを使った韓国マフィアによるＹＫ団メンバーの殺害も、六角部長の件も、かつての太陽鳳凰会も、長富課長が襲われたのもその一環でしょう」

「国民生活向上法案についてとＹＫ団の一件は認めるが、六角部長の件は知らない。太陽鳳凰会とは何なんだ？」

長富の表情にも声にも嘘の気配はなかった。入庁年次的にも波多野のもとに加わったのは最近なのか。

「ご存じないのなら結構です。次の質問に移ります。七福神の置物を持つ者が互助会メンバーだと見ていいんですね」

長富は太陽鳳凰会の問いかけに疑問を抱いただろうが、深追いしてこず、ああ、と質問に答えて続けた。

「あれは階級章代わりだ。七体の人形を持つのは副総監お一人。人形の多さが地位の高さを表している」

「課長は五体でしたね。かなりの地位なのでしょうか」

「私は実質的な互助会のトップだった。波多野さんに類が及ばぬよう壁の役目だな」

「富樫は何体の人形を持っていますか」

佐良は前置きもなく、富樫の名前を出した。長富の反応をみるためだ。

長富は頰を引き攣らせ、体を震わせた。

「知らない。七福神の人形は富樫の発案らしいが」

富樫は自分が互助会ではないと、須賀にも言ったという。

「課長は富樫と面識がありますか」

「ある。実行役を束ねる富樫から標的などを伝えられ、私は都度、ゴーサインを出した。富樫との連絡はプリペイド携帯で行った。最近、隅田川にもその一台を投げ捨てた。まだ身分証が不要だった時代に大量購入してある。時には接触する必要もあったがな」

「ＹＫ団の資料を渡す時などにですね」

通話通信の記録はデータとしていつまでも残る。かたや街中の防犯カメラ映像は、一定期間を過ぎれば消去される。

「そうだ。接触の場所は二ヵ所に決めていた」

「どこですか」

「横浜《よこはま》の山下《やました》公園、渋谷《しぶや》の代々木《よよぎ》公園。どちらも横並びの二脚のベンチにめいめい座り、短い会話を交わしたり、どちらかがドロップした資料を拾ったりした」

「公園で使用するベンチはいつも決まっていたのですか」

「いや。どのベンチにするのかは事前に指示された」

大きな公園には防犯カメラが設置されているが、木の枝などで隠れて見えないケースも少なくない。富樫は海千山千の猛者だ。接触に適当な場所を事前に選びだしたのだろう。

「富樫がどこに住んでいるとか、拠点があるとかは」

「わからん」長富が生唾を飲み込んだ。「なるべく関わりたくない雰囲気を持つ男だった。余計な会話はしなかったし、富樫のことを知りたいとも思わなかった」

「長富課長以前に互助会を仕切っていたのはどなただったんです？」

「波多野さんだろうな。退官された先達がいるのかもしれないが」

「副総監と長富課長が地位や立場上、互助会を仕切るのは理解できます。なぜ一捜査員に過ぎない富樫が実行役を束ねる役割に？」

「私が入った時にはすでにそうだった。公安でも一、二を争う凄腕だと波多野さんに聞いている。だからだろう」

「副総監と富樫は直接繋がっているんですね」

　長富は眉をやや動かした。

「一緒にいる場面を見た憶えはないが、副総監は公安畑だ。接点があっても不思議ではない」

　長富本人の思惑はどうあれ、波多野と互助会だけでなく、波多野と富樫も直接繋がらないクッションとしての役割も与えられていたのであろう。

「副総監の他に互助会と繋がりのある警察上層部は誰でしょう」

「私は副総監しか知らない。もう何年も私と富樫で切り回した。他にいるとも思えない」

「互助会にはどれくらいの数が所属を?」

「百人前後だ」

「名簿などはありますか」

「ない。証拠になってしまいかねないからな」

「どこの誰が所属しているのかはすべて長富課長の頭の中に?」

「私は把握していない。富樫のここだ」

長富は右手の人さし指でこめかみを示した。

約百人か。警視庁職員の約四万人という母数に比べれば思ったよりも少ないが、百人という集団は相当な数だし、どこの誰が互助会メンバーなのか定かでない現状は変わらない。こちらは秘密裏に監察を進めないとならず、動員できる人数を増やせないのだ。

長富が白いシーツを握り締め、皺が寄った。

「〝懲らしめ〟をする者の選定も実行も富樫が受け持ち、私はゴーサインを出すだけだった。自分の頭で考えず、延髄反射のような言動だったと言われれば、ぐうの音も出ない」

上役の仕事は許可を与えるだけという、日本型官僚機構の欠点か。

「しかしYK団の件で韓国マフィアのトクと接触した榎本を操ったのは、長富課長ですよね」

須賀とのやり取りで富樫は榎本との接触を控えたと言ったそうだ。富樫はこの点で虚偽を述べる必要はない。消去法でいくと、榎本を駒とした者は長富だろう。

「ああ」長富の眼光が鋭くなった。「YK団に対する〝懲らしめ〟の絵図を描いたのは富樫だが、あの件だけは私が実行部隊を指揮した。捜査資料を榎本に渡したのも私だ」

「なにゆえ、ＹＫ団の件を課長が受け持ったのでしょうか」

「ＹＫ団はそもそも二課案件なので、榎本たちの面倒を見てほしいと富樫に頼まれたんだ。トクにいると榎本と接触しづらいとも言っていた。私にとっては渡りに船だった」

トクにいても富樫ならたやすく接触できるだろう。腑に落ちない。何か意図があったはず。

「なぜ富樫の依頼が課長にとって好都合だったんです」

「富樫は内心で私を嗤《わら》っていたはずだ。現場を知らず、兵隊を指揮できない人間だと。私は自分にも〝懲らしめ〟ができる力を証明したかった。加えて、対ＹＫ団はただの〝懲らしめ〟ではなく、社会から悪党を消す『世直し』の本格的な始まりだ。最初の勝利を己の手で成し遂げたかった、国民生活向上法で犯罪は劇的に減り、世の中は変わる。まさに世直しの一歩目だ」

これか……。佐良は富樫のしたたかさに舌を巻いた。長富の心情を手玉にとり、二段構えで利用したのだ。先ほど目つきに出た反応が長富の富樫への対抗意識の強さを物語っている。長富が振り込め詐欺団幹部として襲われたのは、『国民生活向上法成立へのダメ押し』と富樫は須賀に告げている。一手目としてこの噂を近々市中に流し、効果がイマイチなら二手目として長富の生死にかかわらず、『私刑に走ったキャリア警官』というレッテルを張る腹なのだ。警官にも法を守らない者がいる事実が公になれば、『警察も信用できない』という声が上がって私刑肯定派の燃料になり、これを抑え込むべく国民生活向上法案の重要度が増す。一部の警官に対する不信感より、私刑を放置する方がリスクは高い——と政界は確実に判断する。

「YK団が次々と殺害されていく時、どう思いました」

「昂揚感があった。罪と量刑が釣り合わない現実に自らの指揮で刃を突きつけたんだ」

警官としてあるまじき発想だ。捜査二課では指示を下す地位にもいるのに。

「私は会議の席などで長富課長の胸中を読み取れませんでした」

「キャリアはツラの皮が分厚くないと務まらん」

「YK団の捜査情報漏洩をめぐる監察では開始当初に私と皆口が撃たれ、小金井の廃病院では建物が崩れて人事一課員が重傷を負いました。いずれも課長の指示ですか」

「銃撃には関与していない。病院の方は富樫から実行部隊の一人を向かわせるよう突然連絡があり、私から榎本、榎本から実行役に指示がおりた。ワケを聞いても富樫は答えず、病院が崩れることも知らなかった。事故後、流れた血を世直しに還元しないとならんとは思ったが」

本当だろう。廃病院では怪我人が出るケースも想定しただろうが、長富にはあれほ

のように他人事《ひとごと》について仕掛けにつ崩れる仕掛けにつ

どの仕掛けを発想できまい。榎本も死ぬ前、廃病院が崩れる仕掛けについて他人事《ひとごと》のように評していた。長富たちは結局、富樫に駒として使われただけなのだ。

「副総監もＹＫ団が韓国マフィアに殺害される〝懲らしめ〟をご存じだったんですか」

「直接訊ねる機会はなかった。訊ねても『私も君も富樫に任せていればいい。余計な詮索はするな』と門前払いを食らったはずだ。別の〝懲らしめ〟でぴしゃりとそう撥ねつけられた」

「六角部長の殺害に互助会が関わっていると思いますか。富樫なら勝手に動かせるでしょう」

　長富は天井を見上げ、深い溜め息を吐くと、佐良に向き直った。

「容疑者が互助会から出てもおかしくなかったとは思う。君の指摘通り、富樫は互助会を自由に動かせる。私を介す場合ですらな。〝懲らしめ〟の対象が六角部長だと告げず、別の名前とでっちあげた罪を付けて提案されれば、私はゴーサインを出した」

　互助会はなかば富樫の私兵と化しているのか。

　佐良はそれから三十分ほど問答を続けたが、他に収穫はなかった。

「最後の質問です。なんで日記を残していたんですか。課長が互助会ではないかと疑う一因になりました」

長富が深々と息を吸い、鼻から一気に吐いた。

「どこかで誰かに止めてほしかったのかもしれない。第一、ノートを処分するのは過去の自分、両親との思い出を棄《す》てるにも等しい。私にはできない」

「ご協力ありがとうございました。今晩の聴取は他言無用です」

「心得ている」と長富は弱々しく頷いた。

4

大晦日の夜、佐良は皆口と豊洲《とよす》にいた。新しいマンションも多いエリアだが、注視しているのは年季の入った一棟の大型マンションだ。車寄せと、前庭のような芝生の広場が設けられ、街灯が辺りを照らしている。その光が届かない細い道路に乗用車を止め、中で張り込んでいた。佐良は横目で助手席の皆口を一瞥した。首には真っ白なマフラーがしっかり巻かれている。

車のエンジンはかかっていない。腕時計を見ると、十一時五十五分。もうじき年が明ける。ダウンジャケットやコートを着込んで初詣に向かう住民も多く、その中にマルタイがいないとも限らない。

――副総監への接触は確実な尻尾を摑んでからだ。長富課長が虚偽の説明をした可能性もある。少なくとも言い逃れができない要素が要る。相手の立場が立場だ。

能馬の判断により、こうして冬休みに入った副総監の自宅を連日張っている。

「長富課長の行確も異例だったのに、輪をかけて異例の行確ですよね」

皆口がもぞもぞと動き、言った。

だな、と佐良は端的に答えた。副総監の行確など異例という言葉を通り越し、前代未聞だ。さすがの能馬も綱渡りしている心地なのだろう。

「富樫はどこに身を潜めているんでしょうね」

「さあな」

能馬によると、公安が硝酸アンモニウムなどの回収とともに御茶ノ水のビルを秘密裏に現場検証したところ、五階には寝袋だけでなく飲食した痕もあったという。

除夜の鐘が遠くで鳴っている。久しぶりに鐘の音を聞いた気がする。

「新興住宅地にもお寺ってあるんですね」

「ちょっと行けば月島《つきしま》や築地だ。風に乗って鐘の音が届いてくるのかもな」

「須賀さんと除夜の鐘の話をしたんです。どうせ今年も聞けないだろうなって」

入院先の部屋に除夜の鐘は聞こえているのだろうか。

「もんじゃ焼きって食べたことありますか」

「いや、ない」

「東京出身なのに?」

「俺が子どもの頃、武蔵野市にもんじゃ焼きを出す店なんてなかった。あったのかもしれないけど、俺は『いせや』の焼き鳥に夢中だった」

「私にはそういう食べ物はないですね」

斎藤なら『へしこ』と答えるだろう。

「あの工場、まだありましたよ。須賀さんと見たんです」

しばらく黙っていると、十、九、八……と皆口がカウントダウンし、一と言った時にこちらを向いた。

「新年あけましておめでとうございます。本年もどうぞよろしくお願いします」

「こちらこそ。いい年にしたいな」佐良はゆっくりと皆口に頷きかけた。「お前が一緒に闘ってくれて良かった」

「どうしたんです? 急に」

「俺一人じゃ富樫には歯が立たない。副総監だって本来は、俺が手を出せる相手じゃない」

「不安なんですね」

「こんな弱音を打ち明けられる相手は皆口だけだ」

斎藤の事件がなければ、こうして二人で張り込みをしていなかった。佐良はいまも捜査一課にいて、相勤《あいきん》は斎藤だっただろう。

「光栄です」皆口がにっこりと微笑む。「素直な姿、恰好いいですよ。今の佐良さんを見たら、惚れる女が続出でしょうね」

「不安でたまらない姿が恰好いい？　極端なマニアだな」

「佐良さんは怯《おび》えてませんし、臆《おく》してません。ちゃんと目の前の壁に立ち向かい、あがき、何とかしようともがいているから不安なんです。困難に立ち向かわない人は不安になりません。のほほんと毎日をただ消費してるだけで」

佐良は胸の内がすっと軽くなったのを感じた。

「これからも恰好いい先輩でいられるよう、せいぜい努力する」

「正直、見た目はぎりぎり及第点ってとこですけどね」

二人で声を出して笑った。


元日の正午過ぎ、マルタイは動きだした。副総監という地位からすれば出向く側ではなく、客を迎える立場だ。波多野は黒いロングコートをはおり、革靴を履き、一人でマンションのエントランスから出てきた。家族がついてくる気配はなく、迎えの車もない。プライベートの行動か。一人で初詣に向かうのだろうか。

佐良と皆口は車をひっそりと降りた。

＊

富樫は髭《ひげ》を剃《そ》り、顔を洗った。手が痺《しび》れるくらいに水は冷たく、炎を浴びた肌に少し染みる。顔と首にワセリンを薄く塗って万一の事態には備えておいた。とはいえ、咄嗟に腕を十字にして顔を守らなければ、もっとひどい火傷を負っただろう。顔にも多少火傷を負い、ひりひりする。

あの夜、ビルを抜け出した後、公安にも秘密裡に借りる曙橋《あけぼのばし》の自宅にまっすぐ戻ってきた。御茶ノ水のビルはもう使えない。

柔らかなタオルを顔に軽く押し当て、水気を吸い込ませた。たっぷり息を吸い、細く長く吐いていく。今日はサンドバッグを叩く気はない。

シャワーを浴びた後、身体をチェックするべく、裸体を洗面所の三面鏡にさらす。腕、首、背中、足。目立つ傷はなく、顔も注意を引くほどの怪我ではない。

須賀は生半可な相手ではなかった。右手を犠牲にし、こちらのトラップを破った。自分が須賀でも、あそこまで捨て身の手段はとれない。

富樫は新しい下着を履き、新品の白いTシャツを着て、買ったばかりのまっさらな白シャツをはおった。クリーニングに出した黒いネクタイを結び、漆黒のスーツに身を包む。仕上げに昨日とは別の、やはりクリーニングに出した黒いコートで全身を覆う。

　毎年、元日に足を向ける場所がある。

　部屋を出た。街は正月特有の雰囲気だった。陽射しがあるので陽気も穏やかで、空気は澄んでいる。車の通行量も少なく、騒音もほとんどない。あから顔で破魔矢を持つ者や郵便ポストに年賀状を慌ただしく投函する姿もある。和服姿の女性もちらほら見受けられた。

　電車とバスを乗り継ぎ、小さな商店街のある駅に到着した。自宅周辺同様、正月特有の浮遊感に満ちた空気だ。大通りに出ると、ひとけが減った。近くには運転免許試験場があるが、門は締まっている。道路沿いには生花店が並び、どの店も元日から営業していた。各店頭に様々な花が飾られている。富樫は花の名前を憶えようとも思わない。一種類の花で事足りる。

　一軒の店に入ると、生花店らしい甘いニオイで満ちていた。

　あけましておめでとうございます、と五十半ば頃の女性店員が微笑みかけてきた。

　富樫は軽く会釈し、指さした。

「菊の花を三千円分下さい」

　念のため、富樫は毎年花を購入する店を変えている。

富樫は菊の花束を受け取ると、多磨《たま》霊園のゲートを抜けた。空気から正月の浮遊感が一気に抜け、ひんやりとする。炎を浴びた皮膚には心地良い風だった。

◆

佐良は有楽町を歩いていた。街は初売りセール目当ての買い物客で賑わっている。

波多野はデパートや衣料品店などには目もくれず、買い物客の間を抜けて大通りを進んでいく。

やがて波多野は外資系高級ホテルのエントランスに入り、佐良も少し間をあけ、続いた。

ホテル内は元日から多くの人が訪れており、一階の喫茶室では入り口前に客が列をなしている。波多野は階段で地下に向かい、寿司、天ぷら、中華などの高級店が並ぶエリアに進み、和食店に入った。

本日貸し切り。引き戸にはお知らせの紙が張られている。

数分後、皆口が隣にやってきた。

「一人で貸し切りってことはないですよね」

背後から誰かがこちらに歩いてくる気配がした。佐良と皆口は速やかに腕を組み、カップルを装って歩き出し、各店のメニューをぼんやりと眺め、どの店に入るのかを決めかねているふりをした。佐良は横目で、どんな人間が元日から高級店で食事をするのかを確認する。

心臓が一つ大きく跳ねた。佐良は皆口をさりげなく引っ張り、店に入る男に背中を向けて歩き出す。

斎藤の死後、勇退して関連団体に天下った元刑事部長の福留——。

佐良は頭の中で斎藤の死を巡る一連の流れで、福留が関わる部分をおさらいした。

武蔵野精機社長殺害事件では、たびたび捜査情報が新聞に漏れ、特ダネとして報じられた。あれは『捜査情報が漏れている』という暗喩であり、取引先の西芝テックに潜入した捜査員の中上に向けてのメッセージで、リーク元は福留だったと佐良は見ている。エスだった社長が消され、公安は副社長の正体も相手方に見抜かれたと気づいたものの、うかつに接触できず、警察関係者だと喧伝する結果になるので警護も憚られたための一手に違いない。福留にとっても、公安に恩を売っておけば個人としても刑事部としても今後大きな意味を持つ。

「いまの人って」皆口がつぶやいた。「店は貸し切りです。新年会でしょうか」

福留はキャリアではなく、叩き上げだ。刑事部長の座にノンキャリアが就くのは十数年ぶりだった。新年会ではないと言い切れないが、波多野と正月に挨拶を交わし合う仲とは思えない。キャリアとノンキャリはテレビや映画で描かれるほど対立していないにせよ、仲良しこよしでもない。互いに別人種だと捉えている。

「どこに天下ったんでしたっけ」

「東和警備《とうわけいび》。理事だ」

全国有数の警備会社で、近頃では警備員の派遣だけでなく、防犯カメラの販売や護身術の道場も各地に開いている。

国民生活向上法案を巡る動き、ＹＫ団やトクを操る富樫の暗躍、互助会、そして斎藤が殺された事件。佐良の脳は目まぐるしく回転した。いずれの要素を再考しても、波多野と福留との接点は表面上にはない。かといって偶然と言い切るのもためらわれる。

新年会だとすれば、警視庁幹部、元幹部が続々と現れるだろう。佐良は周囲を見回した。デザインなのか壁や梁、柱を活かすように出っ張りがあった。一人はあそこに身を潜められる。いや、このままカップルを装っておこう。真崎などの知り合いの顔が見えたら、別の店に入ってしまえばいい。

「しばらく恋人のふりをしてくれ」

「姐《あね》さんに怒られませんかね」

姐さん――早稲田《わせだ》署生活安全課にいる夏木《なつき》は、佐良と皆口の共通の知り合いだ。皆口は夏木を姐さんと慕っている。

「そういう関係じゃないさ」

「早くしないとそっぽを向かれますよ」

「余計なお世話だ」

「世話もしたくなります。ぐずぐずしてたら逃げられますよ」

十五分後、三人組がやってきた。真ん中にいるのは国民生活向上法案で旗振り役の、民自党の政調会長を務めるベテラン代議士だ。一行は慣れた様子で和食店に入っていく。政調会長は以前、帝国ホテルで六角、真崎と同じ店にいた。糸がもつれていく一方だ。

その後、十分経っても三十分経っても誰もやってこなかった。波多野の前に誰かがすでに入店していた可能性もある。

「税金がこういう高級店の食事に使われるのかと考えると、腹が立ってきますね」

「見合う実績があれば何も思わないんだけどな」

「何を話してるんでしょう」

「それこそ国民生活向上法が成立すれば、簡単にわかるようになるな。いずれ盗聴器の使用も許可されるだろう」

「捜査が楽になっても、そんな社会はちょっと勘弁ですよね」

皆口が肩をそびやかせた。

国会議員の正月は地元や支援者への挨拶回り、大物なら来客対応で忙しい。休暇をとる議員なら徹底的に休む。なのに政調会長はここに来た。よほどの理由があり、波多野と福留も絡む……。

午後二時、和食店の引き戸が開いた。最初に出てきたのは政調会長だった。秘書らしき二人を引き連れ、一階へ続く階段に向かっていく。

ほどなく波多野と福留が並んで出てきた。会釈を交わしあい、二人は左右に分かれた。福留はこちらに歩いてくる。佐良と皆口は歩調を合わせて、高級中華料理店に入った。いらっしゃいませ。慇懃《いんぎん》に迎えられるも皆口がポケットを叩き、携帯電話を探すふりをした。佐良は背後の気配に注意を払う。

よし、通り過ぎた。佐良は目顔で皆口に合図を送った。

「どこかに置いてきたみたい」

皆口が困り顔で言った。すみません、後で来ます。佐良は店員に告げ、二人で高級中華料理店を出た。

「どうします」と皆口が声を潜める。

「俺は副総監を追う。皆口は待機。店にまだ誰かがいるかもしれない。出てくれば写真を撮ってくれ」

「福留さんは？　明らかに同席した様子でしたが」

「ここは見逃す。仕方ない、人員がいないんだ」

毛利は大晦日も正月もなく、御茶ノ水のビルを張っている。

佐良は皆口を残し、波多野の後を追った。

波多野はホテルを出ると、有楽町の街を進んだ。行きと同じようにデパートや他の店には一切興味を示さない。

波多野は携帯電話を鞄から取り出し、耳にあてた。佐良は腕時計で時刻を確かめた。

午後二時九分だった。

＊

誰もいない多磨霊園の空気を振動音が揺らした。富樫は携帯をポケットから取り出し、耳にあてる。

「はい」と富樫は無愛想に応答した。

「あけましておめでとう」

「おめでとうございます」

「新年早々、吉報だ。本年度中に法案を通す腹積もりだそうだ。もう関連議員への根回しも済ませ、あとはセンセイが寝ていても事は進む」

富樫は深く息を吸った。

「何よりです」

「計算通りに進んでいるな」

ええ、と短く答え、富樫は墓石を見据えた。小鳥が間近で鳴き、少し離れた梢に飛んでいく。

「どうした、嬉しくないのか。我々の悲願だぞ」

「いま外にいるので。喜びを表せるような場所でもありません」

「奇遇だな。私も外だ。正月の空気はいいな」

「十八年前も空気だけは良かったです」

微風が吹き、富樫が墓に供えた菊の花が風にそよいでいる。菊の香りがふわりと舞い、鼻腔を刺激した。霊園では血のニオイも死のニオイもしない。死者は無に帰る。

「正直、私は空気まで憶えてない」

当然だ。現場に顔を見せたのは、ほんの数分間だった。

「君のおかげで例の韓国マフィアは壊滅。その韓国マフィアに襲わせた振り込め詐欺団の残党狩りも時間の問題だ。よく後始末してくれた」

「はい」

「十八年間、我々はあの出来事を忘れなかった。ようやく実を結ぶ。喜びを表せる場所に行ったら、笑いが止まらなくなるぞ」

富樫は頬が緩み、首を左右に振った。骨が盛大に二度鳴り、森閑とした空間によく響いた。

「まさに今、笑いかけました」

「君も人の子だな」

「これから初詣ですか」

「帰宅して祝杯をあげるさ」

「おともできなくて残念です」

「頼むぞ。グッドラック」

通話が切れた。富樫は携帯をポケットに滑り落とした。自分があの男と酒を酌み交わす日は来ないだろう。

十八年間、あの出来事を忘れなかっただと？　どの口が言ったのか。富樫は呆れて、通話中に思わず頬を緩めてしまったのだ。

＊＊

十八年前の一月一日午後十時半、富樫は乗用車の助手席で斜め向かいの戸建てを監視していた。戸建ては多摩《たま》地区の丘陵地にあり、周囲も雑木林で民家はない。月が綺麗な夜だった。

富樫は所轄から本庁公安部に吸い上げられたばかりで、この捜査も外事二課の応援というだけで詳しい任務内容も聞かされていなかった。外事二課は主にアジアの国々から入国した組織や個人を注視するのが任務だ。

「寒くないか」

運転席の宍戸《ししど》がぶっきらぼうに言った。本名は知らない。「捜査中は宍戸と呼んでくれ」と指示されている。公安の捜査では一歩外に出ると、一日ごとに違う名前を用いる時もある。宍戸は富樫より年齢が五つ上の外事二課の捜査員で、中肉中背の、すれ違った途端に忘れてしまう顔立ちだ。乗用車に二人でいた。張り込みは夜だけ行われ、この日は三日目だった。宍戸とも他愛ない話ができる間柄になりつつある。

「もちろん寒いです」

ダウンジャケットを着こんでいても、手足の先は常に氷を押しあてられているかのように冷たい。エアコンはつけられない。エンジン音で不審な車だと通報されかねないからだ。富樫は靴の中で足の指を曲げたり伸ばしたりした。爪先が冷え切り、感覚が消えかかっている。

「裏はもっと冷えてる。向こうはこっちより車内が広いからな。ざまあみろ」

戸建ての裏手にはワゴン車一台が配備され、そちらでは三人の外事捜査員が監視中だ。

「オマエ、公安総務だったよな。エリート様だ」

公安部内にも序列はあり、公安総務課はそのトップに君臨する。

「まさか。駆け出しのペーペーです」

「今後の希望は？」

「希望が通るカイシャとは思えませんが」

富樫は公安を希望したわけではない。

違いない、と宍戸が軽く笑った。公安部ではいかなる時でも能力を計られている感覚がある。今も宍戸は自分を計っているに違いない。

「なんでカイシャに入ったんだ」

「小学生の頃、近所の所轄で柔道を習っていた縁です。皆さん、面白おかしく色々と話してくれました。夫婦喧嘩の仲裁中に目の前を包丁が飛んでいったとか、窃盗犯を逮捕したら自宅から女性用の下着が何百枚と出てきて驚いたとか、交通事故の原因を探るために地面に這いつくばったら犬のフンが鼻先にあったとか」

「子どもに話すにはちょうどいいエピソードだな」

「ええ。どの方も仕事に誇りをもっているように私の目には映りました」

「実際に警官になってみてどうだ」

「交番勤務はきつかったですが、道案内などのちょっとした仕事でも感謝された時は嬉しかったです。自分の仕事が誰かのためになっていると実感できて」

戸建ての電気が消えた。戸建ての影が周囲の雑木林の影に溶け込んでいく。

「もう寝るんですかね」

「さあな。マルタイの素性や行確の目的は聞いてるのか」

「いえ。応援に入れと言われただけで」

「俺にも聞いてこないな。知りたくないのか」

「誰も教えてくれないでしょうから」

公安では隣の席の人間が何をしているのかも定かでない。

「エスだよ」

「教えてくれるんですか？」

「何も知らずに使われるだけじゃ、ただの駒だろ」

富樫は胸の内が軽くなった気がした。公安部に吸い上げられて以来、先の見えない任務にもやもやしていた。

「合点がいきませんね。エスを行確するなんて。裏切りですか」

「いや」宍戸の声が低くなった。「元々、ウチが裏切らせたダブルなんだ」

ダブル――二重スパイ。

「最近、誰かに監視されている気がするらしい。精神的に参っての被害妄想なのか、真実なのかを見極めないとならない」

なるほど。自分が選ばれるわけだ。格闘技には自信がある。所轄にいた当時、逮捕術の都大会でベスト4に入った。もしもの時のための要員だ。

「あそこには」と宍戸が顎を振る。「一家三人と犬が一匹いる。息子は小学一年生で、可愛い盛りらしい」

犬か。実家の柴犬は元気だろうか。もう老犬だ。富樫が実家に戻ると、尻尾を激しく振って出迎えてくれる。あと何度会えるのだろう。

「どことのダブルなんです?」

「アジアの某国とだけ言っておく」

エスが監視の気配に怯え、こうして自分が駆り出された以上、相手は暴力を厭わない連中なのだ。対象国が自ずと絞られていく。かの国か。富樫は韓国語を操れる。

富樫は警視庁に入り、身近に犯罪がある現実を知った。友人と取るにたりない話で笑っている間も、評判のラーメン店で食事をする間も、惰眠《だみん》をむさぼる間も、東京では常にどこかで誰かが犯罪に巻き込まれている。ひったくり、詐欺、恐喝、殺人……。

自分が知らない現実はすぐ傍《そば》にあったのだ。東京で某国の者が、警視庁の協力者を襲う事態だって充分に起こりうる。一般人には絵空事に聞こえたとしても。

「どれくらいの期間、行確を続けるんですか」

「とりあえず二週間」

午後十一時、〈――皆さん、ご苦労さまです〉とイアモニに声が流れてきた。キャリアの波多野だ。外事二課の管理官で、本件を指揮している。現場に顔を出したのは初めてだった。

〈――もうしばらく行確を続けてください〉

当たり前の指示で、わざわざ言われるまでもない。富樫は宍戸と顔を見合わせた。二人揃って軽く肩をすくめ、視線をフロントガラスの向こうに戻した。

数分後、監視中の戸建てから犬の遠吠えのような声がした。やけに胸に迫ってくる、哀しそうな声だった。

また波多野の声がイアモニに流れた。

〈――引き続き、頼みます。私は本庁に戻……〉

波多野の声をかき消すほどの叫び声が監視中の戸建てからした。富樫がドアに手をかけた時、イアモニに波多野の一段と冷静さを増した声が流れた。

〈――誰も動いてはなりません。待機〉

なぜだ。富樫は宍戸を見た。宍戸も瞬きを止め、眉を寄せている。いくら疑問を抱いても二人は動けなかった。公安の捜査において指揮官の指示は絶対だ。上には兵隊に知らせていない思惑があるのかもしれない。それをぶち壊せば、大きく言えば国の治安全体に関わる局面に発展するリスクもある。

叫び声は断続的に続いた。叫び声は心臓を鷲掴《わしづか》みしてくるようで、富樫は耳を塞ぎたくなった。子どもの悲鳴もした。奥歯を嚙み締め、膝に置いた拳に力を込めた。さもないと直ちに飛び出してしまいそうだった。

「くそったれ」

宍戸がつぶやいた。侵入者に対してなのか、波多野に対してなのかは富樫には判断できなかった。どこで侵入者に隙を衝《つ》かれたのか。

地の底から這いあがってくるような叫び声が途絶えると、世界が数秒前よりも冷えたように感じられた。

〈──建物から出る人影に注意を。出てきたら、追ってください〉

波多野の声はなおも平板だ。富樫はそっとドアを数センチ開け、いつでも飛び出せる体勢を整えた。懐には万一に備えて拳銃も所持している。

〈──裏手から三名が出ました。表の二名は室内に突入してください〉

波多野の淡々とした指示を受け、富樫と宍戸は車をさっと降りた。

富樫はあらかじめ預かっていた合鍵で玄関を開けようとした。気持ちが逸り、何度か鍵を鍵穴に入れ損なった。

「落ち着け」と宍戸に粛とした声音で言われ、肩に手を置かれた。

富樫は息を止め、再びドアに向き合った。十数秒後、鍵を開け、ドアを引き開けた。

血のニオイがし、富樫は瞬きを止めた。

「靴は履いたままでいい」

宍戸は小声を発すると、拳銃を腰から抜いた。富樫も拳銃を懐から取り出した。靴のまま玄関から上がり、フローリングの廊下を進んでいく。一歩ごとに血のニオイが濃くなっていった。耳の奥で速まる脈動の音が聞こえる。

真っ暗なリビングで血まみれの犬が舌を出し、手足を痙攣《けいれん》させていた。もう助からないだろう。毛並みや顔つきからして、富樫の実家にいる老犬と同じくらいの年齢だ。可哀想に。

「一階で犬の殺害を現認」

宍戸が無機質な声でイアホンモニターのマイクに向かって報告した。

〈――了解です。犬の生死なんてどうでもいいので、価値のある情報だけ報告を〉

犬も生きている。なぜ無慈悲に殺されなければならない？　富樫は壁を睨みつけた。

「行こう」

宍戸が小さな声で言った。

奥歯を食い縛り、富樫は宍戸と二階にのぼった。一、二、三。無言で指を折ってタイミングを計り、二人で寝室に飛び込む。

我知らず背筋が伸びた。夫妻が喉を掻き切られ、死んでいた。夫は目を剝き、妻をかばったのか覆いかぶさるような恰好だ。夫の下で妻は心臓を一突きにされている。

薄闇でも夫の横顔が見える。富樫は頭の芯が強張った。

ミョンボ？　いやまさか、そんなはずはない。他人の空似だ。富樫は自分に言い聞かせた。帰国以来、一度も会っていない。時折メールなどで写真を送り合っていたが、実物と写真とでは往々にして印象が異なる。日本にいたのなら、一度くらいは連絡があるはずだ。

目が吸い寄せられ、息を止めた。

右耳の一部が欠けている――。

あれは野犬の群れから助けてくれた時にミョンボが負った傷の位置と同じだ。富樫は声が大きくならないよう、意識的に喉の力を抜いた。

「宍戸さん、男の名前は何でしょう」

「パク・ミョンボ。妻は日本人だ」

妻については名前も趣味も出身地も知っている。メールで教えてもらった。自分が警官になったことも伝えている。しかし。

「何者ですか」

ダブル？　富樫はその事実を微塵《みじん》も知らなかった。韓国で食品輸入会社に勤務しているとしか聞いていない。日本に住んでいたことすら知らなかった。長く会っていなくても親友だと思っていたのは、自分だけなのか？　いや、自分だってすべてを明かしていない。警官になったといっても、交番勤務で道案内しただの迷子を自宅に送り届けただの当たり障りない内容しかメールに記さなかった。

「待て。詳細は家を調べ終わってからだ」

宍戸が目顔で合図を送ってきて、富樫は隣の子ども部屋に向かった。拳銃を構え、速やかにドアを開ける。

小学一年生の男の子が心臓を刺され、殺されていた。大きく見開かれたままの目、歪んだ口、引き攣った頬、死のニオイ、ベッドの赤い染み。ミョンボの面影を濃厚に引き継いだ少年だった。数年後には、富樫と出会った頃のミョンボに生き写しになっただろう。この子がぶどう味の飴が好きな息子か。ミョンボは以前、手紙にそう書いていた。虫歯が心配だと。

富樫は体が震えた。恐怖ではない。怒りだ。仮に相手が三名で侵入したとしても、叫び声と同時に飛び込んでいれば誰か一人は助けられたのではないのか。急に拳銃を重たく感じた。まったく役に立たなかった拳銃が。

「一家三人の殺害も現認」

宍戸がイアホンモニターで報告を入れた。その拳はきつく握られている。薄闇でも、拳に力を入れ過ぎて真っ白になっているのがわかる。

〈――了解です。再度家の中を見て何もなければ、周囲に容疑者がいないかを探してください〉

家の中に誰もいないのを確認していき、富樫は再び寝室に戻り、ミョンボの横顔を見た。筋肉が弛緩《しかん》したからなのか、どこか微笑んでいるようにも見える。

「ミョン兄」

富樫は宍戸にも聞こえぬよう呟いた。

どじを踏みました――。今にもミョンボが目を開け、韓国で助けてくれた時のように茶目っけたっぷりに言い出しそうだった。富樫は一度だけでいいので、大人になったミョンボの声を聞いてみたかった。

「この家に不釣り合いな絵だな」

宍戸が寝室に飾られた、額に入った絵を眺めている。富樫は宍戸に歩み寄り、それを見た。

七福神の絵だった。韓国の富樫の自宅でミョンボが特に気に入った絵。富樫一家が帰国する際、友情の印としてミョンボにプレゼントした絵。今も大事にとっていてくれた……。

「なかなかいい絵だな」

「そうですね」

富樫は不意にこみ上げた涙に気づかれぬよう、視線をミョンボに戻した。

ミョン兄、守れなくてごめんなさい——。

「出よう」と宍戸に促された。

富樫は深々とミョンボに頭を下げ、部屋を後にした。

結局逃げた犯人たちを確保できず、富樫たちは現場近くの公安部が所有するマンションの部屋に集合した。ワゴン車にいた三人のうち、戻ったのは二人だった。一人は犯人グループを追いかける最中、反撃に遭い、命を落とした。自分が死んでもおかしくなかったのだ。富樫は己が飛び込んだ世界が生半可でない現実をまざまざと突きつけられた。そして日本に住む大多数が、凄惨《せいさん》な世界の存在を知らずに生きている。

波多野が富樫たち四人を睥睨《へいげい》した。

「ご苦労さまでした。エスが殺されることで、今までもたらされた情報が真実だったと確証が持てました。確度を見極めるために、突入させなかったんです」

きわめて事務的な物言いに、富樫の腹の底からは熱の塊が突き上げてきた。助けるためではなく、入手した情報の真偽を検証するための行確。理屈は理解できなくもない。けれど、誰かを助けるために存在する警察が、目の前で襲われている人間を見捨てたも同然だ。

情報の感度を高めたところで、人間を救えなければ警察に何の存在価値があるというのか。しかもミョンボ一家だった。

富樫は子ども時代に柔道教室で接した警官たちの誇りまで汚された気になった。これではいつ何時、一般市民が凄惨な世界に取り込まれないとも限らない。大きな治安を守るためには、小さな犠牲を黙認しないといけないのか?

体が動きかけた時、隣にいた宍戸に爪先を踏まれた。こらえろ。目で語りかけられた気がした。

波多野は続けて何かを語っているが、富樫の耳にはただの音の連なりでしかなかった。聞こえてくるのは、戸建てからの叫び声だ。ミョンボの声もあの中に混ざっていた。

いつの間にか部屋には富樫と宍戸だけになった。

「今にも殴りかからんばかりだったな」

「宍戸さんが足を踏んでこなければ確実に。波多野さんを殴っても何も解決しないのはわかっていますが。宍戸さんは何も思わなかったんですか」

「頭の中で波多野さんを八つ裂きにした。俺たちが突入していれば、子どもまでは殺されなかったかもしれない。最後に聞こえた悲鳴は子どものものだった」

富樫は壁を力任せに殴りつけた。

いいか、と宍戸の声が幾分高くなる。

「今の感情を忘れるな」

「忘れられるわけがありません」

宍戸が頷きかけてきた。

「ダブルの素性を知りたかったんだよな。北の工作員だ。祖父の代からのな。父親は韓国に根づき、息子は日本人との結婚を機に日本に住んだ。ウチには韓国の情報部と太いパイプを持つ人がいる。そのパイプでパクが日本にいるのを知り、接触を図り、こちらに転がした」

北の工作員？　そういえば野犬の群れから助けられた際、ミョンボは言っていた。

——家で君の話をしたら、アッパもぜひ仲良くしなさいと言ってる。

ミョンボの父親も日本人と結婚した。韓国の内情だけでなく、ゆくゆくは日本を探る役目も担った？　だから息子にも富樫に近づくよう促した？　富樫の父親は一般の会社員だった。日本の政策の変化の影響をもろに受ける立場だ。官僚や政治家と接するより、時々の日本の現実的な情勢を分析しやすくなる。

反面、ミョンボは任務とは関係なく、純粋に富樫と過ごした日々を大切にしてくれていた。七福神の絵が何よりの証拠だ。これこそ日本側に転がった所以ではないのか。国家間の情報戦は人間関係も利用する非情さを持ち合わせているのだ。

ミョンボ一家が韓国で自分を守ってくれたのは仕事だったためだろう。いや、仕事ゆえに守るべきだった。自分は仕事として、ミョンボ一家を守れなかった。

「富樫、こんな悲劇が起きない社会を作らないといけない」

「はい。ですが、上はエスや捜査員を駒として使い捨てるだけでしょう。私はそれを目の当たりにしました」

「こっちもあらゆる人物、組織を駒にすればいい。ただし罪もない一般市民だけは駒にしない。俺はさっきそう決めた」

「二人でやりましょう」

「よし。手始めに俺の本名を伝えよう」一拍の間があった。「中上だ」

＊＊

ミョンボ一家の事件を受け、韓国から両親が来日した。葬儀で富樫は久しぶりに二人と顔を合わせた。富樫を見るなり、ミョンボの父親は目に涙を浮かべた。

――修君か。立派になったな。ミョンボは君と出会って、ますます日本に興味を持った。私と同じように日本人とも結婚した。墓も日本に作ろうと思う。

――韓国にお住まいの二人はミョン兄の墓参りになかなか来られないでしょう。お二人の分も私が墓参りに来ます。

――ありがとう。ミョンボが生きているうちに君と会えたのか。

――いいえ、会えませんでした。

自分がミョンボの立場でも会わなかっただろう。再会できずとも、心の根っこでは繋がっていたと確信している。

事件の翌年から富樫は元日の墓参りを欠かしていない。

波多野は一度も元日にこの場所を訪れていない。何の思い入れもないのだ。自分と同じ感情をミョンボ一家に持てとは言わない。持てもしないだろう。とはいえ、国家間における情報戦の犠牲にした申し訳なさと不甲斐なさと、必要な措置だったという現実とのギャップに苦しみ、葛藤した経験すら皆無なのではないのか。

自分には感情がある。だからこそ非情に徹せられる。ここで非情に徹せられなければ、この墓参りも無意味になる。表面的な見方で物事を判断する者は、韓国マフィアを使ったことを韓国人の親友への冒瀆《ぼうとく》だと捉えるかもしれない。愚かだ。どんな国籍だろうと嫌な奴はいる。日本人の嫌な奴を排除する駒として、韓国人の嫌な奴を駒として利用しただけだ。

富樫は目を瞑った。あの夜の絶叫が耳の奥で聞こえる。いつもよりも鮮明に。

誰もが駒だ。須賀やその部下の男女二人を駒として使えたら、もっと簡単に物事を進められただろう。YK団への〝懲らしめ〟の際、あの男女二人が監察に動き出したと知り、富樫は自らの手で一度メッセージを送った。後日、男はこちらの尾行にも気づいた。隅田川の時、二人に接触をはかるべきだっただろうか。長富ともう一人がいたために断念したが……。

手持ちは腐ったような駒。駒は駒だ。せいぜい有効利用しよう。

5

午後三時半、波多野は有楽町から豊洲の自宅マンションに戻った。陽射しはすでに傾きかけている。佐良は駐車場近くに止めたままにした捜査車両の運転席に乗り込むと、ほどなく皆口が助手席に滑り込んできた。

「皆口は御茶ノ水に転戦して、張り番を毛利と交代してくれ。富樫が現れても絶対にやり合うな。毛利にはマルタイの通信履歴を洗ってもらう。俺はマルタイの行確を続行」

「毛利君、相手の地位の高さにビビっちゃいませんかね」

「どやしつけるさ。毛利には連絡しておく」

皆口が車から出ていき、佐良は毛利に電話を入れた。御茶ノ水には動きがないという報告を受けた後、皆口との交代とその理由を伝えた。

「滅多にできない経験ですね」

「二の足を踏まないんだな」

「所詮仕事ですよ。何か弱みを握れるかもしれませんし」

「おいおい、恐ろしいな」

「何をいまさら。我々の仕事の醍醐味《だいごみ》でしょう。楽しみで疲れも吹き飛びました」

佐良は苦笑した。毛利は生粋の監察、公安の性根を持っている。

「元日で通信会社に人間がいないかもしれないが、なんとか頼む」

「任せてください」

誰もが駒。富樫の発言が頭をかすめた。自分も皆口や毛利を動かしており、他者の能力を利用している。しかし、命や人格を決して軽んじてはいない。軽んじられるわけがない。

三十分後、助手席のドアが開き、黒革のブルゾンにジーンズというラフな装いの男が入ってきた。常にフランネルのスーツ姿しか見ていなかったので佐良は数秒間、能馬だと認識できなかった。

「珍しいお召し物ですね」

「元日にスーツを着ていては目立つ」能馬が腕を組み、革がこすれる音がする。「暇でな。少し様子を見たかった。波多野さんの名前も出た。何かの因縁だ」

「どこかでご縁が？」

「私も以前は公安捜査員だ。波多野さんの指揮で動いた案件もある。私は後方支援担当だったが、民間人に三人も犠牲者が出た。犬まで殺された」

「失敗したんですね」

能馬がシートに頭をもたれた。

「公安としては成功とされた。情報の精度を検証できた。成功とは何なのか。あのケースほど疑問を抱いた時はない」

「公安の捜査では民間人の人命を損なう事例は多いのですか」

「数年に一度あるかないかだな。一度に三名というケースは他に知らない」

「他にできる手があったと後悔されているんですね」

「後悔ではない。疑念だ。本当に成功だったのか、成功だとすれば公安の捜査手法はこのままでいいのか、と。捜査終了後、私は波多野さんに疑念を直にぶつけた」

上意下達が徹底される警察組織の中でも、公安はその権化とも言える部門だ。なのに指揮官に意見を……。能面の能馬。この無表情の下にはきちんとした人間の心があるのだ。

「『能馬君の意見は了解した』。波多野さんはそう言った」能馬が間を取るようにすっと息を吸った。「数ヵ月後、私は人事一課に異動となった」

「体のいい追放ですか？　異動に波多野さんの意向が働いたと？」

「誰も確かめられん。幹部の意向は人事の記録に残らない」

マンションのエントランスから小さな男の子が飛び出してきて、後ろから父親が小走りで追ってくる。父親は凧《たこ》を手にしていた。今時珍しく凧揚げをするようだ。親子はどちらも満面の笑みを浮かべている。

「件の捜査終了後、監察に一通の密告が送られてきたという。公安の捜査で指揮官の判断ミスにより、民間人の人命が失われた——と。密告は黙殺された。無理もない。当時の監察は公安の出先機関も同然だ。密告文書も即刻廃棄された」

佐良は眉根を寄せた。どんなにくだらない内容の密告でも保管しておくのが鉄則。きな臭い話になってきた。

「私は送っていない」

「能馬さん以外にも捜査手法に疑念を抱いた関係者がいたんですね」

「誰かはわからない。波多野さんと後方支援部隊以外の捜査に関わった者を私も知らない」

「密告には波多野さんの名前が記されていたんでしょうか」

「なかったらしいが、ちょっと調べれば誰を示したのかは特定できるさ」

マンション前の芝生で、子どもが勢いよく駆け出した。父親が凧を放す。凧はまるで揚がらず、時折芝生に激突しつつ、地面すれすれを低空飛行している。

「密告は監察が黙殺するのも見越していたように、警察庁刑事局にも送られていた。刑事局は監察には伝えず、保管した。刑事局にとって大きな武器となる。刑事畑から警察庁長官を輩出するためのな」

取引のカードか。公安畑と刑事畑は方向性の違いから性格が相容れない。所属する捜査員も対立していき、公安畑が警察組織の上層部のほとんどを占める現状を、刑事畑は長年苦々しく見ている。公安の不祥事が降って湧いたとなれば、刑事畑にとっては僥倖以外なにものでもない。警察庁長官は国家公安委員会が内閣の承認を得て任命する建前だが、前任が後任を指名するのが不文律だ。刑事畑でこれというタマが警察庁長官を狙える位置に着いた時、このカードを切ればいい。何年経とうと不祥事は不祥事。むしろ年月が経つほど、公安は人命を損なう失態を隠蔽し続けていたと指摘できる。

佐良の脳裏に疑問がかすめた。

「どうして能馬さんは密告の件をご存じなんですか」

「数年前、六角さんに聞いた」

能馬はさらりと言った。能馬は公安出身で、六角は刑事畑。六角はなにゆえそんな大事な事柄を敵方の人間に明かす？

「六角さんは、よく能馬さんに話しましたね」

「私は監察官として名が売れている。監察にも佐良のように刑事畑が入るようになった。彼らから報告があがってたんだろう。能馬は権力闘争に一切興味がなく、派閥争いにも与しないと」

「それだけでしょうか」

「何が言いたい？」

「六角さんは警察庁長官を狙えるタマだった。おそらく本人もトップの座に就きたかった。そこで能馬さんを使い、人命を損なう失態を犯した指揮官が誰かを探ろうとした。不祥事の具体度を上げるために」

フロントガラスの向こうでは、今度は父親が凧を持ち、子どもと一緒に走り始めた。子どもはきゃっきゃと声を上げて笑っている。

能馬が腕組みを解いた。

「六角さんは早い段階で密告の存在を上層部から伝えられた。上層部は『お前はいずれ長官の座に座る』と自覚を促したかったんだ。六角さんには少なからず、佐良が指摘するような気持ちがあっただろうな」

凧が一メートルほど揚がり、子どもはさらに走り続ける。凧はみるみる空高く舞い上がった。

「刑事畑は以前から波多野さんを注視していた。早くから警察庁長官に就く器だと目されていたし、年次的に六角さんの前任になる公算は大きい」

「波多野さんの不祥事を探していたんですね」

「露骨な言い方をすればな。何も見つかっていないようだ。波多野さんも間抜けじゃない」

警察内部の暗闘か。佐良は胸裏で首を振った。勝手にやってろ。自分は自分の役目をまっとうする。

「T事件の背後にも波多野さんがいたのでしょうか。事件を起こし、世論を喚起して国民監視を強化する法案を通す——という図式は今回と同じです。T事件に波多野さんが関わっていたのなら、須賀さんはそれを知っていたんでしょうか」

「公安の捜査は真の指揮官がはっきりしない。すべてをゼロの裏理事官が牛耳っていると見る人間もいるが、真実はもっと深い。波多野さんであっても不思議ではないが、須賀が見抜くのは困難だろう。接触もなかったはずだ」

公安の底知れぬ活動に佐良はうすら寒さすら覚えた。

「刑事部——六角さんもT事件の狙いを把握してなかったんですね」

「あれは太陽鳳凰会の失火として処理された。注目されるはずもない。須賀ですら今回富樫とぶつかり、ようやく彼らの狙いに気づいた。誰も容易には見抜けない。非公式とはいえ、公安部としてのプロジェクトでもあった」

凪が真っ青な空で悠々と泳いでいる。

「T事件には私も多少関わりがあった。プロジェクトに抜擢《ばってき》する人材選定で、意見を求められてな。候補者が公安部も知らないうちに監察対象となっていないかどうかの確認だ」

「以前おっしゃった、富樫との縁ですね。その際、波多野さんとの接触はなかったんですか」

「ああ。名目上の責任者は警察庁公安局の局長だった。官僚の立案は『下から上に』が鉄則だ。中堅官僚が絵を描いたんだろうと類推してはいた。それが波多野さんだったのかもしれない。プロジェクト発足当時、あの人は四十四、五歳だ。立案できる立場にいる」

「波多野さんが大本だとすれば、法案成立の先に何を目指しているんでしょう。T事件についてもです。特殊公安捜査員が十人、二十人と増えるにつれ、何が起きたのでしょう」

能馬は目をつむった。黙考している様子なので、佐良は待った。やがて能馬の瞼が上がった。

「より公安の力が増す。テロやスパイ対策という面では効果がある。他方、一部の警察上層部、彼らと繋がる政治家に権力が集中する結果を招く。彼らが暴走した時は誰も止められなくなる」

時に権力は暴走する。いまや首相を守るために官僚が公文書を書き換える国になってもいる。暴走が暴力を伴うものにも変質しうる。はからずも須賀の行動はそれを防いだのか。いや、まだ可能性はある。波多野が警察のトップになれば、特殊公安捜査員プロジェクトは復活しかねない。立案は中堅官僚の持ち場であっても、息のかかる誰かにやらせればいい。

「六角さんは興味深い話をしていた。T事件の数ヵ月前、民自党の議員に耳打ちされたそうだ。『通信会社と議員と協力して、国民監視網を張る計画を練っている警察キャリアがいる』と」

耳打ちした議員と国民監視網を推進する議員は敵対関係にあるのだろう。国民監視網を敷くには、ネット環境の充実が不可欠だ。T事件当時、ネットの環境設備は現在ほど整っておらず、あらゆるSNSもまだ始まったばかりだった。なるほど。警察、通信会社、国会議員の利害が一致したのか。国がインフラ整備費用を一部負担し、通信会社は情報という形で国——警察に借りを返す。議員は利権に食い込み、金を得る。

「六角さんは法案整備に反対だったんですね」

「刑事事件の捜査でも多少の恩恵に与《あずか》れるだろうが、それ以上に公安の力が強まるだけだと看破していたんだな。監察に渦中の人物を特定するよう求めてきた。金がキャリアに渡っているかもしれないと言って。むろん断った。金銭授受の端緒はないんだ。派閥争いに巻き込まれるわけにはいかない」

そこで六角は能馬を動かすために弱みを探し、手伝いを持ち掛けてきたのか。

「六角さんは地位を利用し、独自に情報収集にも動いていた。何度か民自党の政調会長とも接触している」

佐良も帝国ホテルで見た光景だ。そういう背景があったのか。

「波多野さんが黒幕なら、警察組織自体も一つの駒なのでしょうね。無能という役割を背負わせ、私刑容認の声を増殖させるための」

「人間は生きていれば何かしらの駒だ。私は警察組織の駒であり、君は私の駒だ。須賀もな」

右手首から先を失った須賀……。須賀は決して能馬を恨んでいないだろう。佐良は能馬を一瞥した。服装は違っても、いつもの会議室と同様にポーカーフェイスで座っている。

「能馬さんは波多野さんや富樫と違い、同じ駒でもただ用途に合わせて使っているのではないと感じます。信頼して任せる――という思いで駒の個性を活かし、指揮しているんですよ。場合によっては能力を育てる気持ちもあり、だから私も監察として拾ったんでしょう。個性や感情、命を大切にされているんです」

「私は当たり前の判断に基づき、当たり前の行動をとっているだけだ」

「誰もが当たり前のことを当たり前にできるわけではありません」

能馬には部下を使い捨てる発想がないのだ。佐良も、皆口と毛利を仕事で死なせたくない。斎藤の死がこの気持ちをくっきりと浮かび上がらせてくれた。どうしても仕事で誰かが死ぬのなら、自分でいい。

会話が途絶え、車内にも凧揚げする親子のはしゃぎ声が聞こえてくる。

「なぜここまで話してくれたんです」

「私は近いうちに監察を離れるだろう。私の人事を凍結させていた大物――六角さんがいなくなった。私も普通の人事のラインに乗る」

六角は能馬の協力を得られていないにしても、これほどの人材はなかなか出てこないと手放さなかったのか。

「須賀も戦線離脱した。他に今回のヤマに関わっている者もいない」

「次に何が起こるでしょうか」

「さて。富樫は無辜《むこ》の民間人には手を出していない。本当に奴の矜持《きょうじ》なのかもしれない。佐良は今後どう動くつもりだったんだ」

「波多野さん次第です」

「使いどころがくれば佐良も私を使え。一つの駒として」能馬がフロントガラス越しに空を見上げた。「いい天気だな」

元日の空は何も問題ない、と世の中の多くの人が感じるような青さだった。警察は陰に陽にそんな市民の思いを守らないといけない。

能馬は一時間ほど張り込みに参加し、自宅に戻った。陽が傾き出した四時過ぎ、毛利から連絡が入った。

「副総監が本日午後二時九分頃に通話した相手が割れました。布施純一。住所は港区《みなと》青山」

布施純一。須賀がその正体を暴いた。

「富樫の別名だな」

「ええ、御茶ノ水のビルの所有者と住所も一緒です」

「布施名義の携帯の電波発信はどの辺りからだ?」

「割れていません。別ルートを使わないといけませんので」

「割ってくれ。やり方は任せる」

五時過ぎにはすっかり夕闇に包まれた。波多野に動きはない。各家庭では正月の豪華な料理や酒の用意がされ始めた頃か。陽が沈むと、急速に車内は冷えた。佐良はコートのポケットに手を突っ込んだ。

皆口からの電話が入った。

「ニュースチェックしましたか」

「いや。何かあったのか」

「さっき速報が出ました。民自党の政調会長が、お台場《だいば》のホテルで飛び降り自殺」

国民生活向上法案の旗振り役が、まさに今からという時に？

「事件性はないのか」

「速報ではそこまではわかりません」

「一課に探りを入れてみる」

死に不審点があれば一課も入る。通話を終えるなり、再び毛利からの着信が入った。

「またマルタイが布施に電話しました。布施は出てません。奴は電源を切ってますね」

「なんでわかるんだ」

「現行法でも知恵と抜け道を使えば把握できます」

「毛利に国民生活向上法は不要だな」

「あんなの、知恵がなく抜け道を発想できない連中のための法律です」

あっけらかんとした物言いだ。その時、佐良は瞬きを止めた。

「抜け道はサイバー犯罪対策課では常識か？」

「ごく一部の間では。秘儀的なものなので、誰でも使える手段ではありませんが」

「生安の上層部は把握してるんだよな」

「ええ。サッチョウにも伝わってるでしょうね。公にしないだけで」

国民生活向上法案を推進するなら、捜査の現状を把握していないとならず、波多野の耳にもサイバー犯罪対策課の秘儀は届いているはず。単純に国民の監視を強めたいのなら、公安にも秘儀を使わせればいい。となると、国民生活向上法は公安や上層部の力を強化するためというより、別の効果があり、そちらが真の狙いか。この推測に警備会社に天下った元刑事部長との会合を重ね合わせると——。

金？　はたまた波多野には金以外の事由が？

佐良は毛利との通話を終えるなり、電話をかけた。

「何だ」

北澤はぶっきらぼうな語調だった。

「民自党の政調会長が自殺したのは知ってるよな。一課も動いてるのか」

「ああ、課長に呼び出されたよ。ウチの課に出動がかかってな。俺も今から現場だ」

北澤は捜査一課でナンバーワンの係にいる。その係を動かす以上、本気度が窺える。

「事件性があるんだな」

「現時点で事件性もくそもない。上の意向だ」

「上？　刑事部長か？」

「課長の口ぶりからして、もっと上だろう。刑事部長が政治と結びついてるとも思えん」

刑事部長の上にいるのは副総監と警視総監だ。おそらく指示したのは波多野だろう。波多野にとって大事な協力者だったはずで、死の仔細を探ろうとしても不思議ではない。……が、政調会長の死の真相を知りたければ、一課に指示を出した後に電話すべき相手は秘書や他の政界要人だ。波多野が彼らの連絡先を知らないとも思えない。なのに波多野は政調会長の死を知り、布施――富樫に連絡を入れた。富樫の暴走を疑った？　または指示を実行した労い？

「監察と代議士の自殺とに何の関係があるんだよ」

「防犯カメラ映像に顔にケガをした男がいれば、そいつが鍵を握っているかもしれない」

対策をしていたとしても、猛烈な炎をまともに浴びればケガをする。

「ほう」北澤の声に力が宿った。「具体的な顔立ちは？」

佐良は富樫の顔を呼び起こそうとするも、脳に霧がかかったようにあやふやになった。

「すまん、不確かだ」

「ふうん。どういう風の吹きまわしだ。監察がこっちに情報を流してくるなんて」

「警察は社会の治安を守る駒だ。北澤は特に使える駒だろ。顔に怪我した男が映像に残ってたら一報をくれ。俺は俺で治安を守りたい」

北澤が少し笑った気配があった。

「佐良もまあまあ使える駒だな」

6

一月二日もいい天気だった。この数年間、正月の三箇日はいつも晴天だった気がする。午前八時半。佐良は昨夜から一人での張り番だった。車外に出て深呼吸をした。骨まで染みた冷気を柔らかな陽射しが溶かしていくようだ。遠くの梢で小鳥たちが鳴いている。マンションに出入りはなく、付近の通りにもまだひと気はない。

北澤から電話が入った。

「起こしたか」

「いや。北澤と一緒で仕事中だ。一晩中、防犯カメラ映像を見てたんだろ」

「手分けしてな。政調会長は先週二十七日から一週間、ホテルの部屋を確保してた。月に一度ここで瞑想する習慣があって、年末年始は毎年休暇がてら瞑想や読書をして、時折支援者や派閥の会合を部屋で開いていた。瞑想の習慣は結構知られてる」

確か皆口も以前、政調会長が月に一度、別荘で瞑想する習慣について話していた。

「あまり出歩かないんだな」

「らしいな」

政調会長は元日、有楽町のホテルに向かった。波多野たちとの会合はそれほど重要だったのだろう。

「政調会長はいつもの十六階の部屋を取った。フロアの防犯カメラに映った客の大半は潰せた。残りはチェックアウトまでの勝負だ。今のとこ、映像では顔をケガした男は発見できてない。顔のケガは情報屋からのタレコミという線で共有させてもらった」

「エントランスや受付の防犯カメラ映像はどうだった」

「やってるが、数が膨大すぎる」

無理もない。巨大ホテルは一日で数千人の出入りがある。警視庁捜査一課の一つの係では人員も二十人程度で、とても手が足りない。

「事件性はあるのか」

「まだ何とも言えんが、気になる動きがある。SNSやネットに『政調会長は暗殺された』って噂が出回り始めた。狙われていたのに警察が守り切れなかったという内容だ」

「噂の出処を洗ってるんだよな」

「一課の別係が割り出しを急いでる。時間はかかるだろう」

皆口がやってきた。目顔で挨拶をしてくると、助手席に乗った。佐良は北澤との通話を終えると、車に入り、今の内容を皆口にも伝えた。

「政調会長の死は治安懐疑論の追い風になりますね」

「そうだな。けど、政調会長はまだ必要な存在なはずだ。波多野さんがどんな思惑を抱いているにしろ、駒として捨てるには早すぎる」

となると富樫の暴走の線が濃いのか？

皆口がバッグからホットの缶コーヒーとホットサンドを取り出し、佐良に差し出した。

「どうぞ。朝ごはんです。どうせ車内で仮眠する気ですよね」

さすがだ。皆口と午前九時に張り込みを交代する予定だった。政調会長の死でいつどんな動きがあるか予想できない以上、ここを離れない方が良く、車内で仮眠し、いつでも動ける態勢でいようと決めていた。

「ありがたくいただく。いつから読心術の使い手になった？」

「私が佐良さんだったら取る行動を言ったまでです」

缶コーヒーとホットサンドは指先が痺れるくらい熱く、佐良は一晩で体が冷え切ったのを実感した。ホットサンドの袋を開けた時だった。

腹に響く爆発音がマンションのエントランスの方からした。佐良は皆口と顔を見合わせた。

「皆口は待機。二発目の爆発に備えてくれ」

ホットサンドを皆口に渡し、素早く車を出た。身を低くして、マンションのエントランスに向かって走る。エントランスからは黒煙が漏れ、火薬のニオイもする。

エントランスに到達すると、オートロックの共用玄関脇にある、大きな銀色の郵便受け前で男が倒れていた。呻き声をあげる男の下には血だまりが広がっている。他に人影はない。男の背中は――。場合によっては今後の行確に支障をきたす。一瞬懸念が頭によぎるも、声をかけた。

「大丈夫ですか」

佐良が駆け寄っていくと、男はこちらに顔を向けた。やはり波多野だった。

「君は？」

「警察です。たまたま近くを張り込んでいました。何があったんですか」

「バッジを」

六角の葬儀で会っているが。こちらの顔を憶えていないらしい。要求通りにバッジを見せると、波多野が目元を引き締めた。

「封筒を開けた途端に爆発した」

視線を散らす。波多野の少し先に燃えカスがある。あれか。封筒爆弾……。御茶ノ水で見た光景が嫌でも目蓋の裏に浮かんでくる。爆薬などはすでに公安が押収した。

「どこをケガされたんですか」

「指を――」

波多野は左手で右手を押さえており、大量の血が滴っている。佐良は即座に救急車の手配と警察に通報した。

警視庁ナンバースリーの六角が殺害され、ナンバーツーも爆弾事件に巻き込まれた。治安への不安はさらに高まるだろう。国民生活向上法成立にまた一歩近づいたのか。波多野は自身が怪我することをも一手にした？　そんな度胸がこの男に？

仕掛けたのは富樫に違いない。下手をすれば手首ごと吹き飛んだ。須賀がそうやって脱出を図ったように。火薬の量を間違えば、生死にかかわる。

佐良は救急車に乗った波多野を見送り、能馬に一報を入れ、本庁に戻るとそのまま公安部の聴取を受ける流れになった。波多野を襲った爆弾事件は、要人を狙ったテロとして公安が扱う決定がされたのだという。

聴取は二時間近く続いた。佐良は現場にいた事情を「能馬に聞いてくれ」と言うに止めたが、他の質問については真摯《しんし》に応じた。といっても、自分が張り込んでいる間は不審な人物を見なかったと述べられる程度だった。公安は淡々と質問をしてくるだけで、こちらには何の情報も出さない。佐良は長富襲撃の現場にも居合わせたが、それについては特に聞かれなかった。刑事部と公安部の縄張り争いのためかもしれない。

人事一課のフロアに戻ると内線をかけ、いつもの会議室に向かった。

能馬が席にいた。昨日とは違い、フランネルのスーツを着ている。

「お疲れさん。現状で判明している点を伝えておく」

佐良が聴取されている間、能馬は公安に探りを入れていた。

「副総監は右手の親指と人さし指を吹き飛ばされた。鑑識や科捜研が爆薬を簡易分析すると、硝酸アンモニウムが主成分だと判明した。御茶ノ水で押収したドラム缶の中身も硝酸アンモニウムだったが、同一かどうかまでは解明できないらしい」

能馬が長机に肘をつき、両手を組んだ。

「副総監は今日中に退院する。重傷だが、命に別状はない。警備部の警護がしばらく二十四時間体制でつき、万一に備えて波多野夫人は帰郷する」

「封筒の燃えカスなどに何か手がかりは？」

「ないだろうな。一部燃え残った紙片を調べる限り、封筒は市販の大量生産品と思しい。副総監いわく、封筒には消印がなく、宛名だけが印字されていたという。部屋に戻って開封しなかったのは、立場上怪文書が届くケースも多く、家に持ち帰る前に目を通し、その類ならさっさと廃棄するつもりだった――と話している。一度怪文書を見て、夫人が不安を覚えたらしい」

「御茶ノ水のビルにあった封筒も何の変哲もないものでした。出処は一緒でしょう」

だろうな、と能馬はそっけなく言い、続けた。

「毛利の方で進展があった。政調会長の死の速報がネットなどで流れた直後、副総監が電話を入れた布施純一の発信履歴だ。通話時、電波は多磨霊園付近から発せられていた」

「防犯カメラの映像は？」

「入り口近くに設置されているというので、毛利が確認に飛んだ。通話時間前後の出入りは約十人いたが、カメラが少し古い型で顔はよく見えなかった。映像を回収したので、鑑識に投げる。期待はするな」

古い防犯カメラの映像は余り役に立たないケースも多い。

「副総監は自分を駒にしたのでしょうか」

「まだ何とも言えないな」

「今晩も波多野さんを行確しますか」

「ああ。豊洲のマンションは一応今も皆口が張っている。動きはないだろうがな」

「元刑事部長の福留さんに当たってみようと思うのですが」

福留は有楽町のホテルで波多野と会っていた。そこには死んだ政調会長もいた。一人だけ無事という見方もできる。

「奇遇だな。私も同じ考えだ。ただ相手は素直に話すだろうか」

「揺さぶる手はあります」

「そうか。行ってこい」

佐良は会議室を後にすると、退職者の住所も載ったリストで福留の自宅を調べ、本庁を出た。桜田門周辺は静かだった。

「あけましておめでとうございます」佐良は一礼した。「ご無沙汰しております。突然ですが、伺いたいことがあって参りました」

「久しぶりだな。新年早々、ご苦労さん」

福留は目を狭めた。一月二日に連絡もせずに訪れた元部下に対し、迷惑そうな素振りはない。佐良は捜査一課時代、斎藤とともに福留のもとで働いた。

西国分寺《にしこくぶんじ》の戸建ての玄関で向き合っていた。奥さんの笑い声が部屋から聞こえてくる。

「用向きは？」

「民自党の政調会長が亡くなったのはご存じの通りです。まだニュースになっていませんが、今朝は波多野さんを狙った事件も発生しました。次は福留さんの番です。有楽町のホテルで会合を開かれましたよね。あの場にいた三人です」

「何が言いたい？」

「そのうちの一人は不審死、一人は重傷となれば、関連性を疑うのは筋でしょう」

「旧交を温めただけだ」

「安っぽい言い分は通じませんよ。三人には共通点があります。国民生活向上法が成立すれば、恩恵に与れる点です」

福留は眉一つ動かさなかった。

「言いがかりだな」

「私の所属先をご存じですよね。何の確証もなく、こうして直当たりするとでも？

このままではご子息を行確しないとなりません」

福留の息子とは少し前に顔を合わせた。長富が襲われた夜だ。佐良が警視庁に戻るとエレベーター前で話しかけてきた。

「息子は無関係だろ」

「三人の駒として動いている可能性があります。洗えば何か出るかもしれない。ただ私の行確が拙く、周囲に監察の動きがバレてしまいかねませんが」

言外に込めた意を察したのか、福留は目元を引き締めた。

「あいつはよくやっていると聞いている」

「私としても、後輩の努力を無駄にするリスクを負いたくありません」

佐良は福留の目を凝視した。福留が顎を力なく振った。

「外に行こう」

戸建て近くの小さな公園に移動して、日なたのベンチに座った。

「政調会長は殺されたのか？　報道では飛び下り自殺とあっただろ」

「まさにこれからが本番という時に自殺するでしょうか。福留さんなので申し上げますが、一課も動いています」

福留は腕を組み、目を瞑った。

「何が知りたい」

「福留さんはいつから波多野さんと行動を共にされていたんですか」

「武蔵野精機の事件の時からだ。ガイシャが外事のエスだという説明があった後、波多野さんに誘われた」

「国民生活向上法を成立させるチームに――ですね」

「そうだ」

福留は躊躇する素振りも見せず、認めた。波多野と富樫が、ようやく実線で結びついたとも言える。富樫は須賀に国民生活向上法案について言及している。

福留が瞼を上げ、眩しそうに目を細めた。

「私は叩き上げの刑事部長として、刑事部の仕事に誇りを持っていた。同時に強い虚無感もあった。我々がいくら事件を解決しても、亡くなった被害者は生き返らない。遺族の心の傷も完全には癒えない。現実問題として、警察は犯罪抑止力になっていない。最初から事件を防げる術を講じられるのなら、すべきだとかねがね思っていた」

「互助会をご存じですね」

福留の眉間に皺が入った。

「なんだそれは」

惚《とぼ》けたのか、真実知らないのか。波多野が福留をどんな駒として利用しているのかで、推し量れるだろう。

「福留さんの役回りは？」

「カイシャを退職した者の受け入れだ。若くして辞める者が出た場合のな」

「どうしてそれが法案成立の協力になるんでしょう」

「警察内部で法案に賛成の声をあげた者に対するセーフティーネットだよ。法案に賛成することは、現状の警察組織を否定する意見を示したのと同じだ。立場が弱い若手は、あっけなく組織から弾き出されかねない」

実際は、監察が互助会メンバーに依願退職させた場合のセーフティーネットか。駒として確保しておけば、また何かに使えるかもしれない。

「波多野さんの手法についてどう思いますか」

マッチポンプ方式にはあえて触れなかった。互助会を知らないのなら、暴力を利用しているのを知っているとは限らない。

風が吹き、公園のブランコが揺れた。

「私は具体的に波多野さんがどんなやり方を採っているのかは知らない。私は私で自分の役目をまっとうしているだけだ」

「福留さんは金のために参加しているのではないんですか。法案が成立すれば今まで以上に防犯カメラも売れるでしょう。現在も私刑の横行で治安への不安が高まっています。護身術教室の会員も増える。利益が増えれば、役員報酬も上がる」

福留の眼差しが険しくなった。

「見損なうな。金のためじゃない」

しばらく視線をぶつけ合う恰好になった。どうやら嘘ではない。波多野はすべてを福留に明かしていないのか。知らなければ話しようもない。波多野は福留の虚無感を利用したようだ。

「あなたは仕事に誇りを持っていたとおっしゃるが、虚無感に負けただけです。自分でもはっきり認識しているから、私に対して当初、波多野さんとの関係を隠そうとした」

「随分とはっきり言うな」

福留は肩を大きく上下させた。肩に入っていた力が抜け、全身が少し小さくなったようにも見える。

「波多野さんが法案成立を目指すのは金のためですか」

「金が欲しいのならこんな面倒な手段はとらん。あの人はキャリアだ。さっさと天下りを繰り返して、退職金をその都度もらえばいい」

「では何のために？」

暴力まで使って――という言葉は呑み込んだ。

「さあな。心の内まで話す間柄じゃない」

「富樫、もしくは布施という男をご存じですか」

いや、と福留は首を振る。本当らしい。ここで嘘を言う必要もない。

「波多野さんと政調会長を狙った実行犯に心当たりは？」

「ない。次が私だとしても見当もつかん。注意を払っておく」

刑事部長時代ではありえないほど弱々しい声音だった。

西国分寺駅から東京行きの中央線に乗り、佐良は吉祥寺駅で降りた。下車して、立ち寄らないといけない気がした。外れてほしいが、虫の知らせかもしれない。緊急に向かうべき場所もない。

南口を出てコンビニに寄り、映画館などが並ぶ一角に近い路地を曲がる。エレベーターもない古い五階建ての雑居ビルに入ると、狭くて急な階段を三階まで上り、突き当たりのペンキが所どころ剝げたドアを軽くノックした。返事はない。構わずに開ける。

室内なのにベージュ色のトレンチコートを大きな体に巻きつけるようにまとう男が、執務席に億劫《おっくう》そうに座っている。弁護士の虎島だ。虎島は光熱費を節約すべく、秋冬は事務所内でもこうしてトレンチコートをまとう。

「めでたい正月に、権力の暴力装置が何の用だ？」

虎島が口元だけで笑い、佐良も同じように笑い返した。

「犯罪者の味方がデカイ口を叩くな」

いつもの挨拶だ。虎島とは小学校から高校まで同じ学校に通った。中学、高校では同じ剣道部だった。額と耳が髪で隠れ、襟足も長く、鋭い目つきの虎島は弁護士には見えない。机の背後のスチール棚に並ぶ判例集や六法全書が、かろうじて職業を示している。

佐良はフェイクレザーの接客用ソファーセットに体を投げ出すように座り、テーブルにコンビニで買ったウイスキーを置いた。銘柄はオールド。虎島はオールドを一途《いちず》に飲み続けている。品揃えが豊富なバーでも、他のウイスキーを頼まない。虎島は佐良から依頼料を受け取らないので、何かを頼むたびにオールドをこうして渡した。

「仕事の依頼か？　お巡りさんには正月もないのかよ」

「そっちこそ事務所に出てるじゃないか」

「家にいても、哀しいくらいに暇でさ。大将と違ってな」

大将——。高校時代、虎島につけられたあだ名だ。団体戦では佐良が大将だった。

虎島が執務席から立ち上がり、佐良の正面にどかっと座った。

「何の用だ？」

捜査一課時代、何度か虎島に仕事を頼んだ。虎島は情報屋さながらの仕事も請け負っている。大手弁護士事務所の下請けで調査業務を行うのだ。腕もいい。

「今回は本職の仕事だよ。法的に有効な遺言書を作ってほしい」

虎島が訝《いぶか》しげに目を狭める。

「本気か？」

「大真面目だ。貧乏弁護士でもできるだろ」

虎島は小さく頷くと立ち上がり、執務机からＩＣレコーダー、紙、ペンを持って佐良の正面に座り直した。

「言え」

「財産のすべてを台東《たいとう》区の犬猫保護施設に寄付する。ウチにある持ち物については虎島が適当に売ってくれ。欲しいもんがあれば持って行け。以上」

「シンプルな人生の締めくくりだな」

虎島は素っ気なく言うと、執務席に戻り、パソコンに向かった。キーボードを叩く音がする。佐良は窓から見える、雑居ビルの間の空を眺めながらその音を聞いた。ベランダに鳩《はと》の姿はない。以前、二、三ヵ月前からベランダで鳩が巣を作っていると虎島は言った。鳩はどこかの公園に遠足にでも行ったのだろう。平和の象徴も忙しいのだ。

虎島が一枚の紙を手に再び佐良の正面に座った。

「実印はあるか？　あるならここに押せ」

「ない。遺言書の作成は思いつきなんだ」

富樫はかなり危険な相手だ。佐良が次の犠牲者になってても不思議ではない。殉職。死ぬなら自分でないといけない。犠牲者が皆口や毛利であってはならない。

「なら、ひとまず拇印《ぼいん》を押せ」

佐良が朱肉に親指を当て、書類に押すと遺言書はあっさり完成した。虎島が顎を引いた。

「他に手伝えることはあるか」

「ないな」と佐良は言下に答えた。「代わりに一つ聞かせてくれ。なんでウイスキーだとオールドばかりを飲む?」

虎島は話したくなったら話してくる、とこれまで思ってきた。いきさつなんてどうでも良かった。もう聞く機会がないかもしれない。

虎島が身を乗り出した。

「どんな仕事だか知らんが、死ぬな。まだダチの弔い酒を飲むには早すぎる。また事務所に来い。その時、俺がオールドを飲み続けるワケを教えてやる」

「楽しみにしておくよ。ついでに遺言書も盛大に燃やそう」

佐良は微笑みかけ、席を立った。

吉祥寺駅に向かっていると、携帯が震えた。北澤からだった。

「政調会長の不審死も公安にかっさらわれた。不審な従業員がいると割り出した矢先にだぞ。ふざけた連中だ」

「不審な従業員って、どんな奴だったんだ」

「代議士がいたフロアに正体不明の従業員が出入りしていた。正確に言えば従業員の制服を着た男だ」

「画像データは……ないよな」

公安マターになったのなら映像も持っていかれる。不審な従業員は富樫だろうか。

「その件で連絡を入れた。今からメールでそいつの写真を送る」

「いいのか？」

「むざむざ引き下がるのも癪《しゃく》だ。第一、政調会長のヤマが斎藤の件と繋がるかもしれないから、当初俺に探りを入れてきたんだろ」

通話を切ってほどなく、メールが届いた。佐良は早速画像を見た。

富樫ではない。この男――。

六角の葬儀後に佐良を尾行し、新日本橋の桜庭貿易が入るビルに消えた公安捜査員。

この映像が理由で、公安は政調会長の不審死の捜査を一課から取り上げたのか。

佐良は速やかに報告を能馬に入れた。

「こちらで公安を突いてみよう」と能馬は平板に言った。

「私は豊洲で皆口と合流します」

豊洲のマンションは夕暮れのオレンジ色に染まっていた。佐良がビニール袋片手に助手席に乗り込むと、運転席の皆口がこちらを一瞥した。

「動きはなく、副総監も戻ってません。でもついさっき埼玉県警から連絡がありました」

「埼玉？　どういうことだ？」

「時間を無駄にしないよう張り込みの傍ら、例の工場の所有者について問い合わせたんです。見た時にもう一度入りたいと思ったので、許可を得る準備だけはしておこうかと」

須賀と見に行った時、斎藤との思い出や事件当日の光景が蘇ったはずだ。心の傷から再び血が流れただろう。なのに調べたのは、前に進もうという皆口の意志の表れか。

「港区青山の布施純一でした。県警も布施には当たれていないようです」

「富樫だと？　いつからだ？」

「あの事件が起きる一年前からです。以来、工場は稼働してないようです」

密会場所となるような建物を探し、手ごろなものをいくつか購入したのだろうか。資金はどうなっているのか。

皆口の腹が力なく鳴った。

「ひとまずエサの差し入れだ」

佐良はビニール袋ごと渡した。コンビニのおにぎりやサンドイッチが入っている。

皆口の顔がふっと緩んだ。

「ありがとうございます。車に携帯コンロでも持ち込んで、佐良さんに焼きそばを作ってもらいたいくらいお腹が空いていたので。近いうちにちゃんと作ってくださいよ」

「紅ショウガと青のりも忘れないように買わないとな」

佐良の電話が震えた。能馬だった。

「政調会長のホテルにいた公安捜査員と面会した。自分が互助会のメンバーだと認めたぞ。いつもの番号からかかってきて、フロアの出入りを監視するよう命じられたと供述した。誰か見かけたら、いつもの番号に電話を入れろ——と。意図は知らないし、自分以外に誰も見かけなかったと言っている。佐良の尾行も同じ番号から命じられたらしい」

能馬が続ける。

「公安は韓国マフィアの『トク』に富樫を潜入させていた。トクのメンバーは知っての通り、元警官の榎本やYK団の殺害犯として逮捕された。公安は富樫に事情を聴こうと接触をはかったが、できずにいる。トクが壊滅するのは狙い通りでも、殺人事件を起こすのは論外で、富樫の暴走とみて行方を追っている」

政調会長が不審死したホテルに公安捜査員がいた事実で公安を揺さぶり、能馬は様々な情報を引き出したのだろう。

これで波多野が政調会長の死が報じられた直後にかけた、富樫への電話の意味がはっきりした。

波多野は富樫の牙に嚙みつかれたのだ――。

佐良は皆口が突き止めた埼玉の工場の持ち主も富樫だった件を伝え、言い足した。

「能馬さん、駒になって下さい。波多野さんに接触しましょう。手遅れになる前に」

富樫がいつまた波多野を襲うかわからない。波多野に警護がつき、自分たちもこうして張り込みしていても、富樫の攻撃を防げるとは限らない。

7

午後九時、佐良は豊洲のマンション敷地内で待機していた。車内ではなく、街路樹の近くで皆口と立ち続けている。風は頰の肉を削ぎ落としていくように思えるほど鋭く、冷たい。皆口の白いマフラーも風が吹くたびにゆらゆらと揺れた。

午後十時過ぎ、黒塗りの車が敷地内に入ってきた。助手席と後部座席のドアから屈強な三人の男が滑らかに下り、黒塗りの車の後に到着した乗用車からさらに三人が下りた。最後に波多野が二台目の後部座席からゆったりと出てくる。波多野は六人の男に取り囲まれ、佐良はそこに歩み寄った。

副総監、と声をかける。警護の男たちが佐良を一斉ににらんだ。懐に手を入れた者もいる。佐良は軽く手を広げ、何も持っていないことを示し、警護の隙間越しに頭を下げた。

「今朝は失礼しました。右手のお怪我の加減は？」

「ああ、君でしたか。仕事に支障はない。私の仕事は頭脳が勝負なんでね」

「いささかお話があるのですが」

佐良は警護の連中に視線をやった。人払いの示唆だ。副総監にヒラ捜査員が話をするなど異例だが、今朝の爆発事件があるので足を止めてくれると踏んでいた。

「言いなさい」

「ここで話せる内容ではありません。車を用意してあります」

なに、と警護役が凄《すご》んだ。

すっと佐良の隣に人影が立った。その人影が声を発した。

「私の指示です」

「君は——」と波多野が顎を引く。

「ご無沙汰しております。能馬です。副総監のご記憶に残っていれば幸いです」

「忘れませんよ、君みたいなタイプは、うちのカイシャには少ない。能面の能馬。活躍してるようで何よりです」

「恐れ入ります。三十分で構いません。お時間を頂戴できないでしょうか」

キャリアに接触する監察は警視庁ではなく、警察庁の人間がセオリーだ。それを無視するにしても佐良は地位が低すぎる。能馬にしかできない仕事だ。

「明日、人事一課長経由で申し込みなさい」

「なかなか難しいでしょう。人事一課長の立場ともなれば、怪我を負った直後の副総監の心を煩《わずら》わせたくない思いもおありでしょうから」

能馬はさらりと言った。要するに人事一課長の段階か、副総監直々に握り潰されるという見解を述べたのだ。

一秒、二秒と時間が過ぎていく。

「いいでしょう」

お待ちを、と警護のリーダーらしき男が言った。波多野は男に目をやった。

「能面の能馬君が私を殺すとは思えません」

肚《はら》は据わっているらしい。能馬は警備の男を見た。

「君たちも来ればいい。監察の仕事に首を突っ込んだかどで、我々のブラックリストに載ることになるが」

警護の連中にたじろぐ気配があった。

「あまりいじめないように」波多野が苦笑した。「どうせ近くの分室ですよね。建物の近く、もしくは部屋の前で待機してもらえばいい。警護の面々に監察の分室の場所はバレるが、君も呑み込めるでしょう。分室を変えれば済む話です」

「ありがとうございます。こちらの車に警護の方も乗せますか。ワゴン車ですので、日頃ご使用されている車より乗り心地は悪いでしょうが」

「そうすると彼らの顔も立ちます」

「では、千葉の分室に参りましょう。現在未使用の分室のうち、最もここから近いので」

「千葉にも分室が？」

「警視庁職員が住むのは都内だけではありません」

佐良がワゴン車を運転した。波多野を挟みこむ恰好で警護の二人も乗った。ワゴン車の後には黒塗りの車と警護の車が続いた。

ＪＲ本八幡《もとやわた》駅近くのマンションの一室に移動した。１ＬＤＫの普通の部屋で、リビングにはスチール机とキャスター付きの椅子が四脚設置されている。波多野と能馬が向かい合って座り、佐良と皆口は壁際に立った。部屋の外の廊下に警護の人間が一人、マンションのエントランスにも一人が待機している。

「早速ですが——」能馬が切り出した。「ご自身を狙った人物、あるいは組織に見当をつけていらっしゃいますか」

「もしあるなら公安に伝えてます。君が心配する筋合いでもない。犯人を追うのは監察の仕事ではないでしょう」

「おっしゃる通りです」

「それに体を張って要人を守るのは警護の役割です」

「無駄な被害は出ない方がいい。犠牲者なんてもってのほかです」

「無慈悲に依願退職に追い込む監察、しかも能面の異名をとる能馬君の発言とも思えないですね。甘いですよ。警護の人間も第一線の捜査員も、いわば兵隊。兵隊が命を落としたのなら、都度、穴を補充すれば済む。これが組織です」

佐良は拳を握った。自分のために他人が犠牲になっても、波多野は微塵も心を動かさないようだ。こういう上官がいる限り、斎藤のような犠牲者は今後も減らない。

「あの時のエス一家のように使い捨てですか」

「エスについては論外でしょう」

「命が軽いとでも？」

ええ、と波多野は慇懃に応じた。

一瞬だけ能馬の眼が鋭くなり、元に戻った。エス一家とは何か。佐良には窺い知れないが、二人の間では通じた。能馬が波多野の指揮下で扱った公安事件に関する事柄なのだろう。エスの命……。佐良は束の間思考が止まった。武蔵野精機の社長と副社長もだ。

「兵隊にもエスにも家族がいます」

能馬の問いかけで、佐良は現実に引き戻された。波多野が肩をすくめている。

「指揮官が兵隊に慈悲をかけていたら、戦いには勝てません」

「我々は戦争をしているのではありません」

「何を言ってるんです？　犯罪者や、未来の犯罪者と戦っているでしょう」

「そのための犠牲は厭わないのですね」

「犠牲と捉えてはなりません。損失、数字だと思うんです」

波多野は真顔で冷ややかな声色だった。

皆口がゆらりと壁際から離れ、波多野の脇に歩み寄っていく。どうしたというのだろうか。

「副総監」

皆口が静かに声をかけ、波多野が皆口の方に顔を向けた。

肉を引っ叩く音がした。皆口のスナップをきかせた平手打ちだった。

「命は爪楊枝《つまようじ》や割り箸ではありません。使い捨てされるべきではないでしょう」

部屋がしんとした。波多野は身じろぎひとつしていない。

「君、名前は？」

「人事一課監察係の皆口です」

「憶えておきます」

「失礼しました」能馬が恭《うやうや》しい口つきで二人に割って入る。「彼女は婚約者を事件で失っているので。事情をご理解ください。ヒラの警官にビンタされたとは副総監も言えないでしょうし、我々も黙っておきます」

波多野は唇を引き結んだ。皆口は一礼し、涼しい顔で元の佐良の隣に戻った。

「布施純一をご存じですね」と能馬が質問を継いだ。

「知りません」

「富樫修と言った方がいいでしょうか」

「知りません」

波多野は顔色も声音も変えず、あしらうような口調だった。

「携帯にご登録があるのでは？」

「私の通話履歴を調べたのですか」

「いえ、監察の案件で布施の通話履歴を洗っていると、副総監に行き当たったので」

能馬は平然と嘯いた。能馬は布施純一のものとして通信会社に登録された番号を手元の紙に記し、波多野の前に置いた。

「この番号の主は誰でしょうか」

波多野はおもむろに携帯電話をポケットから取り出し、速やかに操作するとメモを一瞥して、紙を能馬と自分との間に置いた。

「後藤《ごとう》さんですね。昔の知り合いです」

「布施純一、もしくは富樫修ではないのですね」

「私は後藤さんだと聞いています」

いまその方はどちらに？　都内のどこかでしょう。どんな用で二度も電話をかけたので？　昔話をしたくなったのでね。どちらでお知り合いに？　忘れました。先方のご職業は？　経営コンサルタントか何かでした。

能馬の質問に、波多野は澱みない口調で答えた。さすが権力闘争を潜り抜け、副総監まで上り詰めただけある。たいしたタマだ。

「我々が布施純一と認識する後藤氏は、副総監の爆発事件とも関係しているのでは？」

「だとすれば、公安が明らかにしてくれるでしょう」

「犯人が確保されるまで警備の者に守ってもらうと？」

「さっきも言った通り、彼らの仕事ですので」

「警官として情けなくありませんか」

「どういう意味です」

波多野が突如凄みを帯びた声を発しても、能馬のポーカーフェイスは崩れない。

「警官は治安や市民を守るのが仕事です。副総監も警官の一人でしょう。本来守られる側ではなく、守る側です」

「頭と手足の違いがあります。手足で頭を守ろうとするのは当然です」

「警備の人間もしばらくは二十四時間体制で副総監を守ります」能馬はドアの方に視線をやり、波多野に戻した。「それも二週間からせいぜい一ヵ月です。副総監の指示で一ヵ月後も警護が続くかもしれません。その後はどうされるんです？　自宅付近に監視がついても、二人が関の山。今回の手口を鑑みると、相手は凄腕です。容疑者が副総監という地位に挑戦しているのか、波多野さんご自身に恨みがあるのか、はたまた別の動機があるのかは定かでない。犯人を確保しないと、いずれ副総監は殺されます」

能馬の口調は冷え切っていた。佐良も思わず身震いするほどだった。

「本当に犯人に心当たりがありませんか。後藤氏が爆発事件に関わってる節はないですか」

「知りません」

波多野はなおも淡々と言った。なにゆえこんなに落ち着いていられるのか。富樫は明らかに波多野を狙っている。凶手を免れる方策がある？　諦め？　法律さえ成立すれば、もう狙われないと高を括っている？

「そうですか、残念です。ところで、副総監は六角部長から業務を引き継ぐ前から、互助会の存在をご存じでしたか」

「聞いたこともなかったですね」

「どう思いますか」

「組織として罰する時もくるでしょう。もっとも、犯罪を憎む良心は尊重したい」

それが福留の警備会社というセーフティーネットに繋がるのか。

「法から外れた私刑と良心は結びつかないのでは？」

「純粋なのでしょう。そんな人材が警視庁にいるのは心強いとも言えます」

「純粋な気持ちがあれば法から外れる行動をとっていいとなれば、裁判所なんて不要になります。法治国家を放棄する考え方です」

「君と議論する気はありません」

波多野はにべもなかった。

「福留氏と政調会長と法案成立を目指していたそうですね」

「だとしたら？」

否定はしないようだ。

「どのような手法をとっていたんです？」

「監察の君には関係のない話です」

「失礼しました。お忙しい上、怪我をされたばかりなのにご協力ありがとうございました」

能馬は恬淡《てんたん》とした物言いで締めくくった。長富の供述をぶつけないのか？

波多野は椅子を引いてすっと立ち上がり、能馬を見下ろした。

「では、失礼」

佐良は玄関まで波多野を送り、警備部の人間に受け渡した。波多野はこちらを振り返ろうともしなかった。

部屋に戻り、能馬に尋ねた。

「長富課長の供述をぶつけ、互助会や富樫との関係も突っ込んだ方が良かったのでは？」

「ぶつけてどうなったと思う？」

佐良は息を止めた。

「あの調子では、『知らない』とおっしゃり、我々は副総監の主張を崩せなかった」

長富の供述と七福神の人形があっても、波多野が互助会の黒幕だという物証はない。『長富が言っているだけ』と反論されればそこまでだ。もう一人、確実に波多野と結びつく人間が必要だ。それは福留ではない。福留は互助会に参加しておらず、マッチポンプにも関与していない。

「波多野さんは私の実力をご存じだ。爆弾事件に富樫が関わった――と私が睨んでいると察知できたはずだ。内面を揺らせただろう。どう転がるかはわからないが、必ず次の動きがある、富樫を確保しないと、波多野さんは口を割らない。だったら好きにしてもらえばいい」

佐良は、能馬が波多野に厳しい態度をとらなかった真意が読めた。

「富樫を釣り上げるエサとして、波多野さんを利用するんですね」

「すべてを駒にしようとする御仁だ。こっちも真似すればいい」

能馬の視線が皆口に移った。

「いい平手打ちだった。さすがだな」

恐れ入ります、と皆口が軽く頭を下げた。

五章　青空

1

雪がちらついていた。毎年一月中旬は東京でもよく雪が降る。数時間前の雨で路面が濡れており、雪はアスファルトに落ちたそばから溶けている。

午後九時過ぎ、佐良たちは豊洲に向け、波多野の乗った車を尾行していた。

能馬が波多野に迫った日からちょうど丸二週間が経った。この間、富樫は波多野を襲っていない。毛利によると、波多野は何度か布施純一――富樫に電話を入れた。布施名義の携帯に電源が入っておらず、一度も通話はなされていない。佐良たちも富樫の居場所を摑めないままだ。毛利はいま警視庁に待機し、富樫の携帯に電源が入った場合に備えている。

波多野の事件を受け、ネットやSNSでの治安に対する不安の声は一時爆発的に増えた。しかし、事件翌日には反応も落ち着いた。公安の動きや警察の対応が火消しになったのではなく、人気俳優の不倫問題が発覚し、そちらに話題が移行したためだ。皆口がぼそりと呟いていた。

――これはこれでいいのかって不安になりますね。治安への関心の低さというか。

雪の降り方が急に激しくなった。

「佐良さんと久しぶりに飲んだ夜も雪が降りましたよね」

運転席の皆口が言った。あれは一昨年の年末の出来事だ。当時、佐良は皆口を行確していたのに新宿で一緒に酒を飲み、店を出ると雪が降っていた。あの時は互いに互いを信じきれぬまま、腹を探り合う会話しかできなかった。今は違う。命を預けあえる仲で、こんな感覚になるのは二人目だ。

「時間が経つのは早いですね」

そうだな、と佐良は応じた。捜査一課にいた際、現在の自分の姿を想像すらしていなかった。わずか二年前だ。二年後、自分はどうなっているのだろう。数秒思案したが、まるで想像できない。

雪はさらに激しさを増し、横殴りに降ってきた。

「副総監と富樫は仲間割れしたんですかね。能馬さんとのやり取りで、副総監は一瞬だけ感情を表に出しました。すぐに消えましたけど」

「仲間割れとは言えない。副総監は丁寧な口調だが、誰に対しても仲間という感情を持ってない。裏切り……違うな、手切れって感じか」

あの落ち着きの根源は何か。特殊公安捜査員として訓練を受けた猛者が本気で波多野を仕留めにかかっている。波多野の恐怖は相当のはずだ。

ワイパーが激しく動いても次から次にフロントガラスには雪が張りつき、車内の温度も下がってきた。

「あれから副総監は富樫の行動について公安に明かしたんでしょうか」

「できっこない。富樫がどんな任務に就いているにしろ、それとは別に国民生活向上法成立のために動いた旨も説明しないとならなくなる。波多野さんが指揮系統を無視した成り行きや、富樫の監督を失敗したと認める羽目にもなり、警察庁長官の目は完全に消える」

「自分の命より地位の方が大事？　信じられない感覚ですね」

「死ぬ時、ようやく己の愚かさに気づくんだろう」

「死んでも気づかないですよ。他人の死に心を痛める人物なら、部下を兵隊や数という感覚で捉えません」

皆口は手厳しく言い切った。

赤信号で止まった。雪でぼんやりと赤色が滲んで見える。

「なんだか人事一課の枠をはみ出した業務ですね。国民生活向上法案、爆弾、どこかの国の工作員みたいな男、副総監……ですよ」

「相手が暴走する警官なら監察の出番さ」

外から見れば、富樫も波多野も一人の警官だ。警察が組織として大きな力を持つゆえ、構成員の一人の不祥事は全体の不祥事として捉えられる。そういう面でも二人は警察組織を傷つけた。

信号が変わった。車が発進する。

「いよいよ国民生活向上法案が国会で議論され始めましたね。SNSやネットの反応はいまいちですけど」

「国会の動きなんて誰も興味ないんだよ。事前に気運を盛り上げて、国民の注目度の低い国会で議案を通してしまう。うまい方法さ」

「私も国会中継なんてまともに見た覚えはないし、国会で何が議論されてるかなんて興味ありませんでした」

「俺もその一人だ」

豊洲のマンションに到着し、少し先で波多野を乗せた車がエントランス前の車止めに停車した。雪の降り方はまだ激しい。音はしない。雪が降ると街から音が自然と消える。

車の運転席からまず一人、後部座席からさらに一人が下りた。二人は素早く周囲に視線を散らした。警護は今日から二人になっている。

「どんな気分なんでしょうね。命を狙われ、警護されてもその数が減るって」

「あんまり経験したくないな」

波多野が後部座席から出てきた。警護の二人と違い、周囲を確認しようともしない。肝の太さを見せつけたいのか、危険に麻痺したのか。

殴りつけるように降る雪の中、唐突に右側の警護が崩れ落ちた。

佐良と皆口は開閉音も気にせずにドアを勢いよく開け、車から飛び出た。途端に雪が吹きつけてきて視界を確保するべく、佐良は額に手を置いた。波多野まで三十メートルといった辺りか。駆け出すなり、白い息が目の前で弾んだ。

左側の警護は自分と車の間に波多野を置き、拳を繰り出した。数秒後、警護が投げ飛ばされた。叫び声も格闘の音もなく、佐良はテレビの音量を消して格闘技を見ている感覚になった。

人影の顔は見えない。波多野が逃げ出す。あっさり人影が波多野に追いつき、強烈な当て身を食らわす。人影は波多野を抱え込んだ。

佐良は二人に飛びかかった。人影の裏拳を鼻先でかわす。今度はこちらが拳を放つ。

簡単にかわされ、逆に右の前蹴りを腹にもらった。息が詰まる。強烈な一撃だ。吹雪越しに顔をしっかりと見据える。

富樫だ。

相手がこちらに踏み出した時、皆口が脇から上段蹴りを放った。腕でガードした富樫が一歩、二歩とたたらを踏む。皆口は間髪を容れず、中段突き、下段蹴りを連続して富樫に浴びせる。佐良は隙を突き、波多野の腕を力任せに引いた。

倒れ込んできた波多野は白目を剝き、体は震え、顔も引き攣っている。佐良はその顔に平手打ちを三度浴びせた。波多野の目の焦点がようやく合ってくる。

皆口がこちらに吹っ飛んできた。佐良は咄嗟に波多野を離し、皆口を抱き止めた。

「大丈夫か」

「なんとか。腕でガードしてましたので」

富樫が駐車場の方に駆け出していく。

「副総監を頼む」

佐良は富樫を追った。サシの勝負で勝てるとは思えない。それでも追うのが自分の役目だ。かすかに積もった雪を踏み込み、走った。

少し先で一台の車が動き出した。速度を上げ、こちらに向かってくる。ライトを真正面から浴びた。視界が奪われ、何も見えない。佐良は脇に飛びのいた。全身が雪と水で濡れる。背後を車が過ぎるやいなや、佐良は膝立ちになった。ナンバー。見えない。テールランプが遠ざかっていく。闇に目を凝らす。富樫の姿はない。先ほどの車を運転していたのか。

佐良は皆口と波多野のもとに急いで戻った。波多野は意識を取り戻しているが、顔に生気はない。

「ウチの別室にお連れします。ご自宅は危険です」

「わかった」

波多野は白い息とともに、かすれた声を発した。地金が透けたのか、物言いが雑で二週間前とは変わったな、と佐良は思った。

築地《つきじ》のオフィスビルの一室に佐良は波多野を連れて行った。このビルではワンフロアを監察が持っている。部屋自体は公立中学校の教室くらいの広さだ。部屋にはスチールデスク、椅子、電話など仕事に用いる備品のほか、ソファー、冷蔵庫、テレビ、シャワー付きの仮眠室もある。佐良は暖房をかなり暑めに設定した。濡れた道路に転がったせいか、体の芯まで冷えきっている。

ここまでの道中、尾行の気配はなかった。警護には能馬を通じて話をつけた。緊急措置という恰好だ。

能馬は今、波多野と再び相対している。

「命拾いされましたね」

波多野は黙し、何も答えない。大きなバスタオルにくるまって椅子に深く座り、やや顎を上げて能馬を見下ろすような姿勢だ。

「私の予想通りです。このままでは何度も狙われます」

波多野はやはり何も言わない。

「我々に命一つ分の借りを返してください」

「借り？」

波多野は部屋に来て初めて声を発した。自宅前ではかすれていた声も戻っている。

「ウチの二人が助けなければ、副総監は今頃死んでいました」

波多野は佐良と皆口に一瞥をくれた。

「借りではないでしょう。前も言った通り、警官が要人の命を守るのは職務の範囲内です」

「要人とは、ご自身の評価が高すぎでは？」

「能馬君くらいの地位では代わりなんていくらでもいます。私くらい上に立つ人間は選ばれし者なんです」

「おっしゃる通り、私の代わりに監察官を務められる人間なんていくらでもいます。

さもないと組織は成り立ちません。副総監という地位についても同様では?」

「話になりませんね」

少々いいでしょうか、と皆口が口を挟んだ。能馬が目顔で皆口を促した。皆口は決然とした面持ちだ。

「私の任務は副総監の命を守ることではありません。不正を働く警察を取り締まり、治安を維持する機能を正常に作動させ続け、市民の生活を守ることです」

「私が治安維持のために何もしてないような言い草ですね。私も力を尽くしている」

「国会で議論中の国民生活向上法案についてですか」と能馬が話を引き取った。「例の法案は我々の業務にも関連してきますので、いささか興味があります」

波多野が鷹揚《おうよう》に何度か頷く。

「絵図を描いたのは私です」

「マッチポンプ式に絵図を実現させるのも尽力のうちですか」

能馬は今回、はっきりと突きつけた。波多野が眉を寄せる。

「なんのことです」

「国民が治安に不安を抱くような事件を起こし、より強く国民を監視する法案を通そうとされている。それも、ずいぶん長い間試みていらっしゃる。盟友の代議士――政調会長は亡くなった。副総監が彼を殺したとは言いませんが」

「口の利き方には気をつけなさい」

「今晩副総監を襲ったのは公安捜査員の富樫ですね。あなたの手には負えません。ご自身が訓練プログラムを開発したんです。彼の実力はご存じでしょう」

「プログラムにバグの発生は付き物ですよ」

「選ばれし者の失敗とも言えますね」

能馬は強烈な皮肉を放ち、波多野の肩がぴくりと動いた。反応はそれだけだった。

「富樫はなぜ副総監の命を狙うんです？」

波多野は無言だった。能馬はやや身を乗り出し、スチールデスクに両肘を置いて手を軽く組んだ。

「私たちは互助会という警視庁内部の組織も追っています。あなたは全容解明のカギを握っている」

波多野は答えない。能馬の組んだ手に力が入った。

「別にお話になりたくなければ結構です。我々があなたを重視しなくなれば、もう誰もあなたを守らない。警護の人数だって、時間が経てばまた減ります。法案が成立すれば富樫も手を引くと読んでいるかもしれませんが、どうでしょうか。自身の行いを暴露されないため、むしろ速やかに口封じに動くはず。これがラストチャンスです。よくよくお考え下さい」

波多野は、封筒爆弾で弾け飛んだ右手の人さし指と親指のあった場所を左手でさすった。

2

「君たちの目的は？」

「我々監察は警察の警察です。富樫を確保し、テロ同然の行為を止めます」

能馬が無機質に言うと、数秒後に波多野が顎を引いた。

「私が何を喋ろうと、君の手は私に届きませんよ」

波多野が言わんとするのは明白だった。長富や富樫を配して自分に至らない手を打ちつつ、それを突破された場合は警察庁の監察に揉み消させる算段――。

「そうでしょうね」と能馬はあっさり認めた。「だからなにか？　私たちの目的は申し上げた通りです」

波多野の眉がまたぴくりと動いた。

「私が指揮を執り、君が後方支援に回った十八年前の事件を憶えていますか」

「もちろんです」

「私は現場に足を運びました。その時です。ダブルの一家三人が殺害されたのは」

——あの時のエス一家のように使い捨てですか。

以前、能馬が波多野に突きつけた一件か。

「三人だけでなく、犬も殺されています」と能馬は起伏に乏しい声で指摘した。

「犬？」

波多野はかすかに首を傾げた。犬の命が失われたことは記憶になかったのだろう。

「十八年前の事件と富樫に何の関係があるのでしょうか」

「おそらく私の車が尾行された。相手はダブルが確実に連中を裏切り、警察側についたと確証し、犯行に及んだ。当のダブルから得てきた情報の確度を計るため、私は悲鳴が聞こえても行確部隊を突入させなかった。指揮は間違っていない。今も確信しています。事実、ダブルからの情報で相手方の組織を二つ潰せました。関係者以外、国民の誰も知らない出来事です」

日本では今も現実に公安の暗闘は続いており、こうした出来事は実際に起こっているのだろう。情報社会となり、ＳＮＳがいくら発達しようと、決して表にはでない出来事が社会には存在する。

「一歩間違えれば私は更迭されていたでしょう。ダブルの情報が正確だったからこそ首が繋がった。いつ何時、本当に足をすくわれてもおかしくない。私のような優秀な指揮官が何人いても足りない——と実感し、従来の捜査手法では生温《なまぬる》く、なんとか改善しないといけないと決意したんです」

ダブル一家への追悼や犠牲を無駄にしないため、といった言葉は出そうにない。

「そこで特殊公安捜査員というプロジェクトを提案されたのですね」

「まさに。常に任務を最優先する一騎当千の捜査員が五十人いれば、事態は変わる。私はまず富樫たち三人をテストメンバーに選びました。結局、失敗に終わった。どんなに訓練を積み、座学で任務を優先させる思想を叩き込もうと、同僚を助けたいという感情がそれを上回る場合もあるという結果が出ては仕方ありません」

「太陽鳳凰会の壊滅作戦で、須賀が富樫を救出した件ですね」

「あれで計画の凍結が決まりました。実際は中止です。裏で続けようもない。悔しかったですよ」

「そもそも太陽鳳凰会に富樫を潜入させたのはなぜなんです」

「太陽鳳凰会が硝酸アンモニウムを継続して購入する記録を入手していました。実験に手ごろな大きさの組織でしてね。潜入捜査員が相手を転がし、思い通りに動かせ、潰せるかどうかの」

やはりマインドコントロールだったのか。

「富樫以外にも公安捜査員を潜入させていましたね。中上です。特殊公安捜査員プロジェクトでは富樫と須賀の二人で相手を壊滅させられるかどうかが目的だったのに、どうして中上が潜入中の宗教団体に二人を送り込めたのですか。硝酸アンモニウムを購入していたとしても、さほど危険ではなかった宗教団体に中上を潜入させた点も解せません。プロジェクトを扱ったのも公安の上層部でしょう。中上の存在を知らなかったとは思えません」

「プロジェクトが持ち上がった時、私は他のメンバーには秘密裡に、サポート要員として中上を太陽鳳凰会にあらかじめ潜入させました。実験の二、三年前です。データ上の潜入先欄は書き換えておいてね。十年近くカイシャと接触しない潜入捜査員もおり、その程度のごまかしは簡単です。プロジェクトが終わり次第、中上は書き換えた先に本当に潜入する手筈でした」

「用意周到ですね」

「私はプロジェクトを成功させたかった。本気度を感じとってください」

佐良は眉間に力が入った。遊び半分で人生を操られてはたまらない。

能馬が心持ち前傾姿勢になった。

「つまり中上は太陽鳳凰会で下準備を進めた。富樫の潜入前から、すでに太陽鳳凰会を転がし、農業のための硝酸アンモニウムを、少量購入から大量購入する動きに持っていった。それを口実に副総監は富樫を太陽鳳凰会に送り込むべきだと主張できた」

「さすがにいい読みです」

「人畜無害の宗教団体をテロ組織に仕立て上げたわけですか。公安の仕事を大きく逸脱しています。いみじくも副総監は実験と仰いましたが、もはや人体実験です」

「本当に危険な団体に潜入させて、試験を行うわけにはいきません。信者に真の信仰心があるのなら、団体が潰れてもまた信仰を復活させればいいでしょう」

身勝手な理屈だ。

波多野が顎を引いた。

「太陽鳳凰会の一件の後、しばらくして私は新たな計画を思いつきました。計画には太陽鳳凰会で成功した部分の手法を使えばいい。駒として富樫は適任者でした。須賀とは違い、感情より任務を優先させ、やり遂げようとした事実もあります」

「特殊公安捜査員を立案してみたり、太陽鳳凰会も潰したり、なぜマッチポンプ方式で治安を乱してまで、国民の監視を強める法案を制定したいのですか」

能馬が淡々と迫った。落ち着き払った態度の底からは白い炎が燃え上がっているようにも見え、現場で戦う者の誇りを佐良は感じた。

「先ほども言った通り、ダブル一家事件のようなことは起こりにくくなり、優秀な人間が失敗で更迭されるリスクも減るからです。ようやく私は実現までこぎつけた」

「その一環で互助会を動かした上、韓国マフィアを詐欺団殺害の駒にしたんですね」

波多野がふっと微笑んだ。

「ゴミとゴミが争って両者が消え、法案成立を後押しする世論も喚起される。一石二鳥の作戦でしょう」

「互助会のトップはあなたですね」

「別にゼロから作り上げたんじゃありません。昔からのネットワークをより具体的に組織化したに過ぎない」

定年退職した新穂は自分が若い頃からそういうネットワークがあった、と言っていた。

「互助会を組織化したのは、十八年前のあの事件の後ですか」

「ええ。事件後、私はスタートラインに立った。互助会の偏った正義感は利用価値が高い」

目的が達成されれば互助会に用はないと言ったも同然だ。互助会は警察組織を破壊する危険分子にもなりえるため、彼らを追いやれる受け皿を作るべく福留を抱き込んだのか。

腑に落ちませんね、と能馬が話を継ぐ。

「副総監が個人的に、おまけにマッチポンプ手法をとらずとも、公安が組織的に国民の監視を強める法を成立させる動きをとればよかったのでは？」

公安なら水面下で工作活動をするのもお手の物だろう。

「君も公安にいた経験があるなら知っているでしょう。幹部は足の引っ張り合いに忙しい。誰が警視総監、警察庁長官の座に就くかのレースをしている。下は各々の頭目がトップに就くべく、互いに反目しあう。私の一存で動くほど組織は一つにまとまっていません。組織を一気に動かせるのはトップの人間だけです」

権力争いが一連の事件の一因とも言える……。

「太陽鳳凰会の一件と今回以外に、どんなマッチポンプを試みましたか」

「具体的に話す気はありません。何度か試み、どれも失敗したとだけ言っておきます」

「中上が亡くなった別任務も国民の監視を強める法案のためですか」

「もちろんです」

一片の哀《あわ》れみや憐憫《れんびん》の情も感じない口ぶりだった。佐良は虚しさを覚えた。自分が属する組織の上層部にいるのは、こんな男なのだ。

「国民生活向上法が制定されれば、本当に犯罪は減るのでしょうか」

「やってみないと何とも言えません。ただ確実に我々は容疑者を追いやすくなる。各国の諜報員の動向も。法律ひとつで劇的に現場環境を変えられます。現場のために環境を整えるのは警察官僚の業務でしょう」

波多野はしかつめらしく言った。

「佐良」と能馬が話を振ってくる。「今までのお話を聞き、現場としてどう思う」

「国民の感情が置き去りです。監視を好ましく思わない国民が多数派だと踏むからこそ、マッチポンプに手を染めたのではないでしょうか」

波多野が佐良、皆口を等分に見た。

「君たちは最終的には市民の安全を守ることを目的にしている。そうでしたね。その原動力はなんです？」

佐良の頭に浮かんだ答えは一つだった。体を張るにふさわしいほどの給与もなければ、事件を解決したからといって賞賛を浴びたり名誉を得られたりもしないが——。

佐良は皆口と目を合わせ、口を開いた。

「究極的に言えば、我々が警官だからです。警官の務めをまっとうしようと日々格闘しています。私たち二人が特別なのではありません。同僚、退官した先輩方、殉職した者——誰もが同じ心持ちでしょう。我々が命を削る意味です。正義感だのなんだのとは無関係です」

「いい意見です」波多野はゆっくりと頷いた。「国民の大多数が賛同してくれるでしょう。ただし、警察幹部としては納得するわけにはいきません」

室内はしんとした。

「君たちの意見を言い換えると、使命感や義務感、責任感で動いている。しかも時には命がけで。君たちは国民に使命感を搾取されているんです」

搾取？　佐良にはない発想だった。波多野が続ける。

「使命感を搾取されているのは、警官だけではない。保育士、介護士、医療スタッフ、長時間のサービス残業を強いられる者――日本中にいます。彼らが薄給で命を削り、難しい仕事を終えても国民からは労いの言葉一つない。所詮、他人事なんですよ」

佐良は返答に詰まった。保育士や介護士の職場環境に思いを馳《は》せたことなんてない。

「国民生活向上法で少なくとも警察の現場の労力は減ります。現在も通信通話記録をはじめとする様々なデータを洗えますが、さらに強化するんです。例えば、まず学生時代の成績やクラブ活動記録、教師による性格の評価の当局への提出を義務化する。人はいきなり犯罪に走りません。予兆があり、犯罪者の性格にも傾向がある。いわば犯罪者予備軍をリストアップできる。すでに米国や英国では行われています」

「危険です」佐良は言下に応じた。「犯罪者予備軍というレッテルを貼ったデータが外部に漏れれば、進学、就職、結婚などを阻み、当該人物の人生を狂わせかねません」

「それがどうしたんです。犯罪者予備軍と被害者予備軍のどちらを優先するかの問題でしょう。犯罪被害者や遺族の人生が狂うよりマシでは？　今後犯罪がますます巧妙化するのは必然。残虐化する恐れもある。我々は対抗しなければならない。先手を打つんです」

　お待ち下さい、と皆口が声を上げた。

「犯罪被害者や遺族は何よりも事件解決、真相解明を求めています。かといって、人生の全てを捜査当局に管理される社会を求めているとは思えません」

「皆口君も承知の通り、私刑賛成の声はＳＮＳやネットに溢れています。彼らが賛成する根底には恐怖がある。自分もいつ犯罪に巻き込まれるのかわからないという恐れです」

「ご指摘の恐れを無視すべきでないのと同様、サイレントマジョリティーの声も無視すべきではありません。ＳＮＳやネットの声など、人口比でみればごく一部です」

「何も考えていないから、声のあげようがないんです」

　波多野は切って捨て、弧を描くように腕を大きく動かした。

「警察組織を強化し、現場の勤務環境が改善されれば、効果は他省庁にも及びます。官僚は前例や横並びを尊ぶ生き物です。他省庁が管轄する諸々も改善される見込みが大きくなる。荒療治は承知の上です。最初は無辜の市民に犠牲も出るでしょうが、誰かが踏み出すべき一歩目なんです。私以外、誰もまともに考えていないんです」

　なるほど、と能馬が冷ややかな口調で言った。

「ようやく副総監の真の狙いがわかりました。言い方を変えれば副総監は警察の、いや、日本の歴史にグランドデザインを残せる。官僚機構の歴史に足跡を刻める。そのために富樫や長富課長を動かしてきたんですね」

名誉欲？

波多野は外国人のように肩をこれみよがしに上下させた。

「誰にでも欲はあるでしょう。非難されるいわれはありません。国に、国民に貢献できる法を残すのと引き換えに得るトロフィーなのですから。正当な対価ですよ」

「六角部長や長富課長を襲撃したのも副総監の指示ですか」

「君ともあろう者がそんな愚問を発するとは。私の立場でそこまでするわけないでしょう」

言葉で明確に指示しなくても、ほのめかせばいいだけだ。実行犯の糸を引いた富樫を問い質さないと裏はとれない。

能馬が少しだけ腰をあげ、座り直した。

「中上が最後に手掛けたのはダブルの案件です。武蔵野精機の」

「ええ。知っています」

「武蔵野精機の事件では、当時捜査一課員だった斎藤君が公安部の意を汲み、現場に出向いたと考えられます。彼は何のために現場に行ったのでしょうか」

尾行の確認、不審者の人定、警護……。佐良の脳裏にこれまで検討した可能性が去来した。隣の皆口を一瞥した。瞬きを止め、波多野を凝視している。呼吸すらしていないようにも見える。

「斎藤という人物が現場に来た背景は知りません。報告を受けていないので。私も公安も現場については中上に一任していました。当局が下手に武蔵野精機側と接触すると副社長の素性が向こうにバレてしまい、危険な状況に陥るためです」

波多野は先刻までとは一転、事務的な口ぶりだ。国会で答弁する官僚さながらで、感情が微塵も窺えない。

「公安側の捜査の指揮は誰が？」

「ゼロの裏理事官です。裏理事官は私の思惑を知りません。通常ルートとは別に私が中上に特命を与えました。君の言葉を借りればマッチポンプの火種を探せ、と」

「通常業務と特命。どちらが中上と斎藤君の命を奪う引き金になったのでしょう」

「意地の悪い質問ですね。相手に聞いてください」

たまたま一課にいたから、とばっちりを食ったのだろうか。中上が斎藤を呼んだのには何か事由があったのだろうか。斎藤は過度な法運用や法整備に反対だった。波多野や中上に与したとも思えない。

「監察が振り込め詐欺団の情報漏洩の疑いで捜査二課の帳場を内偵し始めた直後、佐良と皆口が銃撃されました。銃弾の線条痕は斎藤君の射殺に使用されたものと一致し、銃撃には互助会が絡む――と我々は見ています」

「互助会のトップは私でも、指揮は長富に任せています。銃撃の話も初耳です。武蔵野精機のヤマに長富は関与していません」

「富樫は互助会のメンバーですか」

「メンバーではありません。私の目的を達成するための手足です」

「武蔵野精機のヤマには富樫も関わっていたのですか」

「結果的には。富樫は別のヤマに入っていたので、私は加えなかった。中上が呼んだようです。富樫が拳銃を奪った旨を報告してきて、経緯を知りました」

あの現場に富樫もいた……。得心がいく。犯人から拳銃を奪い、隠し持っておけるほどの度胸や頭脳、方法を持つ人物なんて滅多にいない。普通なら銃をさりげなく現場近くに置き、捜査員に発見させるのが関の山だ。

「二年前の夏の時点では、富樫はどんな任務をしていたんです」

「今回に繋がる韓国マフィアへの潜入を。布石ですよ。信用は一朝一夕には築けません。公安の捜査は時間がかかります。特に潜入捜査を用いる際は」

「その潜入捜査も表向きの指揮はゼロの裏理事官で、副総監が特命を与えていたのですね」

「ええ。頭脳となる人間は常に大局を見据え、駒を動かし、大きな仕事をやり遂げねばならない。君ほど優秀なら理解できるでしょう」

「副総監は大きな韓国マフィアの幹部が根こそぎ警察に持っていかれる上、向こうの政府要人にも余波が及ぶほどの極秘文書の存在を把握されていますか」

「噂は耳にしています。いま持ち出す話題ではありませんよ」

「件の文書は存在しません。富樫による情報工作です。ご存じでしたか」

波多野の顔つきが強張った。知らなかったのは明白だ。能馬があるかなきかに首を振った。

「富樫が副総監に情報工作の一件を明かさなかったのは、細かな作戦まで耳に入れる必要がないからではない。あなたが富樫や須賀、中上を駒にしてきたように、富樫にとってはあなたも使い捨ての駒に過ぎないからです」

能馬は淡々と告げた。波多野の目元が引き締まる。

「死は覚悟しています」

「本当でしょうか。布施純一。あなたが後藤氏と言った人物は富樫でしょう。あなたは富樫に事情を聴こうと連絡を試みたが、できなかった。命が惜しく、動きを止めるべく接触を図ったのではないですか」

「狙いも判然としないのに、ただ殺されるのがご免なだけです。命が惜しいなら、自分を狙う人物にわざわざ会おうとしませんよ」

波多野は、布施が富樫だという指摘を否定しなかった。やけに落ち着き払った態度だ。佐良は合点がいかなかった。

「疑問があるようだな、佐良」

能馬から声が飛んできた。横目でこちらの様子も窺っていたのか。

「言ってみろ」

「副総監はご自身が富樫に殺されるのを覚悟の上で、相手の狙いを把握しようと接触を試みた。つまり、その場で殺される危険もあります。一方、国民生活向上法成立を目指す動きは公安が組織的に行ったものではなく、波多野さんが個人的に行ったもの。死んでしまっては働きを知る者がいなくなり、官僚史に名前を残せなくなります」

「何が言いたいんです？」と波多野は語調をいささか強めた。

「富樫との接触を試みたのは、他に狙いがあったのでは？」

ありませんよ、と波多野は短く言い切った。

「今後どうやって富樫が襲撃してきた際に退けるつもりだったんです？　能馬さんがおっしゃったように、警備も未来永劫常に守るわけではありません」

「何とも言えませんね」

素っ気ない返答だった。佐良はそこに波多野の落ち着きの根源を見た。

数秒の沈黙があり、能馬が別の質問を投げた。

「布施純一名義で二つの不動産が登記されています。それは把握されてますか」

「ええ、私も場所を承知してる。ただし、所有意図は定かでない」

「購入資金は公安から出ているのでしょうか。もしくは潜入捜査時に余った金を勝手に富樫がプールしていたのか」

「余った捜査費を充てた程度では数百万にもなりません。相手に潜入した際、組織の金を流用しているのかもしれませんね」

犯罪行為だが、潜入捜査の実情は表に出ない。才覚があれば可能だろう。太陽鳳凰会の例もある。中上や富樫クラスなら楽々とこなすはずだ。

「他に布施名義で登記している物件は？」

「私の知る限りはありません」

知る限り、か。富樫の行動を管理しきれていないと認めたのだ。

「部下の心を把握できていないから、理由も告げられずに襲われる事態を招いたのでは？」

「他人の心など誰も把握できませんよ」

「把握できる事柄もあります。副総監の爆弾事件は明らかに富樫の計算で、致命傷に至らない程度の威力にしたんです。世論に拍車をかけるために。さすがにあなたの指示ではないでしょう」

「ええ。自ら傷つく気はありません。私が傷つくのはすなわち国家の損失です」

「富樫は——」能馬が粛然と言う。「今夜、いよいよあなたを始末しようと動いた。拉致し、どこかで始末する算段だった。思い当たる場所はありませんか」

「ありません」

そうですか、と能馬がゆっくりと背もたれに体を預けた。


佐良は車を運転し、警視庁に向かっていた。前方には波多野が乗った警備部の車が走っており、テールランプが弱々しく光っている。

波多野の安全を確保するには豊洲の自宅はもちろん、ホテルや公安部のシェルターも使用できない。どこかで富樫が網を張っている懸念もあり、民間人を巻き込むリスクも生じる。波多野は監察の分室ではなく、警視庁に宿泊する選択をした。佐良も警視庁まで警護するよう能馬に指示された。

助手席の皆口がおもむろに口を開く。

「副総監への聴取では、能馬さんの鬼気迫る気合を感じました」

「俺には体から青白い炎が見えた」

「さすがですよね。途中、佐良さんが訊ねた、なんで副総監が自分を狙う富樫と接触しようとしたのかって問いへの返答には納得できませんでしたが。どう思いました？」

間が空いた。走行音が車内の沈黙を埋めていく。

「多分、皆口と同じことを考えてる。能馬さんもな。だからあの場では指摘しなかった。俺たちも割って入らなかった」

正面の信号に従い、波多野の乗った車のテールランプが真っ赤に光った。佐良もブレーキを踏む。

「富樫とやり合って、勝てる自信はあるか？」

皆口が一瞬口をつぐんだ。

「正直手強いです。普通にやったら良くて相討ちでしょう」

雪はまだ降り続いており、路面にうっすら積もり始めている。佐良はフロントガラス越しに雪を見つめた。

「使命感の搾取という副総監の指摘、初めて触れる発想だったよ」

「私もです」

「ただ警官が搾取されている現状が法や規則で一時的に解消できたとしても、他の分野でドミノ倒し的な状況改善が起きるとは思えない。誰しもの頭の中に――自分は誰かの仕事に支えられている。その仕事が適切な形で継続できる仕組みがないと、いずれ自身に跳ね返ってくる――という現実が刻みこまれない限りは」

そうですね、と皆口は静かな声で相槌を打った。

佐良は不思議な心持ちだった。皆口と話していながらも、斎藤と話している気分になっていた。なぜだろう。斎藤ともテロ特措法について話したから？

「どうかしました？　遠い目をしてますよ」

「斎藤と話してる気になったんだ」

雪がフロントガラスにあたり、ワイパーで流れていく。

「奇遇ですね。私もです」

「どうしてだろうな」

「さあ、後部座席に乗ってるんじゃないですか」

皆口は冗談めかした。キュッ、キュッ。ワイパーがフロントガラスを滑る音は相槌のようだった。

「案外そうかもな」

「意外ですね。幽霊とか信じるタイプなんですか」

「まさか。俺たちの中に血肉を持った斎藤がきちんと存在してるって意味だ。それで斎藤が言いそうなことや表情まで浮かんでくる」

「事件の真相を知った時、私たちは何か吹っ切れるんでしょうか」

「吹っ切る必要はないさ。人生には最後まで抱えて生きていくべきことがあるんじゃないかな。何もかも捨てて前だけを見て進むのは、ただの馬鹿野郎だよ」

信号が変わり、佐良はブレーキからアクセルに踏みかえた。

「ありがとうございます」

皆口は急に粛とした声音になっていた。

「どうした、何の礼だ」

「彼を忘れないでいようとしてくれて」

「忘れないさ」

雪がきれいだな、と佐良は思った。雪化粧をまとった東京の街は嫌いではない。

3

仮眠室で横になっていると、佐良は枕元の携帯の振動で叩き起こされた。

「庁舎から副総監が消えた」

能馬だった。腕時計を見た。午前五時半。

「真崎さんからの一報だ。警備の人間が副総監室前に張りついていたが、トイレに行くと言い残し、午前五時頃に消えた。裏口の警備員が庁舎を出る副総監に挨拶をしている。もう三十分が過ぎた。携帯は繋がらず、電源も切られている」

朝の散歩ではあるまい。昨日の今日だ。普通は単独行動をとらない。何か思惑がある。やはりか——。

「なぜ真崎さんから一報が？」

「警備は我々がまた副総監を呼び出した可能性を考えた。ただ連中は私の電話番号を知らない。公安筋から真崎さんの番号を仕入れたんだろう」

「早朝でもお構いなしに話を聞く連中——我々はそう思われているんですね」

「煙たがられるのは悪いことじゃない。監察の仕事の一部さ。私たちとの関わりを避けるため、素行が良くなる警官もいる」

佐良は携帯を握り直した。

「消えるとすればどこでしょう」

「豊洲の自宅には警備が向かった。インターホンに応答はない。七時まで待って部屋に突入する方針らしい。悠長にも聞こえるが、相手が副総監だけに止むを得んだろう。公安の主力部隊も副総監捜索に動き出すようだ。公安もこれ以上の失態を避けたい」

波多野は富樫を手繰り寄せられるカードだ。見つけたい。

「富樫と接触する肚でしょうね」

「ああ。波多野さんは昨晩我々と向き合っている時……いや、以前から決めていた行動だろう。身に危険が迫った場面で発作的に取る行動ではない。何とかして呼び出したのか、呼び出されたのか」

「呼び出したとすれば、我々が波多野さんの尻に火を点けたとも言えます。いつ我々が副総監の身柄確保に動くかわかりませんので。なにせ相手は能面の能馬です」

「私もまだ青いな。警視庁内にいるので監視を緩めてしまった」

「まだ取り戻せる段階かもしれません」

「長富課長の病院に行け」

今さら？　言いかけた時、佐良は悟った。長富は富樫と波多野とのクッション役だった。波多野と富樫の接触ポイントに見当をつけられるかもしれない。

「何か出てくれれば儲けものだ。締めあげてこい。長富課長と富樫が接触していた代々木公園と横浜の山下公園は公安に向かわせる」


午前六時はまだ暗く、国道も空いていた。雪は昨晩のうちにやみ、幸い路面も凍結していない。道路脇に寄せられた雪は早くも黒ずんでいる。皆口は警視庁に待機させた。直ちに転戦しないとならない事態もありうる。毛利も登庁させ、波多野の通信通話履歴で富樫を辿れないかを探らせている。

三十分ほどで中野の警察病院に到着した。佐良は裏口から入り、今回も緊急だと職員に説明して長富の個室に向かった。三階。強いノックをし、ドアを開ける。横になっている長富が、目を開けた。

佐良はベッド脇に歩み寄った。

「また朝から失礼します。単刀直入に申し上げます。代々木公園と山下公園以外で、富樫が現れそうな場所はどこです。副総監が姿を消しました。単独で富樫と接触する肚でしょう。危険なので我々は止めたい」

「ちょっと待て。一気に言われても、こっちは寝起きなんだ。頭を整理させてくれ」

「一分差し上げます」

佐良は腕時計を見た。十秒、三十秒と秒針が進んでいく。長富は口を開くも、なかなか言葉が出てこない。待ちきれず、佐良は上体をベッドに乗り出した。

「波多野さんに万一のことが起きた場合、富樫は仕上げに課長を選びます。富樫にしてみれば、一連の計画で自分と繋がった人間を消し、自分まで辿ってこられる線を断ち切りたい。たとえ課長が国民生活向上法に関与していなくても、繋がりは断ちたい。課長と副総監が結びつくからです。課長が一命を取り留めたのは私たちが助けたことに加え、襲った相手が富樫ではなかったためです。富樫本人が課長に狙いを定めたら、それをかわす自信がありますか。韓国マフィアを手足のように操り、自分も相当な腕を持つ男です」

佐良が捲し立てると、長富は瞬きを止め、身震いした。

「私なりに記憶を探っているんだ」

佐良は待った。長富の目がきつく閉じられ、数秒後、やおら開く。

「だめだ。わからない」

「格闘になった際、副総監は富樫に勝てる公算があるのでしょうか」

まともに取っ組み合っても富樫に数秒で倒されるのがオチだ。

「高田馬場《たかだのばば》に私の親類名義で借りているマンションがある。富樫も知らない、波多野さんと私が必要な時に会議をする場だった。押し入れのアタッシュケースを調べろ」

「何が置いてあったんです」

「拳銃」

驚きはなかった。佐良はなかばそんな回答を予測していた。

「どこで入手したんです」

「員数外で確保した。書類の数字を変える手段はいくらでもある」

さらりととんでもない発言が出てきた。

「誰の意思で準備していたんですか」

「波多野さんだ。いずれこうなると予想していたのかもしれない」

同感だ。最初から富樫を消す腹積もりで、波多野は接触を図ろうとしていた。その覚悟が落ち着きを生んだのだ。能馬が指摘するまでもなく、富樫を放っておけば法案が成立しようとも命を狙われ続ける——と承知していたに違いない。

佐良も能馬も皆口も、昨晩の聴取で波多野の意向を嗅ぎ取った。しかし何も言わなかった。不法に拳銃を所持しているとなれば、さすがに身柄を確保し、警察庁の監察に引き渡さないとならない。それでは富樫を釣る餌にできない。波多野はこちらの肚を読んだ。その上で、すべてを秘密裡に葬るべく、姿を消し、単独で動いたのだ。昨晩の供述も富樫の口を封じれば、裏を取れない点が多々出てくる。長富の証言だけでは、副総監という地位にいる波多野を崩しきれない。波多野が惚け、長富を切り捨てれば話を曖昧にされてしまう。

「マンションの鍵は？」

長富がベッドから起き上がり、部屋の隅にあるロッカーを開けた。鞄をまさぐり、キーケースを投げてくる。佐良は片手で受け取った。

「緑色のテープが貼ってある鍵だ。マンションの駐車場には、車——マツダのロードスターがある。なければ副総監が移動に使ってる」

マンションの詳しい場所を聞くと、一礼し、ドアに向かった。佐良君、と背中に声をかけられた。なんでしょう、と振り返る。

「グッドラック」

記憶の底がくすぐられた。

「以前も課長に同じ言葉をかけられました」

「互助会の合言葉だ。そう話しかければ、ほんの数秒は時間を稼げるかもしれない」

「副総監が考案したんですか」

「富樫だよ」

太陽鳳凰会と同じだ。内と外を区別し、結束をより強くして排他的になる手法。

「参考になりました。失礼します」

佐良は病室を出た。エレベーターに向けて廊下を進んでいると、向こう側から人影が歩いてきた。一歩ごとに入院服の右袖が揺れている。

須賀だ。御茶ノ水の病院に入院していたはずなのに……？

須賀はしっかりとした足取りで佐良の方に進んできた。

「進展は？」

佐良は須賀が戦線を離脱してからの諸々を簡潔に伝えた。他の患者に聞き取られないよう、声を落としての会話だ。須賀は表情を変えず、なるほどな、と左手で顎をさすった。

「須賀さんは何をしてるんです？」

「転院させられた。警察病院の方が経費を安くあげられるんだろう。病室からは駐車場や車寄せがよく見え、音もよく聞こえる。こんな時間ならなおさらだ。エンジン音がして、窓から外を見た。馴染み深い車だ。降りたのは佐良。ターゲットの見当はつく。横浜と代々木を張る班に加わるのか」

「おそらくは。山下公園も代々木公園も、その場では襲われないでしょう。防犯カメラをかわせても、朝もラジオ体操やジョギングをする人がいるので、副総監もひとまず安心して向かえる。同じことは富樫の側からも言えます。副総監は園内で発砲はできない」

「いや、撃ちかねない。富樫とどこかに移動するとは思えん。いつ襲われるかわからないんだ。周囲に人がいても、その場で決着をつけようとするはずだ」

須賀が唐突に顔を歪め、左手で右袖を勢いよく摑んだ。右袖がぎゅっとつぼむ。

「失ったはずの手首の辺りが強烈に痛む時がある。幻肢痛だ。どうしようもない」須賀が右袖を離した。「皆口と毛利も使うのか」

「ええ。二人とも頼りになります」

「皆口はともかく、毛利も評価してるんだな」

「はい。最近少し変わってきてます」

当初は朗らかさの仮面をかぶり、あっさり人を切り捨てる人間だった。

「能馬さんの狙い通りだな」

「どういうことです？」

「毛利の能力は高い。所轄の警備課時代から優秀で、能馬さんは目をつけていた。実際、あの若さで本庁のサイバー犯罪対策課に抜擢され、監察に引き抜かれた。一方、大きな欠点もあった。任務のために感情を切り捨てる点だ。感情に引きずられずに職務をまっとうできるのは、得難い美質でもある。ただ度が過ぎると『市民の安全を守る』という警察の本分とかけ離れていく」

須賀が息継ぎをし、続ける。

「能馬さんは毛利に危うさを嗅ぎ取ったので、佐良の下につけた。お前は良くも悪くも感情で動ける。お前が毛利に何を見せ、何を言ったのかは知らないが、あいつが変わってきたのなら、佐良の影響だろう」

特に何をしたわけでもない。

「毛利が勝手に変化していってるだけです」

「同じ物事でも見る人間によって感じ方は違う。お前にとっては普通でも、毛利にとっては行動を変容させるほど衝撃的な出来事だったんだよ。富樫だってサイボーグじゃないはずだ。中上や十八年前の遺族の墓参りをしているのが証拠だ。異なる道を歩んでいれば、立派な捜査員になっただろう」須賀の面貌が険しくなる。「難敵だ。油断するな」

「承知しています。失礼します」

佐良は須賀の脇を抜けた。

外はまだ夜が明けきっておらず、道も空いていた。佐良はハンドルを握りながら、イアホンマイクを携帯にとりつけて能馬に一報を入れた。

「高田馬場に寄った後、代々木公園に転戦しろ。皆口と毛利も向かわせる」

高田馬場も街全体が眠っていた。早稲田通りから一本入り、長富から聞いた住所に向かった。

七階建ての古いマンションだった。オートロックの共用扉を抜け、エレベーターで長富が親類名義で借りている部屋のある七階に上がった。部屋の前に立ち、合鍵でドアを開ける。鼻をつくようなニオイはしない。少なくともこの部屋では誰も死んでいない。ひとけもない。電灯のスイッチを入れ、後ろ手でドアを閉めた。

1LDKの部屋を足早に奥まで進んだ。遮光カーテンが閉まったリビングに、安っぽいテーブルセットがあるだけの部屋だ。テーブルには開いたままのアルミ製のアタッシュケースが置かれている。長富が言及した拳銃はない。佐良は急いで地下駐車場に向かった。車もなかった。能馬に連絡を入れ、代々木公園に向かうと告げた。

「了解。皆口に佐良の分の拳銃も持たせた。必要に応じて使え」

マンションを出て、車に飛び乗った。エンジンをかける。高田馬場からなら十五分もあれば代々木公園に到着する。皆口と毛利からはまだ現着の連絡はない。

まだ眠る街を車で走っていく。

波多野と富樫の接触ポイントが山下公園だとすれば、まだ二人は到着していない。代々木公園だとすると、すでに両者がいるかもしれない。須賀の言う通り、どちらかの公園で決着を狙っているのなら、波多野も捨て身になったのだ。拳銃を構えた場面を見られれば、通報され、警察官僚の生活も破綻を迎える。大きなリスクを負うほど富樫が恐ろしい相手で、波多野にとってのアキレス腱とも言えるのか。

閑散とした新宿の高層ビル街を抜けた。

波多野の右手の指は爆弾で吹き飛んだ。拳銃を撃てるのだろうか。須賀の手首を吹き飛ばした封筒爆弾。御茶ノ水のビルにあった爆薬を富樫は使用したのだろうか。あそこにあった爆薬が全てだったのだろうか。本当に富樫は民間人に被害を出さないことを矜持にしているのだろうか。それなら公園で爆弾は使用しないだろう。けれど、流れ弾の懸念がある。いくら富樫でも百発百中はできまい。ナイフを使う気か？　いや、接近する前に撃たれる危険もある。富樫は波多野が丸腰でやってくるとは思っていないはずだ。

アッ……。佐良は息を呑んだ。二人の接触ポイント候補地はもう一ヵ所ある。そこでなら爆弾を使おうと、流れ弾が出ようと、何をしようと民間人に被害が出ない。波多野にとっても好都合な場所だ。誰にも目撃されない。

佐良はもう一度電話を入れた。

「どうした」と能馬が端的に尋ねてくる。

「荒川沿いの工場です。斎藤が殺害された場所です」

波多野は布施純一名義の物件の存在を知っていた。須賀を監禁した御茶ノ水のビルを指定されれば、富樫は肯《がえ》んじない。富樫が呼び出すにしても、あえてあの場を選ばない。爆薬の保管場所だ。警視庁職員が張っている可能性が高い。すると波多野が存在を把握する、布施純一名義の物件は荒川沿いの工場のみになる。お互い簡単に話も通じる。わざわざ場所を説明しなくていい。

「埼玉の工場に向かえ」能馬は即断した。「皆口と毛利も向かわせる。現場の指揮は佐良が執れ。途中で合流しろ。現着がまちまちになると指揮もできない」

環状七号線沿いにある、二十四時間営業のファミリーレストランの駐車場で佐良は皆口、毛利と落ち合った。

「皆口はこっちの車に乗れ。毛利はそっちの車で少し離れた場所にいてくれ。何かあれば即、能馬さんに連絡をするんだ」

「もしもの時は私も突撃します。射撃に自信はないですけど」

毛利は真顔だった。任務達成のために暴行される市民を見捨てた時とは別人の面構えだ。

「頼む」

「私たちは何を」

佐良は道中で現場の状況をシミュレーションした。

「出たとこ勝負だな」

これがシミュレーションの結論だった。

二台の車に分乗した後、佐良は拳銃を腰につけ、エンジンをかけた。夜が白々と明け、辺りには朝もやが漂っている。国道は相変わらず空いていた。

「拳銃を使うことになるんでしょうか」

皆口は思案顔だった。斎藤の死に際を思い出したのだろう。

「躊躇はするな。少なくとも波多野さんは所持してる」

「やっぱりでしたね」

「ああ。俺たちも波多野さんを駒にした。事態を収束させよう」

可能だろうか。違う。可能かどうかではない。そうしないとならない。

しばらく走り、二年前の夏に皆口と斎藤と走った市道に入った。

「二年前の夏、虫がどうして一生懸命に鳴いているのかって話をしましたね。佐良さんは『生きるのが大変だからだよ』と言ってました」

確かにそんな話をした。

「あの時が夏じゃなくて冬だったら、どんな話をしたんでしょう」

「雪の話でもしたんじゃないか。福井は豪雪地帯だろ」

福井は斎藤の出身地だ。

「豪雪というほどじゃないにしろ、かなり降るようです。お義父さんは降り積もった雪をじっと見つめている時があったとか」

雪国らしい時間の過ごし方にも思える。ぼんやり景色を眺める時、概して人はそこに別の何かを見ている。己の過去、仕事の進捗、未来の自分など。張り込みの最中、佐良も景色に自分の心情を溶かす時はままある。二年前、斎藤と皆口との張り込みが冬だったら、自分たちはどんな思いを景色に投影させたのか。

前方に荒川が見えた。朝日を浴び、川面はきらきらと輝いている。長い立派な鉄橋に差し掛かった。荒川を渡り、川沿いの大小様々な建物が並ぶ工場群に入る。朝方なので工場群は森閑としている。エンジン音に加え、皆口の呼吸まで聞こえてきそうだ。辺りに人の気配がなく、少し離れた場所に二年前もあった街灯がぽつんと一本だけ立っている。

「また三人で来ましたね」

自分たちの中に斎藤がいるという話を昨晩したばかりだ。

「皆口は死なせない」

「私も佐良さんを守ります」

目的の工場が見えた。工場は公立小中学校の体育館が二つ並んだ程度の広さがある。佐良は目を凝らした。

敷地に続く鉄門は開いている。鉄門から建屋までは三十メートルくらい離れ、その間には荒れ果てた花壇やアスファルトがひび割れた歩道があり、ロードスターが停車していた。

佐良は腰につけた拳銃の重みが増した気がした。

4

自分は間違っていない。今までもこれからも間違った選択をすることはない。自分が間違えるわけがない——。

波多野は呪文のように胸の裡で唱えた。荒くなりかける呼吸を意志の力で無理矢理抑えこむ。拳銃を握る手はかじかんでいるのに、汗ばんでもいる。

物事は結果がすべてだ。結果を出し、歴史に名を残さずしてなにが官僚か。少々手荒い手法だろうと、日本の治安を守れるのならいいではないか。外野にとやかく言われる筋合いはない。警察官僚として日本の治安を維持すべく、いま打てる最善手を選び取った。そして富樫を切り捨てる時がきた。

始末してからどうする？

始末してから悩もう。まずすべきは富樫の除去だ。自分に監察の手は届くはずもないが、相手は能馬だ。万一もある。昨晩能馬に迫られた際、何を聞かれても受け流す選択肢もあった。国民生活向上法成立を目指す真意などを話したのは、過去に一度、能馬に苦渋を飲まされているためだ。今回は能馬が手を出せない勝ち方をし、器の違いを見せつけたくなった。我ながら大人げないと思うが、頭の切れる同僚と張り合い、蹴落としてきた結果、副総監という地位にいるのも事実だ。富樫が消えれば、能馬は互助会をめぐる最も重要な最後のピースを得られなくなる。

ハアッと息を吐いた。白い吐息は瞬時に消えていく。誰にも頼れない。捜査機関が自分まで辿ってこられないよう、互助会や韓国マフィアとも接点を持ってこなかった。ここは自らの手を汚す以外にない。今後富樫ほどのカードを手にする機会には恵まれないだろう。とはいえ、己が消滅してしまっては元も子もない。自分には警察キャリアとして国内の警官たちに指示を出し、治安を守っていく責務がある。自分以上に優秀な警察官僚はいない。国民生活向上法成立に向け、自分より動ける者が存在しなかったのが証拠だ。

工場内はしんとしていた。まるで世界に音が存在していないかのごとく。何年も使用されず、酸化した油で黒ずんだベルトコンベアに至ると、その陰に屈みこんだ。富樫はもう来ているのだろうか。いや、今のところ人の気配はない。こんなに静かなのだ。富樫も気配を完全には殺せまい。

郵便物が爆発して指が吹っ飛んだ時、富樫が自分を消そうとしているのだと悟った。恐怖で背筋に戦慄が走ると同時に、かえって腹を括れた。左利きで助かった。利き手の指を失えば、よほどの訓練を積まない限り拳銃を扱えない。

やるか、やられるか。

この工場の存在はかねてより頭にあった。誰にも見咎められずに富樫に引導を渡せる、もってこいの場所。真夜中、プリペイド携帯でかけてみると、布施純一名義の富樫の携帯にようやく通じた。いくら能馬といえども、通信会社に照会できる時間ではないはずだ。民間企業はまだ業務が始まっていない。

波多野の脳裏に富樫との短いやり取りが蘇った。

——私を殺したら、警察組織を束ねられる者はいなくなる。今後について話し合いたい。誰にも見られたくない。場所は例の工場。時間は明朝午前七時。

——わかりました。

富樫も自分を殺しにくる。不意を衝いて勝つのだ。

自分に撃てるだろうか。発砲の訓練など、もう二十五年以上していない。違う。できるできないではない。やるのだ。銃もまだ未使用品で、線条痕で発射された銃が特定される恐れもない。

ベルトコンベアをまたぎ越え、次のベルトコンベアに向かった。もう少し奥で待ち伏せておきたい。

波多野は目を見開いた。次のベルトコンベアの向こう側に頭がある。高さからして、地面にじかに座っているのだろう。もういたのか。さすが富樫だ。微塵も気配を感じ取れなかった。おあいこだ。こちらに気づいた様子もない。波多野は息を止め、足音を殺した。あと少し、もう少しで確実に仕留められる距離に近づける。後頭部を撃ち抜ければ、こちらの勝ちだ。

十八年。長い月日だ。あの年に生まれた人間が高校を卒業する。

なおも後頭部は微動だにしない。波多野は内心でほくそえんだ。富樫ほどの猛者に気配を感じさせないなんて、自分もなかなかやる。

波多野は拳銃を握る左手に三本指の右手を添えた。少し腰を落とし、肩で押し込むような姿勢で銃口が反動でぶれないよう固定する。銃口の先には富樫の後頭部。実弾射撃訓練の記憶は遠いかなたにあるが、体はしっかりと憶えている。

よし。引き金に指をかけた。

喉に冷たいものが触れた。それはぴたりと肌に張りついてくるようだった。

「いい構えです」

背後から聞こえたのは富樫の小声だった。波多野は悲鳴すらあげられず、指先から力が抜け、あっさりと拳銃を奪われた。

「私を自ら仕留めようとする腹の括り方は、尊敬に値しますよ」

波多野は呼吸が荒くなった。喉を掻き切られるのか？　富樫なら仕損じるはずもない。

「グッドラック」

富樫が囁きかけてきた。波多野の足はがくがくと震えた。くそ……声すらも出ない。喉の刃が冷たい。

不意に富樫が小さく舌打ちした。喉に押し当てられた冷たい刃がわずかに動いた。自分は死んだのか？　いや、まだ呼吸をしている。

刃が喉から離れた。

「こっちに来てもらいます」

襟元を摑まれ、波多野は富樫にいとも簡単に引きずられた。

◆

佐良たちは工場の敷地外に車を止めた。エンジンを切ると、静寂が深まった。ほどなく少し後方に毛利の車が止まった。

「車内で待機してくれ」

「いやです」皆口は言下に拒んだ。「もう待つのはご免なんで。待機班として毛利君もいます」

佐良は返答に窮した。

「もし佐良さんが私の立場なら、待機していられますか」

できるわけがない。佐良は皆口に頷きかけた。

「行こう」

毛利に待機するよう電話で指示し、イアモニを装着した。音が出ないようドアを開け、車を降りる。空気は鋭く冷え、頬や首筋を切りつけてくるようだった。

二人で素早くロードスターに歩み寄った。車中には誰もいない。ボンネットに手を置くと、まだ温かかった。波多野が工場に来て、さほど時間は経っていない。佐良は辺りに視線をさっと巡らせた。敷地のどこかに隠れているのか、工場内に入ったのか。

波多野の姿は見えない。中か。

「裏口に回ってくれ。俺は正面のドアを受け持つ」

「鍵、開いてますかね」

「俺が富樫ならどっちも開けておく。副総監が入るのをどこかで見届け、逆側のドアから入り、不意を衝く。波多野さんにそこまでの現場感覚はない」

皆口が目元を引き締め、視線を散らした。

「今もどこかで富樫はこちらを見ている——という線は？」

「ありうる。だとしても、こっちはどうしようもない」

「ドアに爆弾が仕掛けられている危険は？」

「正面も裏も、どちらもないと見ていい。周囲に副総監の姿がない。つまりもう中にいる。表と裏、どちらから波多野さんが入るか富樫も決められない」

「ただ殺すだけなら表にも裏にも爆弾を仕掛ければいいのに、していない……」

「自宅前で襲った時もそうだった。面と向かって問い質したい事柄があるんだろう」

佐良は腕時計を見た。七時前。

「七時ジャストに侵入する」

「承知しました。気をつけて下さい」

「皆口もな」

目顔で頷いた皆口が、小走りで工場の裏側に向かっていく。工場内のどこで富樫と鉢合わせするか知る由もない。佐良はひとつ肩で息を吐き、正面のドアに向かった。ドアの表面は錆びつき、ところどころ塗装が剝げていた。二年前の夏、叫び声がし、斎藤が突入していったドア。ドアノブをそっと握った。冷たい。二年半分の冷気を吸い込んでいるかのようだった。

この二年半で自分は変わった。刑事時代は忌み嫌った監察の仕事にも意義を見出している。変化をもたらしたきっかけは斎藤の死と言っていい。目の前のドアを潜った時、自分はまた変化の扉を開くのだろうか。以前、能馬が言った。現在を変えれば、過去の持つ意味を変えられるかもしれないと。

斎藤の死が自分にもたらした意味。

息を殺し、腕時計を見た。秒針が回転していく。佐良は速まる鼓動を耳の奥で聞いた。イアモニで二人に話しかける。

「これからイアモニで会話をしあう余裕はなくなる。各自の判断で動いてくれ」

了解、と皆口と毛利の声が重なった。

六時五十八分、五十九分。時が進んでいく。

秒針が七時ジャストを示し、佐良はドアをしずしずと開けた。鈍く軋《きし》んだ音が響く。二年前の夏にも聞いた音。束の間足を止めた。鼻に入ってくるニオイも二年前の夏に嗅いだ、機械油のそれだ。タイムスリップしたかのようだった。違う。あの時は真夏、今は真冬。血のニオイもしない。

後ろ手でドアをそっと閉めた。薄暗い。徐々に目が薄闇に慣れていく。金属のアームや腰高のベルトコンベアといったかつての製造ラインが、高い位置にある窓からの光に照らされている。二年以上経っても、景色は変わっていない。ここだけ時間が停止していたかのように。

ごぼごぼ――。耳の奥で斎藤の喉が鳴った残響が聞こえた。口から大小まちまちの赤い泡が噴き出ていた光景が目蓋の裏に蘇る。斎藤は死ぬ間際、一体どんな言葉を発しようとしたのか。

一歩踏み出した。耳の奥からも目蓋の裏からも記憶が消えていく。トコンベアに身を寄せた。まだひと気は感じられない。一つ呼吸を挟み、ベルトコンベアの向こう側を覗き込む。

奥には別のベルトコンベアが見える。二年前の夏にも存在していただろうか。記憶になかった。無理もない。自分の目は斎藤や他の二人の遺体に向いていた。

背筋が伸びた。二台目のベルトコンベアの向こうに頭らしきものが見える。佐良は一台目を回り込み、二台目の方に向かった。

人の頭？　それにしては動きがなさすぎる。髪の毛の質感もどこかおかしい。二台目に近づき、佐良は素早く対象物を確認した。

服とカツラをかぶったマネキンだった。

視線を振ると、何かを引きずったような跡が足元にあった。床はコンクリートで固められているものの、長年たまった埃が跡を残している。跡を目で追うと、中二階に続く金属製の階段があり、中二階には小部屋がある。二年前、自分はこの場で何も見ていなかったのだと痛感する。

皆口はまだ来ない。待つべきか、先に行くべきか。

行こう——。決めた途端、体が震えた。寒い。天井が高いので底冷えがしている。いや、武者震いか。太腿を軽く叩き、次の一歩を送り出した。

佐良は中二階に向かった。階段は錆びていて一歩ごとに揺れ、手すりもぼろぼろだ。足音を立てまいとしても、してしまう。

中二階の小部屋のドア前に立った。何か仕掛けがあるようには見えない。ドアノブを握った。工場の出入り口のドアよりもひんやりとする。ガタ。中から何かが動く音が聞こえ、佐良は腰から拳銃を速やかに抜いた。

三、二、一。心の中で数え、ドアを引き開け、拳銃を構える。

「動くな」

「ほう。また君か」富樫は落ち着き払った顔つきで、波多野の背後からその喉元にナイフをあてていた。「君は人事一課の佐良君だったな」

　富樫は銃口を向けられても平然としている。波多野を盾とする限り撃たれない、と見切っているのか。

「なぜこっちの名前を知ってる？」

「私は一度、君にメッセージを送った」

「銃撃か」

「きちんと読み取れたようだな。監察に入るくらいなら腕が立つだろうと、君たちに誘いをかけた。じっくり話せる機会はなかったがね。君には忘れられない光景や音があるはずだ。私にもある。目を瞑ると、叫び声が今でも聞こえてくる。そこで、ぜひ確かめたいことがあった。いい機会だ。君にも聞いてもらおう」

　何を言い出すつもりだろう。

「波多野さん、頭の中で叫び声が響く時はありますか。正直にお答えください」

　波多野は頬を引き攣らせ、顎からは汗が滴り落ちている。

「……ない」

　かすれ声だった。

「聞いたか。十八年前、この男は一家三人と老犬を見殺しにしたのに何も思っていない」

「そんなことはない」

波多野がか細い声を発するなり、富樫は鼻先で嗤った。

「強烈に心を痛めた人間は折々、その時の光景や声やニオイが蘇ってくるものです。それがあなたにはない」

「違う。あんな悲劇が繰り返されないために行動し、あと一歩まできた。お前は私の同志だ。わかってるだろ？　率直に語り合えるよう、他の連中とは違い、地の喋り方で話しかけてきた」

「話し方を変えても、あなたに心がない事実は動かせません。あなたはひたすら安全圏にいて、私たちの報告を受けただけです。そして手足となった私を始末しようとし、逆に取っ捕まった。手足がなければ優秀な頭脳もただの器官に過ぎません。いくら高尚なお考えを持っていようと、行動し、実現できなければ存在しないのと同じです。あなたの度胸は買いますがね」

緊張感で背中やわきの下に汗が滲み出て、佐良の背中を汗が伝っていった。

富樫は佐良を無視するように、波多野との会話を続けていく。

「十八年前の事件で亡くなった男の子が好きだったお菓子をご存じですか」

「知るわけないだろ」

「ぶどう味の飴です」

十八年前に殺害された男の子が佐良にも身近に感じられた。ぶどう味の飴が好きな男の子なんて日本中にいる。いつどこで誰が犯罪に巻き込まれても不思議でない現状を物語っているようだ。

富樫はトラップの現場に必ずぶどう味の飴を残す——。

「あんた」と佐良は話しかけた。「トラップを仕掛けた現場にわざわざ飴を残すのは、それが理由なのか。余計な証拠になるのに」

「証拠にはならん。なんの変哲もない市販の飴では、私に辿り着けない。まず飴を現場のどこかに置く。作業の際、あの男の子に見られているかと思うと背筋が伸びる。私は彼ら一家のためにも動かねばならない」

「亡くなった一家のような悲劇が起きないのを望んでいるのか？　だとしたら行動がちぐはぐだ。あんたの行いは社会の秩序を破壊する、しかも長期間続き、苦しむ人が必ず出てくる。市民自らが治安を守っているように思えるのは錯覚だ。結局、治安を乱しているに過ぎない。あんたらはその点を利用した」

佐良は富樫の目を見据えつつ、ナイフの動きも注視していた。波多野の喉元に突きつけられたナイフは微動だにしない。

ああ、と富樫が右眉だけを器用に上下させる。

「私が仕向け、作った事態だ。自然と起きてもこうなったさ。だから監視の強化が必要なんだ。日本で大きな問題が起きた際、一人一人のモラルや行動に期待できない現実が証明された」

皆口はまだ来ない。中二階まで注意が向いていないのか。どうする。どう波多野の身柄を取り戻す？　決して殺させてはならない。様々な事件の黒幕とも言える男なのだ。

「それとも」と富樫は粛然とした語調で続けていく。「君はこんな国民のために警官は死んでもいいと？　君は死ねるのか？　同僚に死を強要できるか？」

斎藤――。捨て身で仕事にいそしむことと、身を捨てること、捨てさせられることは本質がまったく異なる。

「六角部長はどうなる？　死んでるじゃないか」

「一人の死で百人、千人の死が防げる方法があるのなら誰かが実行しないとならない。断っておくが、私はこの男とは違う。高級官僚は自身の昇進や名誉にしか興味のない生き物だ。連中は何をすべきかではなく、どんな成果を出せば自分に得になるのかをまっさきに考え、行動する」富樫が波多野を一瞥し、すっと顎を引く。「私には志を一つにする者がいた。十八年前、同じ車内で同じ悲鳴を聞いた先輩だ」

「中上だな」

「ああ。中上さんはこの男に殺されたも同然でね」

波多野に殺された？　中上が殺害されたのは斎藤と同じタイミングだ。波多野はあの事件も国民を監視するための法整備に関係すると言った。斎藤が工場に来た経緯も知らなければ、富樫が関わったのも指示していないと言った。発言は嘘？

そうか。国会答弁中の官僚のような話し方は感情を消すためだ。心中を滲ませないためのテクニック。佐良は瞬きを止め、口を開いた。

「武蔵野精機社長殺人事件および副社長、潜入捜査員の中上、この三人が殺害されたのが、なんで副総監のせいだと言える？」

「事件の構図に詳しいな」

「私も現場にいた。間に合わなかったが」

「ほう。事件の背景を知っているか」

「外事捜査を巡るトラブルだと推測してる」

「正解だ。トラブルは最初から仕組まれていた。十八年前の事件を利用したやり口でね。この男は相手方にこちら側のダブルの素性が伝わる細工をしたんだ」

波多野の目が大きく揺れている。富樫の指摘が的を射貫《いぬ》いたと如実に物語る反応だ。だが、解せない。

「副総監自らが細工？　おかしい。キャリアなんだ。手足となる者がいるはずだ」

「この男は現場の捜査員を使わずにやってのけた。私と中上さんを使えなかったんだ。

十八年前の事件を口実に、この男は私と中上さんを誘ったからな。悲惨な出来事の再来となる細工を、私や中上さんが承知しないと見切っていた」

誰かが犠牲になる結果を波多野は見越した？　どうやって実行する？　キャリアが現場レベルとの太いパイプを持っているとは思えない。自らの手で行ったはずもない。

富樫が忌々しげに目を狭める。

「こっちが敵対組織内にダブルを飼っているように、向こうもこっちに送り込んでる。この男は、その一人を使った。正確に言おう。もともと警察側のエスだった人間が実は向こう側の手札だと把握し、逆に利用する時を待った。二年前、ついにその手札を利用した」

それで斎藤を含む何人もが殺された……。

「挙げ句」富樫は冷ややかに言った。「この男は目的を達成できなかった。エスが裏切れば人命が失われる、エスに頼らなくて済むようにもっと国民の監視を強化すべき――という主張を警察内で通せなかった」

「なぜ」と佐良は短く問うた。

「監察が動いた。監察史上最も優秀な男が」

「能馬さん、か」

「ああ。能面の能馬。警視庁上層部で知らない者はない。奴が動くとなれば、波多野も下手な行動をとれない」

「能馬さんはどうして動けた」

「公安ではエスとの関係は個人対個人ではなく、個人対組織になる。能面は公安捜査員だった当時、あるエスの行動に疑念を抱き、上に報告をあげた。当時、公安部の上司は波多野だった。能面は公安を離れ、監察に席を置いても当時のエスの名前も素性も家族構成も記憶していた」

能馬が自ら動き出す以上、警官が絡む監察事案で件のエスの名が挙がったのだ。武蔵野精機の事件で殺された警官は、中上と斎藤の二人。どちらかに関係があるのか。

佐良は一瞬思考が止まり、たちまち目まぐるしく動き始めた。

――ついにその手札を利用した。

富樫は言った。二年前に斎藤が死んだヤマは外事事件。もしかして。

「斎藤の父親か……」

斎藤は語学が堪能だった。商社マンだった父親の関係で、幼い頃から世界各国で暮らしたからだ。父親も語学が堪能だったのではないのか。だとすればエスにはもってこいの存在だ。相手国にとっても。

能馬は斎藤の父親を疑い、息子も注視した。佐良や皆口も知り、二人の能力や性格も把握し、監察に入れることを決めたのか。

「読みも鋭いな。君はいい警官だ」

「待て。ダブルの息子は警察に入れない。警官になるには身上調査もある」

ゆえに警官には警官の息子が多い。身元が保証されている。

「しかるべき人間の後ろ盾があれば、書類の記載を撫《な》でるだけの調査で終わる。どこかの誰かがいずれ駒として使うために動いたとすれば？」

富樫がナイフの刃で二度、三度と波多野の顎の下を叩いた。そのたびに波多野の頬が引き攣った。

「斎藤の父親がダブルという境遇を利用した？　副総監はそれを斎藤本人に伝えたのか」

佐良は自然と声が大きくなった。

どうなんだ、と富樫がぶっきらぼうに言い、ナイフを波多野の喉元に押しつける。波多野が唾を飲みこんで喉仏が上下し、一筋の赤い傷痕がついた。

「……言った」波多野の喉仏から血が滲んだ。「父親の友人として、飲み屋に斎藤君を呼び出した。私は身分を明かし、彼の父親が商社在籍中は相手側のダブルだったと告げた。いずれ父親の汚名を斎藤君が雪《そそ》いでほしいとも」

「いつ？」と富樫が平板な口調で問い質す。

「武蔵野精機社長の殺害事件が起きた三ヵ月後くらいだ。捜査がすっかり停滞し、捜査員も家に帰宅できるようになった頃合いを計った」

捜査は一ヵ月を一期という単位で称し、二期、三期を迎えるたび、帳場から専従捜査員が減る。また、一期は二十四時間体制だった捜査も、午後九時、八時、七時と終わる時刻が早まり、誰かと会う時間もとれる。佐良は斎藤とコンビを組んでいたとはいえ、四六時中一緒にいたわけではない。婚約者だった皆口もそうだろう。

斎藤は耳を疑ったに違いない。父親を問い質したのだろうか。当の父親は息子が警察に入ると聞いた時、どんな心境だったのだろう。佐良は斎藤の葬儀を思い返した。父親は葬儀中、何を考えていたのか。斎藤の父親は冬、雪をぼんやり眺め続ける時があると皆口は言った。ダブルの自分を景色に投影させ、様々な感情を殺しているのかもしれない。

父親がダブルという話を斎藤は誰かに相談……できるわけがない。どんなに親しい相手だろうと、本心を交わせなくなる。どこでどんな情報が抜けていくのかも見通せない。

〈――佐良さん、いまどこですか〉

イアモニから皆口の声が漏れてきた。皆口はいまの事実を知らない。知っていれば斎藤の葬儀に届いた正体不明の花輪の送り主を推定できる。

佐良は胸の奥が大きくかき乱された。斎藤は皆口にも、佐良にも、北澤にも相談できなかった。斎藤がこの工場で死んだ理由は――。

証明したかったのではないのか。自分はダブルではない、父親とは違うのだと。エスだのダブルだのという話は、公安や監察に首を突っ込んでいないと信じられない類のものだ。しかし斎藤自身が相手と戦っている現場を見せられれば、説得力は増す。斎藤は、皆口と佐良に証明したかった。そういう心持ちでなければ、工場に一人で来ればいい。波多野はいずれ斎藤がそんな心持ちに至るのを見越し、利用した。

「クズだな」

佐良は波多野に向け、吐き捨てた。

自分が斎藤なら……佐良は思考を巡らせていく。父親と接触した相手方が自分に近づいてくるのを待つ。その時を利用し、相手に打撃を与え、自分は利用できないと示す。そこまで思考が進んだ時、違和感を覚えた。

自分だけの問題で、命を張ってまで己の性根を証明しようとするだろうか。警官を辞めれば、相手にも波多野にも利用されずに済む。四ヶ国語を話せ、警察にいたのなら身元も確かで、転職先にも困らない。いくら刑事という仕事に未練があったとしても、自分とは無関係のところでつけられた首輪など、引きちぎってしまえばいい。

やらざるを得なかったのだ。

自分のためではない。誰かが巻き込まれたのか。誰だ？　父親と母親はすでに巻き込まれている。斎藤が両親のために改めて行動をとるとは思えない。

〈――佐良さん、いまどこですか〉

またイアモニに皆口の問いかけが流れた。

……皆口か――。

「どいつもこいつも」佐良は呟き、波多野の目を見据えた。「国民が治安に不安を覚えるよう、あなたはまず斎藤の父親に武蔵野精機の社長の立場を告げ、相手方に殺害させた。そうなると予想して」

海外ではスパイや国家への裏切り行為で死刑になるケースなんてありふれている。いわば日本国内で相手国に死刑執行をさせたわけだ。

「そしてあなたは斎藤と接触した。さらに再び斎藤の父親とも連絡をとった。この工場で武蔵野精機の副社長と中上が密会する情報を相手側に流すためです」

波多野の目が揺れている。佐良は続けた。

「もともと相手方は斎藤の父親から息子が警視庁の警官だと聞かされ、あらかじめ斎藤の周辺も調べていた。『協力しないと、皆口に危害を加える』と斎藤を脅したのでしょう。斎藤は向こうに転がったふりをした。同時に相手方に接触された件を副総監に伝えた」

波多野ではなく、富樫が目顔で頷いた。

「そんなとこだろう。相手方としては刺客に加え、斎藤君もここに送り込んだ格好だ。斎藤君が武蔵野精機社長殺しの捜査員として、密会場所に現れても不思議ではない。おそらく、突然現れて二名の注意を引く役割を割り振られた。一度警察を裏切らせ、今後も情報戦の泥沼に引きずり込む算段でな」

腑に落ちる反面、得心がいかない点もある。斎藤の突入前に中上と副社長は殺された。叫び声が聞こえ、斎藤は工場に突っ込んだ。注意を引く役割を与えていたのに、相手方は斎藤が現れるのを待たなかった？

佐良は頭の芯が強張り、背骨を手荒く揺さぶられたようだった。

見られたのだ。斎藤が一人で来なかったところを。それで相手は予定を変えた。

「気に病むな。斎藤君が殺害されたのは君のせいではない」

富樫は佐良の心中を見透かしたように述べ、ナイフで波多野の喉仏を叩いた。波多野は体を震わせるだけで何も言わない。

「元凶はこの男だ。斎藤君も相手がいきなり二人を殺すとは予見できなかったはずだ。私でも予期するのは難しかった。予定が狂えば速やかに立ち去り、次の機会を狙うのがセオリーだ」

「相手は一人だったのか？　斎藤は相手が一人だと知っていたのか？」

佐良は波多野に問いかけた。波多野はなおも体を震わせるだけで答えない。恐怖で答える気力すら失ったのか。斎藤は相手が一人だと知っていた上、中上もいるので、大きな危険はないと判断し、佐良と皆口を連れていったのではないのか。

私が知る限り、と富樫が口を開いた。

「複数を使えば真相を知る人間が増え、後々の処置が面倒になる。暴力性をアピールする時以外、暗殺は優秀なヒットマンが最少人数で行うのが鉄則だ。あの事件でも相手が送り込んだのは一人だろう。斎藤君の登場で気を引いた隙に、中上さんと副社長を始末すれば良かったんだ。中上さんも相手が一人だと推測し、波多野に報告した。おそらく波多野も中上さんの分析をそっくり斎藤君に告げた」

「斎藤を撃った男は逃げたのか」

「私が工場の外で拳銃を奪い、身柄を迅速に確保した。体術はさほどでもなかった。男は外交ルートを通じてとっくに国外追放処分になった。もう君らの手は届かない。母国でどんな境遇に陥ったのかは定かでないが、よくて監禁。十中八九、もう射殺されている」

その男も駒として国家に消費された……。だから複数人での暗殺は余り行われないのだろう。佐良は歯嚙みした。やるせなかった。駒と駒がぶつかり、消費される社会。駒を操る者は無傷で別の駒をまた動かす社会。それが世の習いというなら、この先に何があるのか。世の中に人々は何を求めているというのか。

確実に言えることは、もしも二年前、刺客を確保できた後で斎藤が自身の境遇を正直に話してきたら、自分がどんな言葉をかけたのかだ。

別に斎藤は斎藤だろ——。

斎藤、と佐良は内心で語りかけていく。お前が死の間際に口を動かしたのは『自分はダブルではない』と俺たちに伝えたかったのか？

斎藤は波多野にも相手にも利用された。皆口を守りたいという一心から。そして命を落とした。佐良と皆口の眼前で。

佐良の脳裏に、皆口との結婚を告げてきた時の斎藤の照れ臭そうな笑みが鮮やかに浮かんだ。

5

佐良は富樫の隙を窺っていた。いまだ突っ込める隙はない。

「あんたはどうやって斎藤が動いた事情を知った？」

「前日、中上さんに応援を頼まれた。武蔵野精機社長が殺害された手口からして、相手が強敵だと見越してね。前途有望な若者が傷つかないように、という連絡を受けた。中上さんは波多野から斎藤君の派遣を聞き、彼がダブルの息子という素性も知っていた。中上さんの名誉のために言っておくが、斎藤君の参加を反対していた。私は間に合わなかった」

「中上は、目的達成のためには犠牲も厭わないあんたとは違うな」

「私が先に死に、中上さんが生き残れば、いま私と同じ行動をとっているだろう。私は殺人鬼ではない。太陽鳳凰会の時も誰も殺害していない。する気もなかった」

真実かどうかは判断できない。須賀が助け出さなかった場合、富樫と中上がどうやって事態を仕上げたのかは不明だ。ただし富樫を突き動かしているのは、無慈悲な公安――波多野の指示に反旗を翻すためという点は考慮すべきで、本当に誰も殺害せずに太陽鳳凰会を崩壊させる作戦があったのかもしれない。

「あんたも今回はすっかり変わったわけか。振り込め詐欺団やマフィアが人間のクズだとしても、殺していいことにはならない。六角部長はもってのほかだ」

「変わらざるを得なかった。中上さんの死さ。本懐を遂げるまでは駒が傷つくのを厭うてはならない。そう痛感した」

富樫も二年前の夏の事件に己を変えられたのだ。富樫なりに殉職を正面から捉えた結果、今に至った――。

殉職。人は仕事で死ななければならないのか。佐良は答えを持っておらず、己に課せられた職務を全うし続け、自分なりの解答を見つけるのが斎藤から課された宿題で、せめてもの供養だと思ってきた。

使命感の搾取。殉職。斎藤が死の間際に喉から発した言葉にならない声。ぐるぐると佐良の脳内を巡る。

「なぜ副総監の命まで奪おうとする。もはや国民生活向上法は成立寸前だろ」

「最後の仕上げ、いささかの私怨といったとこか」

「一人でよくできるな」

「私一人で実行する方が成功確率は高くなる」

〈――聞こえますか。佐良さん、いまどちらに？〉

イアモニで返答する余裕はない。佐良は前へ出す足で強く床を蹴った。

「観念しろ。ナイフを置いて投降するんだ」

「私が投降したとして、副総監はどうなる？」

「しかるべき責任が問われる。監察がケリをつける」

「君を引き入れるのは無理みたいだな。投降させたければ、刃物を奪ってみろ」

挑発に佐良は動じなかった。銃口を下げず、歩み寄っていく。波多野の顎から汗が滴り落ちた。富樫だけは涼しい顔をしている。

〈――中二階の部屋ですね〉

佐良は再び足の裏で床を蹴った。

富樫の顔つきは揺らがない。余裕すら感じられる。監察といえども一人で乗り込んでくるはずがない。それを見越し、何らかの手を打っている？

金属製の階段を上ってくる音が背後から聞こえた。皆口だ。

富樫がナイフの刃をさっと引っ込めた。しまった。ここで副総監を殺す気はなかったのだ。殺す気ならさっさと実行している。富樫にしてみれば、波多野の死を表に出さないと無意味。この場で遺体が発見されても、監察や公安が病死だと発表するかもしれない。民間人が波多野の死体を発見できる場所で仕留めない限り、世論の喚起にも繋がらない。だとすると今すべきは、波多野を連行しての脱出だ。

やられた。こちらの話に付き合ったのは、佐良と皆口を引き入れられるかどうかの品定めか。富樫なら一度にこちらを仕留める手を仕掛けている。

「逃げろッ」

佐良は皆口に向けて叫び、富樫に対して続けた。

「グッドラック」

一秒でも、一瞬でも皆口が逃げられる時間を稼ぎたい。

「グッドラック。さらばだ」

富樫が足元の何かを踏んだ。富樫と波多野の姿が下方に消えた。佐良はすぐさま後方の開けっ放しのドアに向けて飛び込んだ。体の半分が小部屋を出た瞬間だった。

轟音がした。

爆発で外れたドアが背中に激突し、息が詰まった。受け身を取れず、階段を勢いよく転がり落ちる。

なかば中二階から落下する恰好でコンクリートの床に叩きつけられると、数メートル先でドアや木片が荒々しく散らばっているのが見えた。佐良は全身の痛みを堪《こら》え、膝をついた。いつの間にか拳銃を手放していて、もはやどこにいったのか定かでない。

頭上からは黒い煙がのしかかってくるように落ちてくる。早くこの場を離れよう。中二階全体が崩落しかねない。意思とは裏腹に息が詰まり、体も思ったように動かせない。

立ち込める黒煙や舞い上がる埃で辺りは視界がきかず、富樫も波多野も皆口の姿も見あたらない。まだ遠くには行っていないはずだ。皆口は大丈夫だったのだろうか。

何か重たいものがコンクリートに転がる音が左後ろからした。弾かれたように佐良は視線をやる。

「ハッ」

皆口の気合いが左後方で聞こえた。目を凝らした。黒煙や埃のベールの向こうに二つの人影がある。十数メートル先。佐良は駆け出そうとするも、膝に力が入らなかった。階段から転がり落ちた衝撃で足が言うことをきかない。奥歯を噛み締め、拳で太腿を何度も叩いた。進め。進まないと何も始まらない。一歩目、二歩目……五歩目でようやく足の踏ん張りがきき、痛みを道連れに走り始めた。十数メートル先がやけに遠い。徐々に黒煙や埃のベールが薄れていく。

皆口と富樫が対峙し、蹴りや拳を打ち合い、二人の足元には銃が転がっていた。皆口の銃だ。富樫の攻撃で弾き飛ばされたのか。

皆口の拳。かわされる。富樫の鋭い蹴り。皆口が腕でガードする。皆口が負けじと力強い蹴りを放つ。富樫は後ろへ下がる。皆口の蹴りが続き、富樫が手で払う。富樫が拳を繰り出し、今度は皆口が腕で払いのける。

佐良は二人が戦う場までようやく辿り着くと、富樫の脇から蹴りを放った。富樫によけられ、拳を食らった。負けじと足にタックルするも、逆に顔に膝をもらう。

「しゃがんでッ」

皆口の声が聞こえ、佐良は指示通りに膝を曲げた。

皆口が跳躍し、佐良の頭上を舞った。跳び後ろ回し蹴り。富樫は上体を反った。皆口の蹴りは富樫の鼻先をかするだけだった。

富樫は逆に皆口の背中に拳を叩き込んだ。皆口が前転するようにコンクリートに転がり、速やかに立ち上がる。

佐良は富樫の足を払った。富樫はふらつくも一歩、二歩と後方にステップを踏み、即座に体勢を立て直す。佐良は視線を振った。波多野はベルトコンベアの陰に隠れている。さっさと逃げればいいものを——。

富樫の足の裏がいきなり目の前にあった。衝撃で頭がのけぞり、佐良は後ろ向きに倒れた。受け身をとって後頭部は何とか守ったが、またコンクリートに全身を強く叩きつけられ、呼吸が止まった。佐良は胸を手で押し、無理矢理に呼吸をした。

皆口が富樫に飛びかかった。皆口の右拳が顔面に入り、富樫も同時に殴り返した。皆口は体をひねるもよけきれず、後方にふらつく。まずい——。

佐良は体勢が不十分のままでも、再度富樫に突っ込んだ。横向きにタックルを食らわせて、自分ごと富樫とコンクリートに倒れ込む。

肘を額にもらった。視界が揺らぎ、組みついた腕が緩む。富樫の体が腕の間から抜けていき、今度は顎に爪先の蹴りがきた。佐良はひっくり返るように背中からコンクリートに倒れた。

くそ。どうなった？　目だけは見開き、視線を飛ばす。数メートル先に二人がいた。

富樫の拳。皆口がかわす。富樫の肘が鋭く振られ、皆口の顎に入った。皆口は踏み止まり、裏拳を富樫の顔面に入れる。

佐良は跳ね起き、駆け込んで、富樫の首筋に肘を入れた。渾身の一撃だった。富樫はふらつきもせずにこちらの襟首を持ち、反対に投げ飛ばされた。勢いでコンクリートの床に何度か転がり、佐良は三度息が止まった。

「大丈夫ですかっ」

「ああ」と何とか応じる。

強い……。尋常じゃない。二人がかりなのに、まるで相手にされない。皆口得意の跳び後ろ回し蹴りも簡単にやり過ごされた。佐良は片膝をつき、そこに手を置いて荒い呼吸を鎮めようとした。皆口ですら肩で息をしている。かたや富樫の息は一切乱れていない。

富樫がコートの表面を手で払った。帰宅時にドアの前で埃でも払うような仕草だった。

「心に食い込む過去を持つ者同士が争っても不毛だ。あの男のせいで、我々のような思いをする警官が生まれた」この場は目を瞑れ」

富樫は佐良と皆口のどちらともなく静かに語りかけてきた。

「誰かが殺されるのを黙認しろだと？　できるわけない。俺たちは監察だ。警察の警察だッ」

佐良は語気荒く言葉をぶつけ、肩で息を繰り返す。

「苦しそうだな。おとなしく寝とけ」

富樫が動いた。次の瞬間、佐良は体が浮き、後方に吹っ飛んでいた。体当たりを正面からまともに食らったのだ。近づいてくることすら見えなかった。佐良は受け身が取れず、後頭部を強打し、視界が揺らぎ、思考も停止した。それでも何とか上体だけは起こす。二重の視界の中で、皆口と富樫が対峙している。拳を放ちあい、互いが距離を取った。皆口の方が押されている。

佐良は頬を叩き、頭を揺らした。一秒でも早く戦線に復帰しないと。いくら皆口でもあんな怪物と一人では渡り合えない。二人がかりで何とかするしかない。

物がまだ二重に見える。目をきつく閉じ、眉間を強く揉み込んだ。戻れ、戻れ、戻れ。念じて、目蓋を持ち上げる。視界が戻った。膝をつき、ふらつく体を叱咤してまた立ち上がった。佐良が富樫を睨み据えた時だった。

皆口が富樫の拳を立て続けに顔面に食らい、前傾姿勢で倒れていく。長い髪と白いマフラーがその顔を覆う。皆口は体勢を戻せず、コンクリートに手をついた。佐良は心臓が鷲掴みされたようだった。

富樫の体が滑らかに動く。続けざまに膝が皆口の顔面に放たれようとしている。あれを食らえば――。

「皆口ッ」

佐良は叫んだ。

富樫の鋭い膝蹴りが空を切り、皆口の体が前方縦方向に勢いよく回転した。

そのまま見事な半円をくるりと描いた皆口の右踵が富樫の顔面を捉えた。さらに左の踵がうなりを上げるように半円を描き、富樫の顎を強打する。

富樫が足元をふらつかせた。皆口は素早く前転して体勢を戻すと、相手の首筋に強烈な肘打ちをお見舞いした。さらに跳び後ろ回し蹴りが富樫の顎をまともにとらえる。富樫は膝から崩れ、横向きに倒れていく。

皆口は着地すると、相手がいつ立ち上がってきてもいいように身構えた。佐良は皆口のところに駆け寄った。富樫は力なく倒れ、白目を剝いている。

今だ——。富樫の体を動かし、後ろ手に手錠をかけた。佐良は皆口を見上げた。ようやく構えを解いている。

「やられたかと思った」

「私が？」

「得意の跳び後ろ回し蹴りも一発目はあっさりかわされただろ」

「もっとすごい必殺技があるって言ったじゃないですか」

皆口が乱れた白いマフラーを手早く首にかけ直し、微笑んだ。そういえば言っていた。冗談ではなかったのか。

「さっきのは技なのか？」

「胴回し回転蹴りです。私が学んだ流派の技じゃないんですけど、恰好いいので学生の頃からひそかに練習してたんです。実戦で使ったのは初めてでした」

「でたとこ勝負か」

「まさに。うまくいって良かったです」

ここに皆口がいなかったら……。佐良はぞっとした。自分一人では絶対に富樫を止められなかった。

「いいもん見させてもらったよ。爆風を食らわなかったのか」

「佐良さんのおかげです。『逃げろッ』って。あの一言がなければ、私も爆風に呑み込まれてケガをして、格闘するどころではありません。いきなり富樫が上から落ちてきた時はびっくりしましたけどね。とんでもない相手でした」

グッドラックの一言で稼いだわずかな時間が功を奏したのかもしれない。

「とんでもない相手を倒した皆口も、とんでもない奴ってことだ」

「人をバケモノみたいに言わないでください。二人の合わせ技でぎりぎり倒せたんですよ。中上さんを失った富樫には、もう頼れる人はいなかった。でも、私には佐良さんが、佐良さんには私がいた」

「そうか、そうだな。さっさと連行しよう」

佐良は富樫の頰を幾分強く叩き、目を覚まさせた。富樫はなにが起きたのか理解していない様子だ。

佐良は富樫の腕を引き、立たせると皆口を見た。

「拳銃と副総監を頼む」

「承知しました。あれ？」皆口が眉を寄せる。「さっきまでベルトコンベアの陰にいたのに。ちょっと探してきます」

皆口が佐良と富樫から離れた。

佐良は富樫の虚ろな横顔を見た。この男を確保できても法案は成立する。権力側の監視が強まる社会。警官としては仕事が楽になるが、素直に喜べない。たとえ波多野たちが仕組んだマッチポンプの結果だとしても、現状の法律では警察は役に立たないと宣告されたも同然なのだ。

皆口が走り去った方とは逆側から、こちらに駆け込んでくる足音がした。目を向けると、少し離れた柱の陰から波多野が走ってきていた。

波多野は薄汚れたコンクリートから拳銃を拾った。形状からして、佐良か皆口が落としたものだ。波多野は腰を落とし、銃口をこちらに向けた。

うあああああッ。

波多野が叫んだ。それをかき消すように乾いた音がした。隣の富樫が膝をついた。腹部から血を噴出する。波多野はまだ銃の構えを解かず、目も据わっている。二発目を放つ気だ。

佐良は数歩前に出て富樫の前に立ち、手を広げた。

「やめろッ」

銃声。

佐良は腹部が急に熱くなった。猛烈な痛みが全身を貫いた。膝をつき、腹を手で押さえる。血。温かい。二年前と同じ感触。あの時は斎藤の血だった。今度は自分自身の血。正面ではまだ波多野がこちらに銃口を向けている。

銃声。佐良の太腿から真っ赤な血が溢れ出た。

銃声。頭上を鋭い空気の渦が抜けていく。

銃声。右に三十センチずれた場所でコンクリートが削れた。

銃声。波多野の腕から血しぶきが散った。毛利が銃を構え、工場の出入り口からこちらに走ってくる。皆口が強烈な回し蹴りを食らわせ、波多野はひっくり返った。

「毛利君、副総監に手錠をッ」

皆口の指示が遠くから聞こえてくる。佐良は首だけを動かした。

「富樫、平気か」

返事はない。

「富樫ッ」

やはり返事はない。佐良は歯を食い縛って痛みを堪え、なんとか振り返った。富樫は倒れ、顔が青く、呼吸も浅い。

「しっかりしろ」

叫んだつもりなのに自分の声が弱々しかった。視界がみるみる曇っていき、物音も遠ざかっていく。一年前も、行確中にナイフで何ヵ所も刺されて今と似た感覚に陥った。……違う。一年前とは明確に感覚が異なる。

痛みが薄れていっている。なぜだ。拳銃で撃たれた。耐えがたいほどの強烈な痛みがあった。なぜ痛みを感じない。

死ぬのか？　死ぬから脳が最期くらいは安らかにと感覚を麻痺させているのか？

佐良はゆっくりと仰向けに倒れた。コンクリートで背中が冷たいとの感覚はあるのに、やはり痛みはない。遺書を用意しておいて良かったのかもしれない。

二年前、斎藤は死ぬ間際に喉を鳴らし、何とか言葉を発しようとした。気持ちが心底理解できる。人間が最後に残せるのは言葉だ。俺は最後に何を言いたいのか――。

一年前も考えた。あの時は何も浮かばなかった。今ははっきりと頭に浮かんでいる。やはり死ぬのか。

「しっかりして下さい」

皆口の声が遠くでした。顔は間近にあるのに、輪郭が歪んでいる。救急車を呼びました。毛利の声もやはり遠い。

「まだ渾身の焼きそばを食べさせてもらってないですよ」

皆口が励ましてくれる。佐良は口を開けた。言葉を発しようとするのに、声が喉の奥から出ていかない。

もどかしい。斎藤もこんなもどかしさを感じたのだろう。

最後に残したい一言が佐良の胸裏で存在感を増していく。斎藤が死んだ瞬間を思い返した。唇の動きを呼び起こそうとした。自分が斎藤だったら何を言うだろうか。斎藤も自分と同じ思いだったのではないのか。

斎藤、お前の代わりに言ってやるよ。お前と同じ場所で倒れた俺が。

お前が俺たちに最後に残したかった言葉は――。

「私はもう一人になりたくないんですッ。もっと一緒に仕事をしましょうッ」

皆口が叫んでいる。泣いているのか？　化粧が台無しになるぞ。言いたいが、やはり声が出ない。

気づくと体が持ち上がっていた。担架に乗せられたらしい。脇には皆口が寄り添ってくれている。工場を出た。

「……皆口」

ようやく掠《かす》れ声が出た。皆口が覗き込んでくる。

「なんですか――」

「ありがとう」

言えた。佐良は満足だった。ありがとう。いい言葉だ。

空が青い。視界が歪んでいても、それだけはわかった。すうっと佐良の意識は後頭部の方に吸い込まれていった。

エピローグ

皆口が細い紐を引っ張り、会議室の窓にかかるブラインドを開けた。鮮やかな陽射しが入ってくる。近いうちに春が来る。そう皆に告げるような陽射しだ。

皆口は窓の外を眺めている。

「下から声が沸き上がりましたね」

ああ、と須賀は皆口の横顔に応じた。

須賀は退院し、三日前から出勤している。もう二月に入った。右手首から先を失い、体調もまだ本調子ではなく、時折幻肢痛にも襲われるが、自分は生きている。これまで通り現場に立つのは難しくても、一人の監察係員として内勤ですべきことはいくらでもある。もっとも、オーダーメードの義手を作り、感覚に慣れた頃、また現場に立とうと考えている。

窓の外ではプラカードや横断幕、旗などを持った人たちの大規模なデモ行進が続いていた。霞ヶ関ではこうしたデモ行進が連日盛んだ。

富樫を殺害した波多野を皆口が確保した数日後、連中の所業を公表していないのに、国民生活向上法案についてSNS上で反対の声があちこちで挙がった。反対のうねりは瞬く間に老若男女に広がり、こうして激しいデモ行進に発展している。勢いはますます増しそうで、大臣経験のある民自党議員の一部からも、「法案は時期尚早で、もっと議論を深めるべきだ」という意見が出た。政治家には機を見るに敏な連中が多い。同法案が持ち上がった際も反対派がデモをしていたが、いまや活動の勢いがまるで違う。

むろん、私刑賛美の声はまだSNSやインターネット上に多く漂っている。一度現れた声が完全に世の中から消えることはないだろう。

波多野のマッチポンプや富樫の行いは公にされていない。今後される予定もまったくない。

富樫はまず私刑賛成派に火を点けた。その火は国民監視法肯定派として燃え上がり、今度は静観していた一般市民に飛び火し、反対派として燃え上がった。富樫の行動は日本人の政治意識を少しは目覚めさせる役割を担ったのかもしれない。

皆口がこちらを向いた。

「法案、どうなるんでしょうね」

「今回は見送られるな」

　須賀は確信している。

　波多野の処分はまだ決まっておらず、能馬がいまだに上層部とやり合っている。能馬が波多野を追及する場に須賀も同席した。

　国民の監視を強化したいがため、波多野は長年行動した。では、斎藤が絡んだ武蔵野精機の一件はどんな効果を狙っていたのか。公安の事案は表に出ないので、世論を煽る効果は期待できない。捜査一課が動いたのも斎藤が殺害されたためで、どんなに緻密な頭脳を持つ者でもはじめからそこまで計算できるとは思えない。斎藤が佐良と皆口を現場に連れていくと予想がつくはずもない。

　――絵図を引いたんですね。

　能馬の指摘に、波多野は「ああ」と力ない返事をしていた。

　波多野は世論を煽る手法だけでなく、他の手法も試したのだ。武蔵野精機の一件の狙いは、まず公安部内で某国との暗闘が激しさを増していると認識させること。斎藤は捜査一課だった。捜査一課が絡むほど某国との暗闘が熾烈《しれつ》を極めているとなれば、公安部内に相当なショックを与えられる。刑事部と公安部の敵対関係がある。公安は役目を果たせていない、と刑事部が責める口実を与えるも同然だ。波多野のような高官でも公安組織全体を自由に操れるわけではない。公安幹部たちを焦らせ、めいめいに繋がりの深い国会議員に逼迫《ひっぱく》した事態を突きつけ、ゆくゆくは政治力での法案実現を波多野は目指したのだ。自身は民自党の実力者と昵懇《じっこん》関係にあるので、最終的に公安をまとめる役割を担える。いわば公安を牛耳れる。

愚かな目論見は崩れ、波多野は殺人を犯した。波多野の犯行を現認したのは監察係だ。警察庁もさすがに揉み消せるレベルの所業ではない。ダメージを最小限にする方法を画策している。体調不良で辞職させ、ひっそりと逮捕する流れになる気配だ。事実、長富が「一身上の都合」という申し出をして数日前に警察を辞めた。落とし所としては妥当だろう。

すべてが明るみに出た場合、最もダメージが大きいのは現場だ。現場が崩れれば、捜査活動に支障をきたす。秘密主義と言われるのは仕方ないが、「監察は警察組織を守っただけ」と批判されれば、反論したい。警察を守ることは、治安を守ることに繋がる。警察の信頼度が下がれば、警官のやる気も自然と落ちる。

警官の多くは使命感を搾取されている――という趣旨の発言を波多野がしたという。制度上、しばらくこの状況は続く。それにいま使命感を奪われれば、どこかの国のように警官はこぞって賄賂で私腹を肥やす方向に走るだろう。そうなれば誰が治安を守る？　私刑執行人？　まさか。噂や利己的な理由で他人を傷つけるだけだ。たとえ一部が腐っていても、警察が治安維持を担う方がましだ。そして、監察は腐った部分を排除できる。

富樫よ――。

須賀は胸中で語りかけていく。お前の一線を越えた行為を肯定する気はさらさらないが、動機には汲むべき点があったのだろう。富樫なりに非情な現実と戦ってきたんだろ。私が監察として生き、戦っていく姿をそっちで見ていろ。お前が間違っていたことを、証明してみせる。

会議室のドアが開き、真顔の能馬が滑るように入ってきた。能馬は揺るぎない足取りで須賀と皆口の前に立った。

「ご苦労さん。新たに行確してほしいマルタイがいる。須賀が指揮しろ」

「承知しました」

須賀は答えた。

能馬によるマルタイについての説明が終わった時、タイミングを見計らったかのようにドアが丁寧にノックされた。

「どうぞ」

能馬が素っ気なく応じると、ドアがゆっくりと開いた。須賀だけでなく、能馬と皆口もドアに目を向けた。

「本日、ただいまより現場復帰します」

佐良が一礼し、会議室に入ってきた。

解説

西上心太
（文芸評論家）

今世紀に入ってから途切れずに警察小説の流行が続いている。あるジャンルが注目されればそこに多くの才能が結集するのは道理であり、ジャンルの裾野は広がりその頂も必然的に高くなる。かつて警察小説といえば、殺人や強盗などの強行犯罪を捜査する刑事たち——東京であれば警視庁捜査一課や、所轄署の捜査一係——が活躍する小説が中心だった。もちろん強行犯罪の捜査に邁進し、犯人逮捕に至るまでを描く類の警察小説はジャンルの本道であり、決して廃れることはないだろう。

だが昨今は警察小説の書き手も多くなり、これまで以上に個性を発揮させなければ埋もれてしまう。そのような考えを持つ作家が知恵を絞った結果、あらゆる部署が取りあげられるようになった。上は警視総監から下は地域課に配属されたばかりの交番勤務の新人警察官まで、さまざまな部署がフィーチャーされており、こんな部署でも魅力的な物語を作れるのかと蒙を啓かされることが多い。警察小説ファンにとって嬉しい時代になったものだ。

そういう状況の中でも、事件解決に邁進する刑事たちに対する「悪役」として登場する機会が多かった立場や部署があった。キャリア、公安、そして監察である。

キャリアとは国家公務員総合職試験に合格した警察官であることは広く知られているだろう。一般の警察官とは昇進スピードがまったく違い、十年もすれば警察官僚として現場を指揮する立場になる。警察内部の出世争いや、政治的な忖度などから現場の捜査を歪める敵役としてよく登場している。

その印象を変えたのが今野敏『隠蔽捜査』に始まるシリーズだ。主人公は警察庁長官官房の総務課長・竜崎伸也警視長だ。連続殺人事件の捜査で浮かび上がった不都合な事実を隠蔽するため、上層部が現場にかけた圧力に真っ向から反対する。だが息子の不祥事も加わり所轄署の署長という降格人事を受けてしまう。二巻目以降は署長編となるが（近作では神奈川県警刑事部長に異動）、どんな場合でも誰が相手でも原理原則を貫き、事を収めてしまう稀有な能力と潔い振る舞いが人気を呼んだ。

公安は犯人逮捕を第一目的とする刑事警察とは異質の部署であり、その秘密主義、情報の囲い込みなどによって、捜査の邪魔をされた刑事たちが歯がみするシーンはさまざまな作品に登場する。

公安の捜査官を主人公として取りあげ、人気を博したのが逢坂剛の〈百舌《もず》〉シリーズだろう。『百舌の叫ぶ夜』は一九八六年の作品で、謎の殺し屋〈百舌〉を追う公安刑事倉木尚武の活躍を描いている。殺し屋の正体やその戦いの帰趨だけではなく、警察の権力を恣意的に都合の良いように利用、あるいは作り替えようとする勢力との角逐が、一貫したテーマとして作品の背後にあった。公安という暗いイメージを一新したシリーズである。

他にも所属が公安部外事一課ということで、外国絡みの犯罪に当たることが多い今野敏の〈倉島警部補〉シリーズ、元公安刑事という経歴の持ち主である濱嘉之の〈警視庁公安部・青山望〉シリーズ、鈴峯紅也の〈警視長公安J〉シリーズなど、公安を扱った作品も珍しくなくなった。

最後が監察である。監察とは違法行為の疑いのある警察官や、警察組織に不利益を与えかねない疑いがある警察官を取り締まる部署、つまり「警察の警察」なのである。監察に疑いを持たれただけでも、経歴に傷がつき出世や昇進に大きな影響を与える存在なのだ。当然ながら同じ警察官から蛇蝎のごとく嫌われ、恐れられる部署である。

本書は『密告はうたう』（二〇一七年、実業之日本社→改題『密告はうたう 警視庁監察ファイル』実業之日本社文庫、二〇一九年）、『ブラックリスト 警視庁監察ファイル』（二〇一九年、実業之日本社→実業之日本社文庫、二〇二一年）に続く『残響 警視庁監察ファイル』（二〇二一年）の文庫化である。

警視庁捜査一課で活躍していた佐良《さら》は、警務部人事一課監察係に異動になる。公安出身者が多い監察係に、刑事部出身の人間が配されるのは異例のことであった。異動から一年が経ち、佐良は上司の能馬《のうま》から府中運転免許試験場に勤務する皆口菜子巡査部長の行確（行動確認）を命じられる。皆口が免許取得者の個人情報を漏洩しているというタレコミがあったのだ。なぜ自分がという疑問に佐良は囚われる。皆口菜子は旧知の仲であり、佐良が監察係に異動になった原因に関与していたからだ。

一年数ヶ月前、捜査一課時代の佐良は中小企業の社長殺人事件の捜査本部にいた。佐良は後輩の斎藤と所轄の刑事だった皆口の三人で事件関係者を見張っていた。だがその対象だった二人が殺害され、一足早く現場に駆けつけた斎藤も犠牲になってしまう。斎藤と皆口は結婚の約束を交わしていた仲だった。斎藤の死の責めを負わされた佐良は捜査一課を追われ、監察係に異動に。婚約者の死に衝撃を受けた皆口も、刑事課から今の職場に移っていた。

第一作の『密告はうたう』は、情報漏洩を疑われた皆口の行確、斎藤の殉職も含まれる未解決殺人事件、さらに五年前に目白駅で起きた乗客の殴殺事件という三つの事件を軸にして進んでいく。

捜査二課が追っている大型特殊詐欺犯罪の捜査資料流出事件の捜査を、捜査本部の管理官から直々に依頼されるのが第二作の『ブラックリスト』だ。監察係に異動になった皆口とともに佐良は監察対象者の行確に入る。だが二人に向けて突然銃弾が撃ち込まれる。線条痕からその銃弾は、斎藤が殺された拳銃から発射されたものと判明する。やがて詐欺グループの氏名などがネットにアップされ、そのメンバーが次々と不審な死を遂げていく。

現行の法律では裁けない犯罪。あるいは裁けても罪状にそぐわない刑罰しか与えられない現実に憤りを感じたことはあるだろう。最近では与党政党の裏金問題がある。それが明らかになっても、誰一人として責任を取らず、司法もなぜか及び腰で不起訴処分でお茶を濁してしまうと、多数の国民の怒りを買っている。「上級国民」という嫌な言葉があるが、法律は「上級国民」の前に無力なのか。誰もが同じような思いを抱えているだろう。

『ブラックリスト』で浮かび上がったのが、そのような犯罪者を懲らしめる〈互助会〉という警察官の有志によるグループである。一作目から積み残している斎藤が殉職した殺人事件、行き過ぎた正義感が生みだした〈互助会〉、そしてSNSを中心に進んでいく私刑擁護の気運。その背後には危険な法律を制定しようとする陰謀が……。

これら〈互助会〉をめぐる闇に切り込む佐良たち監察係の奮闘を描いたのが本書である。警察の判断があれば、裁判所の令状がなくても通話の録音や通話記録が自由に調べられるようにする……。それが政権与党が制定を進めている国民生活向上法だ。犯罪の抑止を玉条に、国民の権利を狭めようとしているのだ。その制定のために〈互助会〉などを利用し、警察を貶めるとともに私刑を容認する世論を高めようというのだ。犯罪の立証に悩む警察官にとって麻薬のような法律である。だが長期的に見れば副作用の方が強いのではないか。さらに私刑を容認することは警察を否定することになる。佐良たちは断固とした決意で、警察のありようを歪める一派と対峙していく。

佐良は言う。斎藤の命をうばったものは許せない。八つ裂きにしたいと思ったこともある。だが「八つ裂きにする機会が目の前に転がってきても私は実行しません。私刑によって治安が揺らぐからです。現在、すでに揺らぎの兆候があります。それを食い止めるのが我々の仕事です。私刑は——互助会の行為は治安を守るプロフェッショナルとしての警官を踏みにじる行為です」と。

私刑や自警団的な行動で悪を制する物語に溜飲を下げた経験は誰でもあるだろう。だが現実では大変危険なことであることが、佐良の口を通して訴えられる。

本書では一作目からずっと残されていた謎が明らかになるとともに、闇ですべての計画を実行していた人物も表に出て、佐良たちと対決する。前二作以上のアクションと大事件、法を守る警察官の誇りと矜持。魅力いっぱいの三部作の完結編をお楽しみいただきたい。

伊兼源太郎は二〇一三年に『見えざる網』で第三十三回横溝正史ミステリ大賞を受賞してデビューした。地方検察庁の総務課長伊勢雅行の長年にわたる巨悪との戦いの帰趨が徐々に明らかになる『地検のS』（講談社文庫）に始まる〈地検のS〉シリーズ、新人記者と刑事の二つの視点から連続殺人事件を描いた『事件持ち』（角川文庫）、新米女性秘書が政治の闇に切り込む『金庫番の娘』（講談社文庫）、管理官となった若手キャリアが大事件に挑む『祈りも涙も忘れていた』（早川書房）など、本シリーズ以外でも話題作が多い。

なお嬉しいお知らせがある。一作目が「密告はうたう　警視庁監察ファイル」として映像化され二〇二一年に放映されたが、このたび二作目『ブラックリスト』と本書『残響』を元にした「密告はうたう2　警視庁監察ファイル」（全八回）が、二〇二四年八月十一日からWOWOWで放映されることが決定した。佐良に松岡昌宏、上司の能馬に仲村トオル、皆口に泉里香、係長の須賀に池田鉄洋という一作目と同じキャストである。

さらに、小説の方では毛利を主人公にしたスピンオフ作品も進行中と聞く。本書で一区切りがついたけれど、まだまだこのシリーズを楽しめそうだ。

2021年7月　小社刊

本作品はフィクションであり、実在の個人・団体とは一切関係がありません。（編集部）

実業之日本社文庫 い133

残響《ざんきょう》　警《けい》視《し》庁《ちょう》監《かん》察《さつ》ファイル

2024年7月20日　初版第1刷発行
2024年8月8日　初版第2刷発行

著　者　伊《い》兼《がね》源《げん》太《た》郎《ろう》

発行者　岩野裕一
発行所　株式会社実業之日本社
〒107-0062　東京都港区南青山6-6-22 emergence 2
電話 [編集]03(6809)0473 [販売]03(6809)0495
ホームページ　https://www.j-n.co.jp/
DTP　ラッシュ
印刷所　大日本印刷株式会社
製本所　大日本印刷株式会社

フォーマットデザイン　鈴木正道（Suzuki Design）

ISBN978-4-408-55897-4（第二文芸）